DAGMAR
LEUPOLD

# DAGEGEN DIE ELEFANTEN!

ROMAN

KAMPA

Die Originalausgabe erschien 2022 im Verlag Jung und Jung, Salzburg.

*Für den Blick hinter die Verlagskulissen:*
*www.kampaverlag.ch/newsletter*

Die Arbeit der Autorin am vorliegenden Werk wurde vom Deutschen Literaturfonds e.V. gefördert.

**KAMPA POCKET**
**DIE ERSTE KLIMANEUTRALE TASCHENBUCHREIHE**
Gedruckt auf säurefreiem und chlorfrei gebleichtem Papier zur Unterstützung verantwortungsvoller Waldnutzung, zertifiziert durch das Forest Stewardship Council. Der Umschlag enthält kein Plastik. Kampa Pockets werden klimaneutral gedruckt, kampaverlag.ch/nachhaltig informiert über das unterstützte $CO_2$-Kompensationsprojekt.

Veröffentlicht im August 2025 als Kampa Pocket
Eine Koproduktion der Verlage Kampa und Jung und Jung

Hegibachstrasse 2, CH-8032 Zürich
info@kampaverlag.ch
GPSR-Kontakt: Schöffling & Co. Verlagsbuchhandlung GmbH,
Kaiserstraße 79, D-60329 Frankfurt am Main
info@schoeffling.de

Covergestaltung: Lara Flues, Kampa Verlag
Covermotiv: © Davide Abbati
Gesetzt aus der Adobe Caslon Pro / 1. Auflage 2025
Druck und Bindung: GGP Media GmbH, Pößneck
ISBN 978 3 311 15082 4

**www.kampaverlag.ch**

Für Clara
Für Cornelius
Für Ruben

*Confirming All who analyze*
*In the Opinion fair*
*That Eloquence is when the Heart*
*Has not a Voice to spare*

Emily Dickinson

*A wound gives off its own light*
*surgeons say*
*if all the lamps in the house were turned out*
*you could dress this wound*
*by what shines from it*

Anne Carson, *The Beauty of the Husband*

# IM FEBRUAR

Da ist er.

Herr Harald lässt seinen Blick über die Mäntel, Schirme, Rucksäcke, Aktentaschen und Einkaufstüten schweifen, deren vorübergehender Hüter er ist. Inventur. Am Geruch erkennt er den Unterschied zwischen Reichtum und Behauptung. Er könnte es beschreiben – aber wem und wozu? Sein Einsatzort: Die Oper, Balkon links, und, wenn Not am Mann ist, die Philharmonie, im unwirtlichen Untergeschoss. Ein Wald aus Gestänge, wie Totholz. Als Einspringer, wenn auch selten, übernimmt er zusätzlich einen Garderobenabschnitt im Schönsten Theater der Stadt. Am liebsten die Nummern 700 bis 850, genau gegenüber der zweiflügeligen Eingangstür und der Vorfreude in den Gesichtern der Gäste. Meist ist er bei Klavier solo oder Kammermusikabenden im Einsatz, die feierlich sind, ohne einzuschüchtern, darum liebt er sie. Zugig ist es dort in der Garderobe, deshalb ist er besonders froh um die weißen, vornehm fadenscheinigen Handschuhe, die er, der Schuppenflechte wegen, trägt. Wie ein Archivar, der Kostbares verwaltet. Warme Hände, warmes Herz.

*Einsam wacht*, wie es im Weihnachtslied heißt, wäre die zutreffendste Beschreibung für das, was er tut. Würde er, fragte jemand nach seiner Arbeit, womöglich sagen. Überhaupt hat er schöne Antworten auf nicht gestellte Fragen parat, schlanke Gedanken. Schlank, denn sie haben eine gute Figur. Er denkt zum Beispiel über den Unterschied zwischen Hintergrund und Untergrund nach. Aussprechen lassen sich solche Gedanken jedoch nicht, sie würden bei Luftkontakt zerstäuben, so flaumig sind sie. Lange denkt er an diesem Abend über das Wort »Sitzfleisch« nach – Zeit gibt es im Übermaß –, und wartet, wie an vielen anderen Abenden, die ersten Klänge ab, die wie durch ein Federkissen gedämpft zu ihm dringen, bevor er sich auf einen in den äußersten Winkel verbannten Schemel setzt. Öffnet, wenn nicht das gelegentlich mitgebrachte Wochenblatt, das im Hausflur ausliegt, die Diensttasche, ein altes Stück Leder mit zerkratzten Metallschnallen, entnimmt ein heftgroßes Buch und notiert dies und das. Besser gesagt: Der Stift tut das. Zum Beispiel, den Bildern einer Fernsehsendung über Vulkane und Erdbeben am gestrigen Abend nachhängend: *Die Lavaschlange kringelt an der Bergflanke hinab wie eine Haarlocke im Nacken einer Frau.* Dann steckt er den gespitzten Bleistift zurück in den Gummizug seines Notizbuchs. Der Einband aus Kunststoff fühlt sich lebendig an, weich, das spürt er durch die Handschuhe hindurch, und es ist Nähe genug. Herrn Haralds Gesicht, gegen Ende der Woche mit leichtem Bartschatten – Rasur nur am Wochenende –, leuchtet inmitten der im gedimmten Licht verschwimmenden Mäntel. Wie ausgeweidet hängen sie an den wuchtigen Haken. Herr Harald hat einen Nachnamen erst nach Dienstschluss oder vor Dienstantritt. Und möglicherweise heißt er nicht einmal Harald, es hat sich so eingebürgert, auch in ihm. In der Oper kontrolliert er die Eintrittskarten, denn niemand darf an seiner Garderobe etwas abgeben, das nicht zum Bereich Balkon links gehört. Wenn alles seine Richtigkeit hat, übergibt er, weiß behandschuht, die gestanzte Messingmarke mit der Nummer an den Eigentümer des noch körperwarmen Mantels. Frauen verstauen die Plakette behutsam, als wäre sie eine Oblate, die sie später auf ihre Zunge zu betten gedenken.

Er liebt den Unterschied zwischen den ruhigen Stunden, wenn im großen Kessel des Opernhauses Schicksale ausgesungen werden, und den geschäftigen, wenn alle Besucher, leicht erhitzt, einen dünnen Schweißfilm auf Stirn und Schläfen, noch halb in der gerade bezeugten und überwundenen Intrige oder dem gelösten Liebesknoten gefangen steckend, nach ihrem Eigentum verlangen, die Nummernschildchen mal sanft, mal herrisch auf der zerschürften Glasfläche der Theke deponieren und gegen andere Anwärter verteidigen, indem sie sie möglichst unauffällig, gleichwohl auffordernd, in seine Richtung schieben. Wie ein Anrecht, sie haben schließlich viel mitgemacht.

Herr Harald hatte einen Trick erfunden, wie schwere Mäntel schadlos von den Haken gelöst werden können. Ohne dass die Schlaufen reißen oder der Kragen leidet. Er packt den Mantel von hinten im Schulterbereich, so als wolle er einen Delinquenten verhaften, mit sehr festem Griff, und schiebt ihn hinauf. Bis er über der oberen Halterung der Garderobe schwebt, dann lässt er ihn auf sich zufallen, stellt sich dabei vor, bei einer Ohnmacht einzuspringen, und achtet sorgsam darauf, den Mantel nicht ungebührlich eng in die Arme zu schließen. Das gelingt ihm mit bis zu drei Mänteln auf einmal. Die Schlange vor seinem Garderobenbereich schrumpft am schnellsten. Neugierig ist er jedes Mal auf die letzte Person, deren Habseligkeiten im Handumdrehen so ergreifend vereinsamen. Alle benachbarten, schützenden Mäntel und Jacken sind ausgegeben, nur dieser eine hängt am Messinghaken, mit gebrochenem Genick. Vielleicht – hoffentlich! – der einer jungen Frau, sie nimmt ihn entgegen, verträumt, die letzten im Duett vorgetragenen Liebesschwüre klingen und schwingen in ihr nach, und sie hat gar nicht gemerkt, dass andere sich an ihr vorbeigedrängelt haben. Auch im Moment der Übergabe ist sie es noch, und sie übersieht Herrn Harald, der ihr den Mantel als Geschenk, ausgebreitet über beide Unterarme, zureicht. Dabei lugt ein

Schal aus dem Ärmel hervor, wie ein Tierchen aus seinem Versteck. Herr Harald tröstet sich angesichts ihrer Unaufmerksamkeit mit der Vorstellung, dass sie beide an dasselbe denken, zum Beispiel – ja, warum nicht? – an das Erdbeben in der Sendung von gestern Abend. An die harten Kanten der Erdkrusten, die zusammenkrachen wie die Karren beim Autoscooter.

Gegenüber seiner Garderobe hängt das Porträt eines im vorigen Jahrhundert berühmt gewesenen Kammersängers. Er ist als Donnergott verkleidet, ein lächerlicher Metallkegel auf dem Haupt entstellt ihn noch mehr als das schurzähnliche Gewand, das ihm bis zum Knie reicht, wo es auf zu Stiefeln geschnürte Lappen stößt. Eine traurige Gestalt. Herr Harald schenkt dem Sänger jedesmal einen Blick, das gehört sich. Und malt sich aus, das Bild umzudrehen und die vernagelte Leinwand der Rückseite zur Schau zu stellen. Wie gesagt: ausmalen, nicht ausführen.

In der Garderobe herrscht striktes Essverbot. Es ist nicht mehr zu ermitteln, ob Herr Harald es sich selbst auferlegt hat oder ob es eine entsprechende Vorschrift seitens der Betreiber gibt. Aber wer sind sie, diese Betreiber? Was sind sie, außer unsichtbar? Ist es der Staat, die Stadt, ein Verein? Ein Mäzen? Eigentlich ist es gar kein Geheimnis, so schade. Es ist der Staat, der über dieses prächtige Haus mit Balkonen, Rängen und Logen bestimmt. Und der den gewaltigen Kronleuchter wartet, von dessen Absturz Herr Harald häufig träumt. Dann kracht er ins Parterre, und die abertausend Kristallscherben funkeln mit den Geschmeiden der Zerschmetterten um die Wette. Und doch bleibt der Betrieb dieses gewaltigen Opernleibs mysteriös, sein Atmen, sein Herzschlag, seine springlebendigen Nerven. Herr Harald ist im Besitz eines Vertrags. Punktum. Das hat einmal angefangen, als etwas anderes zu Ende gegangen war, nach Vorfällen, und jetzt gilt er. Er, Herr Harald, nimmt die Arbeit, die ihm jemand gibt, so einfach. Er isst nicht, nein, aber er gestattet sich Bonbons mit Eukalyptusgeschmack. Und weiß, dass Eukalyptuswälder lichterloh brennen, wenn man sie lässt. Und die Koalas zu fliegen beginnen. Vor Angst.

In einer geräumigen Schublade unter der Theke verwahrt Herr Harald den *Grundkurs Italienisch I. Bella Italia.* Das Buch hat ein Operngast vergessen abzuholen. Obwohl am Jutebeutel, in dem es steckte, eine Nummer angebracht war, hatte auch Herr Harald nicht rechtzeitig unter der Theke kontrolliert, ob alles ausgehändigt worden war. Und *Bella Italia* schließlich behalten wie etwas, das ihm zugedacht war. Im Buch lag noch der Kassenzettel, billig, das schöne Italien, denkt Herr Harald, er hätte sich eine neue Sprache teurer vorgestellt. (Aber recht bedacht, ist es eigentlich ja eine gebrauchte). Es freut ihn, dass er nun anstelle von jemand anderem Italienisch lernt. Er liest darin herum, wie auch mitunter in den liegengebliebenen Programmheften mit abgedruckten Libretti. Sein bescheidener aufgeschnappter Wortschatz aus Opernarien rund um Liebesdinge – *bramare* zum Beispiel, schmachten, oder *stelle spietate*, grausame Sterne, oder *cara speme*, liebe Hoffnung, oder *lusingare*, schmeicheln oder *dolor*, Schmerz, *traditor*, Verräter – wird nun eingebettet in ein Italienisch, mit dem er auch in einer Bar etwas bestellen oder sich über schlechte Matratzen und Straßenlärm beschweren könnte. Wenn er denn reiste. Aber darum geht es nicht, es geht um den Klang, um das Runde und Weiche, an dem man sich, anders als in der eigenen Sprache, keine blauen Flecken holt beim Sprechen. Die Zunge ist, hat sie italienische Fahrgäste, viel flinker unterwegs. Manchmal ergibt sich die Gelegenheit, einem italienischen Operngast den Mantel und die Einkaufstüten abzunehmen, dann sagt Herr Harald *ecco*, wenn er die Nummer überreicht, und *prego*, wenn sich der Gast bedankt. Er sagt es stumm.

Wächter über etwas zu sein, und seien es Mäntel, ist befriedigend. Herr Harald bewacht die Mäntel, ja, aber er wacht auch irgendwie über deren Eigentümer. Er verwahrt ihr Eigentum und gibt es ihnen so unversehrt zurück, wie er ihnen selbst wünscht zu bleiben. Die gut behüteten Mäntel behüten dann ihre Träger. Auch solcherlei Gedanken notiert sein Stift im Notizbuch, das er jedes Jahr erneuert und nach Monaten führt, nicht nach Tagen. Die sind einfach zu schleunig, statt nachzudenken, gerät man in Galopp.

Das Warten, aus dem seine Arbeit größtenteils besteht, ist bisweilen ein abschüssiger Zustand. Wie Luftbläschen im Sprudelwasser steigt in der Stockung etwas empor. Erinnern ist dann unabweisbar, wie Aufstoßen, da kann man die Luft noch so sehr anhalten. Die Lungen gebläht von in der Vergangenheit Eingeatmetem, das nur in kleinsten Portionen entweichen darf, damit die Flügel nicht fächergleich zusammenklappen. Heute bahnt sich Folgendes seinen Weg nach oben: Das Nachbarkind, Träger eines Doppelnamens mit Bindestrich, rührt im Sandkasten einen garstigen Brei an und schmiert ihn dem Harald-Kind ins Haar. Vor Entsetzen reißt es die Arme hoch und den Mund auf, kein Laut dringt heraus. Und jemand macht ein Foto, schreibt, im Album, in ordentlich geschwungener Schrift darunter: *Pech gehabt!* Genug, zurück zum Italienischen: *io vado, tu vai, lui, lei va. Unregelmäßige Verben* steht darüber. Jeder geht anders. Und woanders hin. Wie unartige Kinder. Herr Harald bewundert still den Eigensinn.

Wenn es draußen regnet, ist es in der Garderobe dampfig. Die Mäntel und Taschen schwitzen. Herr Harald macht sich ans Raten. Dabei bemüht er sich, nicht zu schummeln, also nur die Eigentümer zu erraten, die ihm tatsächlich entgangen sind. Zum Beispiel den – oder vielleicht die? – des großkarierten, knöchellangen

Mantels aus einem Wollgemisch, das leicht fusselt. In den voluminösen aufgesetzten Taschen Handschuhe und ein zerknülltes Papiertaschentuch. Womöglich der Mantel einer Tochter, die den Vater anstelle der Mutter in die Oper begleitet, einer Mutter, die Kopfschmerzen hat oder andere Ausreden parat. Die Tochter sitzt im pelzigen Dunkel der Opernhöhle, das Telefon ausgestellt, warm in der Handmulde wie ein frisch gebackenes Brötchen, und fühlt sich verlassen. Ihr Kleid, zuletzt bei der Konfirmation getragen, kneift. Nein, schlottert, sie hat hart abgenommen. Oder der Mantel gehört einer Gesangsstudentin mit günstigen Karten für unter Dreißigjährige. Sie und ihr Freund sitzen Hand in Hand, unter den Nägeln der Frau Wollfusseln aus den Manteltaschen. Würde sie ermordet, wäre das ein wichtiges Detail. Die winzige Fluse würde, das weiß man aus Krimis, mit der Pinzette in einem Tütchen verstaut, versiegelt und wie eine Kostbarkeit unter Glas weitergereicht. Es ergibt sich ein weiteres schönes Wort für sein Notizbuch: *Garn-Fürsorge.*

Die unter Dreißigjährigen können sich aufgrund der Ermäßigung Balkon leisten, nicht aber das teure Programmheft, dick wie ein Roman, und voller Expertenwissen, Gedichten und sicherlich klugen Anmerkungen. Herr Harald blättert sie immer wieder behandschuht durch, wenn er eines findet. Die Gespräche mit den Regisseuren überspringt er, betrachtet aber ausführlich die

Fotos von den Proben, die Gesichter in Nahaufnahme, vom Singen gezeichnet und stark geschminkt. Über die Augen der Sängerinnen senken sich dichte, schwere Wimpernreihen, Theatervorhänge, die sich träge schließen. Die Künstlerinnen tragen meist bodenlange Kleider, die knistern beim Gehen wie ein glänzend verpacktes Geschenk, und fegen den Bühnenboden mit ihrem Schwung. Die Männer haben das Nachsehen.

Herr Harald mag die straffen Scheitel nicht, die neuerdings die jungen Herren wieder ziehen. Als wären die zwei Schädelhälften verfeindet. An der Seite der straff Gescheitelten beobachtet er häufig ebenso junge Frauen, die in den für diesen feierlichen Anlass gewählten Schuhen mit halsbrecherischen Absätzen nicht schreiten, sondern torkeln und sich mit vor Anstrengung pulsierenden Schläfenadern in der Armbeuge des Stützenden festkrallen. Er würde die Mädchen – fast noch Kinder – gern entlasten, ihnen anbieten, die niederträchtigen Schuhe an der Garderobe abzugeben, unter seiner Theke müssten diese dann wie fristlos Gekündigte schicksalsergeben ausharren. Und die Mädchen würden, sechs, sieben Zentimeter kürzer, auf lautlosen Sohlen ihre Stuhlreihe erreichen, die Füße unter dem Sitz gegeneinander reiben und massieren und dankbar an den etwas altmodischen Herrn in der Garderobe, Kittel und weiße Handschuhe, zurückdenken. Weil Winter ist – stellt sich dieser etwas altmodische Herr gerade vor – bröckelt der Nagellack ein wenig unter den Strümpfen, erst im Sommer wird er wieder blühen. Jeder Mensch, auf den sein Blick trifft, geht ihn etwas an, so ist das.

Im Dienst trägt Herr Harald einen schlichten dunklen Kittel, eigentlich schwarz, aber vom häufigen Waschen verschiefert im Farbton. Schiefer ist sein Lieblingsgestein. Es hält die Wärme lang-lang, das hat er einmal gelesen. Längst von der Sonne vergessen, gibt der Schiefer die gespeicherte Glut noch immer ab, an die Weinreben, an den Spaziergänger, der sich abends, bei eingebrochener Dunkelheit, davon trösten lässt. Und nicht nur die Wärme – nein, auch das über den Tag aufgenommene Licht spendet der Schiefer noch in der Nacht. Es ist milchig, aber hell genug, dass sich der einsame Spaziergänger begleitet fühlt. Und Schiefer, stellt sich Herr Harald vor, wäre, wenn essbar, eine milde Speise, nicht angeberisch feurig und gewürzt, sondern gaumenfreundlich ausgewogen, Zungenlabsal. Jetzt schweife ich aber ganz schön ab! Herr Harald ruft sich zur Ordnung und richtet sich auf seinem Schemel gerade auf. Das heißt, er schaut weg vom Wollmantel, schließt das Notizbuch und wischt zur Wiederaufnahme seiner dienstlichen Pflichten mit einem feuchten Kosmetiktuch über die Glasplatte der Theke. Zur Entschuldigung der Abschweifung bringt er noch vor: Dort, wo er herkommt, fliest der Schiefer, damit keiner friere, den Boden wie feine Auslegware. Es schickt sich deshalb, hin und wieder dankbar daran zu denken. Wie an ein Geschenk. Ein Geschenk, das keine Verlegenheit auslöst. Herr Harald schaltet sein kleines Radio ein, so leise, dass die Nachrichten im Flüsterton vorgetragen werden. Die Katastrophen verpasst er, es ist bereits und abschließend vom Wetter die Rede. *Die Niederschläge ziehen sich im Laufe der Nacht an den Alpenrand zurück*, verspricht eine zuversichtliche Stimme. Freundlich, die Niederschläge.

Pausendeserteure sind im Vorhinein nicht leicht zu erraten. Man kann aber sagen, dass die unauffällig Angezogenen eher nicht dazu gehören. Die kommen aus Liebe. Liebe zur Musik. Die Pausendeserteure versuchen erfahrungsgemäß beim nervösen Einsammeln des Abgegebenen – nicht selten auch große Einkaufstüten von Geschäften rund ums Theater –, ihm ein Trinkgeld zu geben, Ablass für ihr schlechtes Gewissen, dessen Zeuge er wird. Trinkgeld lehnt Herr Harald stets mit dem Hinweis ab, er trinke nicht. Eine Portion Stolz, bis zur Pause durchgehalten zu haben, ist manchen Gesichtern gleichwohl eingeschrieben. Herr Harald weiß Bescheid, aus langjähriger Beobachtung, er weiß sogar, wie es den früh Flüchtenden im Innern des gewaltigen Opernleibs ergeht: Bei der Ouvertüre, da sind alle dabei – so ein Schwung! –, bevor es losgeht, verschicken sie noch rasch Fotos von sich inmitten roter Samtpolster. Und dann kommt das behäbige träge Öffnen des Vorhangs, dahinter ein zu lüftendes Geheimnis, das beschleunigt durchaus den Puls. Im ersten Akt erst Aufbau, dann Abbau einer pochenden, großen Erwartung, dieses Gefühls aus Kindertagen, das, während der ersten Takte, die Knie sogar im Sitzen weich macht. Nicht-Schwimmer-Ängste. Da kennt er sich aus! Unbehagen ensteht, die Zeit klemmt, man hat noch so viel Arbeitsschulden – deren Abtragung geht vor Kunstgenuss. Herr Harald nickt ein wenig, all das sieht er, ohne zu sehen. Die Entscheidung zur Flucht fällt. Die Garderobennummer in der Hosen- oder Handtasche schon einmal ertastet, sicherheitshalber. Herr Harald lehnt sich zurück. Er ist vorbereitet.

Aber es gibt auch die, die von Beginn an Totzeit empfinden. Das Theaterabonnement gehört zu ihrem Leben wie der Zahnarztbesuch. Die Pausendeserteure – die einen wie die anderen – reißen jedenfalls Herrn Harald ihre Mäntel förmlich aus der Hand und fädeln die Arme im Gehen ein, von den Anstehenden vor den Toilettentüren tadelnd gemustert.

Herr Harald erlebt, dass viele Kolleginnen die Zeit mit Kreuzworträtseln vertrödeln. Nichts für ihn, er hat anderen Zeitvertreib: Beim Umherschauen in seinem kleinen Regierungsbezirk zählt er und legt vorher fest: Worauf mein Blick bei der erreichten Zahl fällt, darüber denke ich nach. Mit der Zahl überrascht er sich jedes Mal selbst, die Grenze liegt bei fünfzehn. Bei elf öffnet er die Augen und schaut auf das H von »Herrentoilette« und ist aufgefordert, so will es das Spiel, alle Begriffe aufzurufen, die er für diesen Ort kennt: das stille Örtchen, Abort, Abtritt, WeCe, Klo und Klosett, Lokus, Toilette und oo. Nullnull. Mehr fällt ihm nicht ein, und die Liste lässt ihn kalt. Auch andere Listen meidet er, er hält sie für gemogelt, Ausdruck der Überzeugung, dass es immerzu etwas zu erledigen gibt. Dagegen Muße! Herrn Haralds Betrachtungen und Aufzählungen sind Bekundungen der Muße, um die es ihm geht, auch. Das schöne Abwarten, bis die Zeit sich im luftig wachsenden Innengewölbe ausdehnt und gleich einem Schirm aufspannt. Dann wird etwas spürbar – nein, sichtbar! –, das zuvor im Falz eines erschlafften Balgs verborgen war. Als solch einen schlaffen Balg stellt er sich die Seele vor. Das Schulkind hatte einmal, auf Aufforderung der Religionslehrerin hin, die Seele so zu malen, wie es sich diese vorstellt, kein engelgleiches Wesen und auch keine Taube gezeichnet, sondern eine Fledermaus. Eine Fledermaus, die kopfunter hängt, die großen Schwingen leblos gefaltet. Er zählt ein zweites Mal, bei fünf trifft sein Blick auf die schal-weiße Decke, dringt durch sie hindurch, erreicht weit darüber das staubgewebte besternte Tuch, das den Stolas ähnelt, die manche Besucherinnen um ihre Schultern tragen. Frohlocken. Leises Klirren im Radio. Eiswürfel beim Tanz. Bis in die untersten Lungenspitzen atmet Herr Harald perlende Luft ein, strafft sich ein weiteres Mal und schließt die Augen. Erfrischt. Mußedusche. Sein Wort des Monats Februar: *Muße*. Es ist, so lautet die Zusammenfassung dieser besonderen Pause, es ist gut, Luft für jemanden zu sein. Auch für sich selbst. Herr Harald nimmt erneut ein Reinigungstuch zur Hand und poliert die Nummernschildchen, die an den freien Haken auf ihren Einsatz warten, so lange, bis sie glänzen.

Ein Telefon klingelt, als Herr Harald gerade auf dem Schemel Platz genommen hat, die Hosenbeine etwas hochgezogen, damit der Stoff auf Kniehöhe nicht ausbeult. Der Klingelton: ein Schlager, *Azzurro heißt blau*, viel zu laut. Drinnen, das hört und weiß Herr Harald, geht es gerade um die letzten Dinge, um Sterben und Aufopferung und Verrat. Jetzt ist Handeln gefragt. Sein Verdacht fällt auf den Parka, den er, mangels Schlaufe, an der kunstpelzbesetzten Kapuze aufgehängt hat, die Seitentasche auf Rippenhöhe, jawohl, da ist es. Herr Harald zieht das lärmende Gerät vorsichtig heraus, an einem Feuerzeug und einer Zigarettenschachtel vorbei. Das Gesicht einer Frau ist auf dem Bildschirm zu erkennen, sie lächelt, darunter steht *home*. Herr Harald drückt auf das kleine rote Telefon, rot ist immer Verbot. Mehr kann er nicht tun. Weiß denn *home* nicht, dass der Mann in der Oper ist? Als er wieder sitzt, stülpt sich Traurigkeit über ihn. Durch das Schaufenster eines Friseursalons hat er einmal eine Dame gesehen, die unter der Trockenhaube saß, am ganzen Kopf Drähte. Sie las dabei in einer Zeitschrift, aber so gebeugt, als säße ihr ein Unglück im Nacken. Irgendwann wandte sie unter Verrenkungen den Blick zu ihm, der still vor der Eingangstür stand, ihr Blick wie von einem Tier, das ihn um Befreiung ansuchte. Herr Harald greift sich an die Schläfen, spürt das Jochbein, die knochige Schädelkontur. Das darf wohl als Gewissheit zählen.

# IM MÄRZ

Es beginnt kalt. Wenn Herr Harald sich die Knospen der Magnolien anschaut, hat er den Eindruck, sie wollten sich wieder zurückziehen in ihre pelzige Schote. Verständlicherweise. Er hat Gänsehaut, als er im Schönsten Theater der Stadt eintrifft. Gänsehaut sieht man nur dann, wenn die Gans bereits gerupft ist. Das gibt zu denken.

Er besucht einen Liederabend, es ist sein freier Tag, ein außen wie innen frostiger Tag, denn eine Abendgestaltung ohne den Umhang einer – noch so entfernten – Musik setzt ihn aller Unbill aus. Es hagelt und stürmt, die Haut ist ungezogen, der Kopf saust, das Herz hinkt. Die Musik ist sein schützendes Federkleid. Und schon wieder ist er beim Gerupftsein. Herr Harald nimmt Platz.

Zu dritt treten sie ein, Sänger vorweg, ein berühmter Mann, dann sein Begleiter auf dem Klavier und schließlich, drei Schritte hinter diesem, eine mitteljunge Frau im schwarzen Kleid, das Haar offen, so geschnitten, dass es bei gebeugtem Kopf das Profil verbirgt. Frauen mit Dutt ängstigen Herrn Harald, wenn sie ihm einfallen, wendet er den Gedanken sofort ab. So wie man seinen Blick von etwas Unerfreulichem abwendet. Diese hier dagegen darf er anschauen, diese hier betrifft ihn. Mit den ersten Klängen beginnt seine Erholung, das Jucken lässt nach.

Die Umblätterin sitzt links vom Pianisten, einen halben Meter nach hinten versetzt, kippelt beinah auf der Stuhlkante, den rechten Fuß leicht vorgeschoben. Um schneller aufspringen zu können, Herr Harald nickt einverstanden, so muss es sein. Nervös ist er dennoch, er kennt die Pannen: zwei Seiten auf einmal umschlagen, da Capo-Anweisungen übersehen, zu spät oder zu früh umblättern. Seine Sitznachbarin dagegen ist gelassen, das Programmheft im Schoß, die Beine übergeschlagen, möglicherweise bereits eingenickt. Er will sie keinesfalls mit seiner Unruhe anstecken, gar wecken, und klemmt seine Hände zur Bezwingung zwischen die Knie. Ganz schmal ist die Umblätterin, ihr Gesicht liegt im Schatten, der Scheinwerfer ist auf die Noten und auf den Sänger gerichtet. Er macht sich zur Aufgabe, es zu erraten: feine Augenbrauen, gerade verlaufend über grauen Augen, deren unterer Lidrand leicht gereizt wirkt, vom Wind, von der Heizungsluft, vom Ausbleiben eines Blicks. Feinporige Haut, eher trocken und daher zu Falten neigend, feine Falten, plissiert an den Schläfen. Die Lippen sind im Zarten und Zurückgenommenen, geradezu Unfertigen des Gesichts das Üppigste: fest aufeinander gepresst vor Konzentration und doch voll, schimmernd und klar konturiert. Kein Lippenstift in alarmierendem Rot, höchstens rosa. Winterliches Ausfransen vorbei oder nie aufgetreten. Er lässt das Raten sein und traut einen kurzen Moment lang seinen Augen. Der Scheitel ist silbrig, also wurde bei dem kräftigen Fohlenbraun der glatten Haare nachgeholfen. Das macht seine Kollegin in der Oper auch. Zu Hause, nicht beim Friseur. Er sieht die Umblätterin vor dem beschlagenen Badezimmerspiegel stehen, in dem ihr Gesicht zerrinnt wie aus Wasserfarben, die Tönung tropft schlammig auf das verschlissene Handtuch, das ihr Unterkleid schützen soll. Das Handtuch stammt aus den Familienbeständen und war einmal ein witziges Geschenk der Großeltern an das Kind: ein 500-DM-Schein mit dem gemalten Porträt eines bartlosen Mannes, ausgeleierte Frotteemaschen hängen wie festgenähte Tränen auf dessen Wangen. Die Umblätterin föhnt ihr Haar, das im warmen Wind urlaubt. Herrn Haralds Blick kehrt zur Bühne zurück, er ist sicher, dass im Schulterbereich des schönen schwarzen Kleids ein paar glänzende Haare hängengeblieben sind, sich schlängeln auf rauem Stoff, bei Reibung und trockener Luft unvermeidlich. Auch in den Krägen der von ihm verwahrten Mäntel findet er oft anhängliche Haare – und entfernt sie, als Zuständiger, in einem kleinen Abfalleimer. Diese Haare jedoch, die bestimmt nach Aprikosenshampoo duftenden zwei, drei Ausreißer, die im Nackenbereich und den Schultern der Umblätterin festhängen, die würde er mit sachten Fingerspitzen entfernen, ebenso sacht und zielstrebig wie sie die Noten umwendet. Daumen und Zeigefinger bilden dabei ein entschlossenes O, mit sanfter Gewalt zuschnappende Handschellen. Ein Zugriff, der das Entwischen der Seite verhindert, die behutsam, nach knappster Verwahrung, aus der Gefangenschaft nach links entlassen wird. Die Umblätterin setzt sich wieder, den Blick fest auf die Partitur gerichtet. Da stützt sich der Sänger mit einer Hand am Flügel ab, hebt das Kinn und schmettert: *Auf jeden weißen Zettel möcht ich's schreiben, dein ist mein Herz.* Dabei wölbt sich seine Brust mächtig, entlässt Zweifel und Verzweiflung. So ansteckend ist die Zuversicht, dass Herr Harald vom eigenen tiefen Ausatmen überrascht wird. Er lenkt seinen Blick zurück zu der Gestalt im Schatten, im Achtern des Geschehens, und denkt *oval*, als er das Gesicht der Umblätterin für sich zusammenfasst. Oval, wie die schönen Rahmen alter Fotografien von Menschen, die jemandes Ahnen sind.

Im Schönsten Theater der Stadt bricht die Pause an. Die Künstler bekommen geizig abgemessenen Applaus, die Beifallverausgabung hebt man sich für das Ende des Konzerts auf, wenn es um Zugaben geht. Ja, ja, so ist das immer, Herr Harald nickt kein bisschen verwundert und klatscht ausführlich. Beim ersten Abgang eilen der Sänger und der Pianist hurtigen Schritts Richtung

Bühnenausgang, die Umblätterin setzt unsicher Fuß vor Fuß, eher zögerlich, und folgt in großem Abstand. Im Gehen klaubt sie ein Haar von der Schulter – das Haar, das er schon längst entfernt hatte. Sänger und Begleiter erscheinen zwei weitere Male, obwohl kaum jemand mehr klatscht, sie ist nicht dabei. Herr Harald schließt sich dem Strom der zum Buffet Drängelnden an, mit dem Abstand zum Vordermann, den auch sie zu Sänger und Begleiter eingehalten hat. Das ist eine Verbindung.

Er liebt das Schönste Theater der Stadt, auch weil die Garderoben hier keine Rangfolge kennen: teures Parkett, billige Galerie. Hier gibt es lediglich von links nach rechts aufsteigende Nummern. Jeder Besucher entscheidet selbst, wem er sein Eigentum in Verwahrung gibt, ganz gleich, wo er sitzt. Seine Kollegen in der Oper, die in den Rängen und in der Galerie arbeiten, verstünden, was er meint. Sie bewachen oft leeres Gestänge, denn die Stehplatzinhaber geben, obwohl es nichts kostet, selten etwas zur Behütung ab, sondern winden sich die Ärmel der Jacke um die Taille oder polstern damit die Brüstung, gegen die sie lehnen. Sie müssen sich in keine Schlange einreihen und sind dennoch die Letzten, die das Theater verlassen, weil sie unermüdlich applaudieren. Und übrigens auch zu taktvoll sind, um den Sängern, gar Sängerinnen, mit Feldstechern in den Rachen zu starren, aus dem geheimnisvoll die Töne entweichen. Töne, die den im Dämmer zu einem Körper verschmelzenden Zuhörern zur Atemluft werden. Außer bei denen, die ihre Poren verschließen, aber um die geht es jetzt nicht. Ja, der Musik wird gelauscht, aber eigentlich – Herr Harald geht bis zum Gartenausgang des Schönsten Theaters der Stadt, bevor er weiterdenkt –, eigentlich wird Musik eingeatmet. Durch die Haut.

Er steht auf dem Treppenabsatz, eine Hand auf dem Geländer, vor ihm erstreckt sich der Theatergarten, Kieswege, Rasen, ein Brunnen. Die Bäume noch unbelaubt, einzig ein paar mutige trauen sich und zeigen Hellgrün. Die Kastanienknospen, prall, sabbern Sirup. Herr Harald ist ein wenig im Weg, denen zum Beispiel, die zwei Gläser Schaumwein und ein Tellerchen mit Lachsschnittchen balancieren. Die Lachsfarbe gehört neben Lila zu Herrn Haralds verhasstesten. Sie prahlt, und man weiß nicht recht, womit und warum. Da war der Lachsersatz seiner Kindheit ehrlicher, er offenbarte seine knallige Künstlichkeit ohne Wenn und Aber, salziger als Blut. Er kauft sich nichts, stellt sich aber ein Getränk vor: Brause, Waldmeistergeschmack, ein ganzer junger Wald darin, sprudelnd vor Frühling. Schauer im Gaumen. Brausegaumenschauer. *Wohlriechendes Labkraut.* Weiße Sternblüten. Sehr still steht er, die Augen offen, aber blind, weil er gerade verkostet und mit Entkommen beschäftigt ist. Das ist, auch wenn es anders klingt, eine schöne Beschäftigung, eine, die die gesamte

Vorstellungskraft fordert und jetzt dem Kissen aus blühendem Waldmeister ein Moosbett beschert, als Zugabe. Dort, wo der Schiefer wächst, gibt es zwar keine Wälder, aber es gibt sie dort, wohin Kinder mit rachitischer Veranlagung in Gesundungsferien verschickt wurden. Wegen der Trichterbrust. Ein Wort, das ein Loch bohrt bis ins Zentrum. Die Sonne, die sich so rar machte, wurde dagegen nicht wegen Vernachlässigung oder Unterlassung belangt. Die Sonne ist im Italienischen ein Mann, also gewissermaßen sein Stiefvater. Von Stiefvätern muss man sich nichts Gutes erwarten. Aber zurück zum Wald: Falls das Bett aus Moos für ein Liebespaar bereitet wäre, würde der Mann, falls wiederum ein schwarzes Kleid ausgezogen werden würde, dieses sorgfältig zusammenfalten und auf trockenes Laub legen, damit es unbeschadet bliebe. Und die Schuhe mit den Spitzen nach Norden ausrichten, wie einen Kompass. Verlaufen würde so nicht drohen. Und die sparsame Sonne wäre unerheblich, denn der Mann des Liebespaares hätte vorgesorgt: mit einem warmen Mantel, der beide bedeckte. Allein die schmalen Fesseln der Frau, ihre auch im Liegen wachsamen Sprunggelenke blieben unbedeckt. Nicht, um rasch aufspringen zu können, sondern aus Liebe zum Moos. In der Brusttasche spürt Herr Harald die beruhigende Festigkeit des Notizbuchs. Als der erste Gong ertönt, zückt er es rasch und notiert das Wort des Monats März: *Moostrost.*

Gewappnet und gekräftigt erreicht er seinen Platz, einige wenige müssen sich seinetwegen erheben, er dankt mit einem Neigen des Kopfes. Als er sich setzt, tut er das mit großer Umsicht, Klappstühle sind tückisch. Erstens. Und zweitens möchte er verhindern, dass ein zu energisches Hinsetzen seinen Geruch verbreitet, den er als klamm empfindet.

Die Tür des seitlichen Bühneneingangs öffnet sich, Applaus rauscht auf. Wieder geht der Pianist voran, das kinnlange Haar nach hinten frisiert, der Sänger folgt, die weiße Hemdbrust wie frisch gestärkt, als letzte die Umblätterin, gesenkten Kopfs. Ihre Wege trennen sich vor dem Flügel, die Herren umgehen ihn von vorn, sie von hinten. Sie nimmt Platz im lichtarmen Schwarz. Die Pause hat den Liederzyklus zerrissen, Herr Harald bedauert das und weiß, die Gastronomie ist schuld.

*Sie sprach: Es kommt ein Regen, ade, ich geh nach Haus.* Jetzt horcht Herr Harald auf: Ist es Einbildung oder hat sie ihn, als der Sänger diese Zeile anschlug und ausklingen ließ, nicht angeschaut? Mit einem Blick, der ausdrückt, dass sie Regen und Verregnetes kennt. Und gleich wieder zurück zur Partitur. Herr Harald entlässt ein lautloses *Ja*. Dann eine Schrecksekunde, sie steht wieder bereit, leicht nach rechts geneigt, der Pianist hat ihr mit einem kaum wahrnehmbaren Kopfnicken bedeutet, dass es der richtige Moment sei umzublättern. Ihre Hand schwebt über den Noten, greift und greift daneben, fliegt zurück, erwischt den Zipfel und wendet, mit einem Anflug von Ärger, die Seite zu rasch, die wölbt sich auf und droht, in die alte Position zurückzurutschen. Der Pianist versetzt ihr einen Schlag, sie flacht ab. Da wird er zornig, haut in die Tasten: *Ach, Tränen machen nicht maiengrün, / machen tote Liebe nicht wieder blühn.* Herr Harald entschuldigt sich leise, er wird sie nicht wieder ablenken. Schiebt die Hände unter die Oberschenkel, unterbindet damit das unruhige Kneten und Kratzen. Wenn du, denkt er und sucht dabei nicht den Blick der Umblätterin, wenn du deinen Mantel einmal beim Balkon links abgeben würdest, ich nähte ihm Flügel an.

Herrn Harald schmerzen die Hände vom Applaus. Bei den Zugaben fehlt die Umblätterin, in der kleinen Kammer schlüpft sie in Jeans und Pullover, die paar grünlich-pulvrigen Laubschuppen vom Moosbett an ihrem Kleid bleiben unbemerkt? Ob sie Marie heißt? Ob sie Fahrrad fährt? Ob es in ihr nachsingt? Ob sie einen alten Vater pflegt? Einen jungen Mann liebt? Wo verwelken die Blumensträuße, die von den Künstlern routiniert mit Wangenküsschen in Empfang genommen werden? Warum legt sie niemand ihr in den Fahrradkorb?

Die Nacht wartet mit eisigem Wind auf, fies aus Nordost, der noch junge März gibt sich geschlagen. *Und der Himmel da oben, wie ist er so weit.* Herr Harald stellt den Kragen auf, streift die Handschuhe über.

Warm füllt die Musikmahlzeit den Leib. Aber der Kragen kratzt, die Haut am Hals ist wund und schuppig. Und doch, wer ihn sähe, würde tatsächlich meinen, er denke an ein gutes Essen, so zufrieden ist sein Gesichtsausdruck. Er ist es, weil er es geschafft hat, die Erinnerung an das morgendliche Halswaschen des Harald-Kindes zu entwaffnen. Das ist eine Taktik, die in den Nachrichten als Deeskalation gelobt wird. So geht sie, die *Deeskalation*, am Beispiel Halswaschen vorgeführt: Zunächst genaues Aufrufen der Situation: Ein grober Erzieherzeigefinger rubbelt so lange rund um Nacken und unterhalb des Kinns, bis sich kleine Schmutzkügelchen rollend daran festsetzen, die dann dem Kind anklagend vor die Nase gehalten werden, zusammen mit einem tropfnassen, seifigen Waschlappen. *Dreckspatz.* Und die Entwaffnung geht so: Nichts wäre ich lieber als ein Vogel, gern ein Spatz, aber von mir aus auch ein Buchfink. Oder eine Bachstelze. *Bachstelze.* Ausnahmsweise ein zweites Wort des Monats.

In der U-Bahn Pulks von Konzertbesuchern. Wie Lehrer halten sie eine Notenkonferenz ab, Sänger und Klavierbegleiter werden in die nächste Klassenstufe versetzt, die Umblätterin kommt nicht vor. An deren linker Wade hat Herr Harald übrigens beim Abgang noch eine Laufmasche ausgemacht, trotz aller Vorsicht im Himmelreich des wohlriechenden Labkrauts. Marie könnte sein. Aber auch Johanna.

Er erreicht sein Wohnviertel, robuste Hausquader, jetzt freundlicher wegen der erleuchteten Fenster. Kaum Grünes. Er nennt es Steinzeit. Um bei der Heimkehr Grund zu Vorfreude zu haben, hat er Pudding vom Vorabend aufgehoben, den wird er als Nachspeise zu sich nehmen. Nein – *schnabulieren.* Im Wortesortiment gehört zu Süßem, zum Naschen, das Wort »schnabulieren«, zum Fleisch das Wort »verzehren«, zu Nudeln »verschlingen«, zu Suppe »schlürfen«. »Zu sich nehmen« ist Verwaltungssprache, und die pflegt er nicht.

Er gibt, bereits ausgestreckt im Bett, eine Traumbestellung auf, Adressat unbekannt. Es wird nicht klappen, aber das bedeutet dann womöglich, dass er es nicht träumen muss, sondern erleben darf. Beim Frühstück, nach traumloser Nacht, erinnert er sich an den Ausspruch seiner Opernkollegin, der Türschließerin links, dass es Leben mit Walzer gibt und Leben ohne Walzer. An diesem Morgen versteht er es. Ohne Walzer: Der Tagesplan sieht einen Einkauf vor, ein Telefonat und Aufbruch zur Arbeit am späten Nachmittag. Durch das Küchenfenster dringt schlechtgelauntes Licht, das bereits anderswo im Einsatz war und nur noch spärlich auftritt. Herr Harald spült ab. Die Haut geht heute. Sie ist noch musikbeatmet. Marie oder Johanna, denkt er, ich komme dahinter.

Das Radio verkündet die Nachrichten. Er hört aufmerksam zu, die Bombenangriffe, die Schiffe, die Toten, die Börsen, das Öl, der Euro und das Klima. Alles hängt zusammen. Er hört es wie unter einem Vergrößerungsglas und in Zeitlupe. In der Verlangsamung und in der Nahaufnahme verfilzt alles zu krausem Geschwür, es wuchert, ein Gewirr grässlich verschlungener Leiber. Wenn ein Chirurg anfinge zu schneiden! Verblutete die Welt. Wachstum ist aus Wachs, alles schmilzt, glüht, zerfließt. Halt! ruft sich Herr Harald selbst zu. Beziehungsweise ruft er es Tibor zu, seinem Ansprechpartner. Tibor hat er gefunden, als er einmal, im August und aller Pflichten ledig, am Ufer des kalten reißenden Flusses, der die Stadt teilt, saß und an nichts dachte. Vor sich hin sann, als wäre die Welt aus Luft und Treibholz geschnitzt. Da stellte sich Tibor ein. Und höflich, den Kopf neigend, vor: *Tibor, in anderer Buchstabenfolge auch Orbit. Ich stehe in Notfällen zur Verfügung.* Das Wort »Ansprechpartner« hat Herr Harald von der Telefongesellschaft entliehen und von den Hotlines, die sich rund um die Welt schlingen wie Breiten- und Längengrade. Seit jenem Augusttag trifft er sich gelegentlich mit Tibor, immer dann, wenn es eng wird um die Brust, also selten, man geht ja auch nicht mit jedem Schnupfen zum Lungenfachmann. Die Beratschlagung mit Tibor erfolgt nicht in Worten und Anweisungen, sondern besteht allein aus Umgebung und Erfassung. *Orbit* trifft zu, denn er, Herr Harald, ist der Zentralkörper, Tibor die Kreisbahn darum.

Der Abwasch ist erledigt, das Küchentuch nass vom Abtrocknen. Der Vorhang, der am Vorratsschrank die Tür ersetzt, einst leuchtend gelb, ist ausgebleicht, dabei trifft ihn nie ein Sonnenstrahl. Er verbirgt auf Regalen gestapelte Konserven und vor Jahren Eingemachtes: grüne Brechbohnen, »grün« steht auf dem Etikett, aber die Bohnen haben im Verlies alle Farbe eingebüßt und sehen aus wie blasse Sprossen; außerdem Senfgurken, Ravioli in Tomatensoße und Tuttifrutti-Obstsalat. Und Ananasringe. Einmal hat das Harald-Kind an der Mittagstafel versucht, sich einen solchen Ring um den Finger zu wickeln wie einen Hula-Hoop-Reifen, der Finger wurde bestraft. Herr Harald denkt an die Konserven und luftversiegelten Obst-Häftlinge wie an Mitbewohner. Vor dem kleinlichen Fenster zum Hof, in dem blaue, braune und grüne Tonnen mit gerade geleerten Bäuchen herumstehen wie von Gott gewürfelt, zetert eine Krähe.

Herr Harald macht sich zeitig, gleich nach dem Einkauf, auf den Weg. Das Telefonat wird verschoben. An vielen Hauseingängen – nach einem Wochenende nicht ungewöhnlich – stehen Kartons mit Büchern, deren erster und vermutlich letzter Leser der nächtliche Regen wurde. *Zu verschenken.* Nun leuchtet der Himmel unbescholten, keine Striemen weit und breit. Herr Harald betritt das Opernhaus von der Flanke her, da ist der große, herrschaftliche Haupteingang noch geschlossen. Die

Säulen stützen das mächtige Gewölbe, unter dem keine Gläser klirren, kein Handy klingelt, keine Komplimente schwirren und der Schrotbeschuss missgünstiger Blicke noch fehlt, irgendwie sinnlos. Seine Schritte auf den teppichbezogenen Stufen bleiben lautlos, das hat etwas Diebisches, so als schliche sich Herr Harald seinem Arbeitsplatz an. Die Luft ist abgestanden, trächtig. Herr Harald verstaut Aktentasche und Schirm, versichert sich, dass in der Schublade das *Bella Italia* bereitliegt und alle Garderobenmarken am richtigen Haken hängen. Dann zieht er den Schemel etwas nach vorne und setzt sich. Herumsitzen und auf alles gefasst sein, darum geht es. Er ist sein eigener Einlieger. Immerhin. Es ist alles bereit. Gleich werden sie kommen, seine Gäste, in herrliche Duftwolken gehüllt, meist, und ihm alles für drei Stunden überlassen, was in ihren großen Dielen, in begehbaren Schränken oder schlichteren Garderoben, vor Motten geschützt und professionell gereinigt auf den Einsatz wartet. Auch Schuhe, in staubfreien Schuhfächern mit Schuhspannern vor Altersfalten gefeit und in Tüten ins Theater getragen. Die guten Mäntel, die eleganten Schuhe, große Dielen für große Bürger. Dabei ist »Windfang« ein so wunderbares Wort. Herr Harald hat einen Windfang, in dem er die Arme anlegen muss, um nicht anzuecken. Eine gute Sache.

Wenig später schon werden an den in schäumender Stimmung eilig geleerten und ebenso eilig verlassenen

Prosecco-Gläsern alle Rot-, Rosa- und Orangetöne der Lippenstifte schillern. Das Rosa ist am schönsten, rosa wie die Haut über einer gerade verheilten Wunde. Die dunklen Rottöne erinnern ihn dagegen an Schlachthöfe: Auf den gefliesten Böden werden die Blutergüsse mit starkem Wasserstrahl in die Gullis gelenkt, dann wird mit breiten Gummischrubbern nachgeschoben. Das Blut vermischt sich unterirdisch mit dem weltweit vergossenen zu einem gewaltigen Ozean. Was den Gullis entkommt, schießt in flussarmstarken Rinnsalen hinaus auf die Straßen, die Plätze; steigende Pegel, gleich schwappt alles über, Herr Harald muss nun in Sachen Gleichgewicht aufpassen: Er berührt mit den weißen Handschuhen den Tresen, der seiner Garderobe eine schöne klare Grenze setzt. Die unauffällige Schwingtür, die ihm – und ihm allein – Zugang gewährt, ist zuverlässig eingerastet. Dennoch leichter Sitzschwindel.

Da kommt ein Herr. In großen, bestimmten Schritten, sehr früh, es geht eigentlich erst in dreißig Minuten los. Er hat ein Anliegen und ist, sichtbar und von Haus aus, ungeduldig, Herr Harald springt auf. Dass das ein wenig alarmiert wirkt, ist nicht zu ändern. Er sagt: »Ja, bitte?« Der Besucher erklärt, etwas kurzatmig vom Treppensteigen, dass er in Kürze mit einer Dame wiederkomme, die heute ihren Geburtstag feiere. Ob Herr Harald die kleine Schmuckschachtel, die er ihm hiermit samt Tütchen überreiche, in der rechten Manteltasche der Dame verstauen könnte, so dass sie nach der Oper, nach dem Taschentuch tastend, darauf stoße? Der Mantel habe das Rot eines guten Bordeaux, und im Übrigen werde er ja auch dabei sein. Jetzt habe er die Dame in der Bar des Untergeschosses am Tresen geparkt, mit einem Gläschen, versteht sich, ein geschäftliches Telefonat vorgeschoben, unten leider kein Empfang. Und nun sei er hier. Heikel, findet Herr Harald, aber auch: Warum eigentlich nicht? Das Zögern irritiert den Herrn, er schiebt einen Fünf-Euro-Schein in seine Richtung. Herr Harald schiebt diesen mit der eingeübten Bemerkung zurück, er trinke nicht. Der Herr rückt seinen Krawattenknoten zurecht, mit angespannten Kiefermuskeln, vermutlich würde er lieber seinem Gegenüber an die Gurgel gehen. Das, also Herr Harald, auf Wortsuche, sagt rasch hintereinander, so als werfe er probeweise Münzen ein: »in Ordnung«, »ungewöhnlich«, »zweifelhaft«, »bedenklich«, »jederzeit«…, da unterbricht der Herr ihn mit einem brüsken Dank und der Bemerkung, das Ganze sei schließlich eine Überraschung und ein klein wenig Sinn für Abenteuer sei durchaus gefragt. Die winzige Schachtel – der Name eines Juweliers auf dem Deckel lesbar – wandert zusammen mit dem Tütchen zum Italienischbuch in die Schublade. Der Verursacher des Wirbels tritt ab. Herr Harald muss niesen. Vom strengen Rasierwasser. Er sagt dreimal hintereinander pfui. Das Wörtchen hat eine lange Spur zurück – schleimig wie die einer Schnecke.

Der ungewöhnliche Auftakt seines Arbeitsabends beunruhigt ihn, er versetzt dem Schemel einen leichten Stoß, der diesen noch weiter in die Ecke zwingt. Nicht er selbst, sondern der Schemel soll nachsitzen. Zur Strafe. Es liegt im Wesen von Strafen, dass man ihren Grund nicht kennt, deshalb ist er entlastet, er muss nichts begründen. Schon gar nicht einem dreibeinigen Holzsitzmöbel gegenüber. Herr Harald beäugt die Sitzfläche, keine Spur des Schweißausbruchs, den er spürt. Nicht als Nässe, sondern als Hitze, als Aufheizung aller Säfte, die, so aufgewiegelt, gluckern werden, genau dann, wenn die Besucher einströmen. Dieser blubbernde Mensch! Niemals würden sie so einem ihr prächtiges Gefieder anvertrauen! Noch ein Fußtritt gegen den Schemel, dann geht es wieder.

Als Erste erscheinen der Herr und seine Begleiterin. Herr Harald nimmt den roten Mantel der Dame in Empfang, nickt dem Begleiter, der unangenehm verschwörerisch zwinkert, betont zurückhaltend zu, wünscht einen anregenden Abend, händigt die Marke aus, tastet – ohne Blickkontakt – nach dem nächsten Mantel, verstaut Tüten, setzt den gewohnten Wortreigen in Gang, »gern«, »sofort«, »gleich hier links«, »gratis«, »keine Ursache«, »selbstverständlich«, »ich bedanke mich«, und schaut erst wieder auf, als ein Kind an der Hand seiner Mutter vor ihm steht, ein Mädchen, acht, neun, zehn Jahre alt, er kennt sich nicht aus mit Kindern. Das Mädchen sagt, es möchte eine *geile Nummer.* Herr Harald erschrickt und blickt in zwei aufgerissene, irgendwie farblose Augen. Er mag das Wort nicht wiederholen, sondern greift wahllos nach einem freien Haken, während die Mutter feixt. »Nummer 55?« Das Kind nickt, und Herr Harald nimmt die Mäntel in seine Obhut, sie kommen ihm, in ihrer Schlaffheit, vor wie erlegtes Wild. Die Kopfhaut spannt, zu knapp bemessen für seinen Schädel. *Dickschädel.* Der wurde einmal geröntgt, vor Jahren, da gab es Probleme mit den Nebenhöhlen. Die waren gefüllt mit etwas, das im Röntgenbild aussah wie eine feste Schicht Tiefladerwolken. Es drückte von innen gegen die Stirn, die Augen, zum Bersten. Herr Harald mag seine Röntgenaufnahme, was das Harte betrifft – die starken Kieferknochen und die Schädelschale ums Gehirn, robust, kantig –, ja, er mag seine Röntgenaufnahme lieber als sein Spiegelbild. Lebenslang wirft es den Mensch spiegelverkehrt zurück. Das Schöne ist, dass die Kopfdurchleuchtung gültig bleibt in Bezug auf das Wesentliche, die unsichtbaren Knochen. Während unter seinem allmorgendlichen Blick in den Spiegel das Sichtbare, die Haut, sich äußerst ungenügend über den knochigen Rohbau dehnt und dabei zusehends verwittert. Er fasst sich ans Kinn.

Es ist da. *Kinnlade.* Man zieht sie auf und stopft hinein, was im Kopf verschwinden soll. Ähnlich den Verstecken, die Schmuggler für ihre heiße Ware anlegen. Schublade! Herr Harald schreckt auf: die Schmuckschachtel!

Er öffnet die Schublade und entnimmt die Box zusammen mit ihrem Aufpasser, dem Italienischbuch. Lüftet den Deckel: ein Ring, mit schimmerndem Stein. Folglich plant der Schenkende eine Verlobung. Oder eine Entsühnung für Vorgefallenes? Herrn Haralds Hände zittern, als er den roten Mantel nach der Taschenöffnung absucht und die Schachtel mitsamt der kleinen Tüte hineinlegt wie in ein Nest. War es so gedacht? Mit Tüte? Ohne Tüte? Er hätte nicht annehmen sollen, hätte den selbstherrlichen Herrn in seine Schranken weisen, hart bleiben sollen, rechtsgewiss. Stattdessen: Gallerte. Grütze. Wackelpudding. Aspik. Sülze. Schlotterpuppe. Erneuter Griff ans Kinn: Knetgummi. Knorpel, nicht Knochen.

*Bella Italia. Wie die Italiener fluchen*, S. 24: *Coglione, Vaffanculo, Porca miseria, testa di cazzo.* Herr Harald wappnet sich, vermeidet allerdings, die deutsche Übersetzung zu studieren. Richtet den Blick beim Flüstern der Flüche unausgesetzt auf den roten Mantel. Die Tasche scheint sich zu wölben, hatte er die Schachtel nicht tief genug versenkt? Will der Ring vor dem ihm bestimmten Finger fliehen? Ein Brausen hebt an: *Am*

*Grund großer Flüsse liegen gewaltige Schätze, Haubentaucher jagen nach ihnen. Im Sturzflug, der so rasant ist, dass er einen Sturm entfacht. Der nun durch die Garderobe fegt, die nicht vergebenen Garderobenmarken klirren im Wind. Haubentaucher: Wir alle.* Herr Harald bedeckt Mund und Nase mit der Hand, bis es abflaut, das Brausen.

Es handelt sich beim heutigen Abend um eine Ballettaufführung, das erklärt die Mehrzahl an Frauen und Kindern, weiblichen Kindern. Herrn Haralds Garderobe ist bunter als sonst. Besonders Mädchen haben farbenfrohe Jacken und Mäntel, so dass sein Arbeitsplatz ein wenig aussieht wie eine Schneiderwerkstatt, die sich für den Frühling rüstet. Der schwarze Kittel dagegen, wiewohl frisch gewaschen, macht ihn inmitten der Mantelblüten zum Bestatter. Er öffnet den obersten Knopf und lässt den weißen Hemdkragen herausschauen, wenigstens schwarz-weiß. Liest aufmerksam, zurück auf dem Schemel, dass im Italienischen die Möglichkeitsform für Äußerungen des Unbehagens und Missfallens genutzt wird. Überhaupt für höchst persönliche Meinungen. Er, Herr Harald, hätte also dem Opernbesucher sagen müssen: Es gefällt mir nicht, dass Sie mich zum Handlanger Ihres Willens machen und zum Komplizen Ihrer vermutlich mittels Ringgeschenk vertuschten Untreue. Aber die Möglichkeitsform unterscheidet sich eigentlich durch nichts von der Unmöglichkeitsform.

Marie oder Johanna. Das Notizbuch nimmt den Platz des Italienischbuchs ein, Herr Harald schlägt es auf und trifft auf den letzten Eintrag, *Bachstelze.* Haardünne Beinchen. Die dem nahezu gewichtlosen Vogelkörper große Sprünge erlauben, ähnlich den sprintenden fersenlosen Prothesenträgern bei den Paralympics, die er im Fernsehen bestaunt hat. Auch er hätte gern Gliedmaßen aus *hochwertigem Carbon.* Blättert um, eine neue frische Seite liegt vor ihm. Er malt sich zweierlei Fälle aus, Johanna oder Marie betreffend, günstigenfalls und schlimmstenfalls. *In der Pause unverhofftes Wiedersehen. Schlimmstenfalls: Heißt sie weder Marie noch Johanna und nennt ihr Gegenüber wildfremd. Bestenfalls: Heißt sie Marie oder Johanna und sagt, ich freue mich, Ihre Bekanntschaft zu machen. Schlimmstenfalls: Abwendung unter freundlichem Lächeln. Bestenfalls: Gemeinsames Aufsuchen zweier Stühle unter der großen Platane im Garten des Schönsten Theaters der Stadt. Sie sagt: Der Stamm trägt Uniform. Ihr Begleiter erwidert etwas, das ihm nun nicht einfällt. Ein liebenswürdiger Kellner serviert Stärkendes in Gläsern, die aussehen wie die Blütenkelche der giftigen Engelstrompete. Günstigenfalls und schlimmstenfalls läutet es nun zum Ende der Pause.*

Herr Harald ist erschöpft, als er das Notizbuch wieder verwahrt. Gerade rechtzeitig. Applaus rauscht, die Türverwahrerinnen öffnen die Zugänge, ein Schwall warmer Luft breitet sich aus und verändert die Wetterlage. Nachlassender Tiefdruck. Die Türverwahrerin links von seiner Garderobe dehnt ihre in zu engen Schuhen eingesperrten Zehen und lächelt ihn an, auch das ist eine Ausdehnung, Herr Harald begrüßt sie, die Ausdehnung und ihre Absenderin. Händigt mit sparsamen Bewegungen einigen wenigen Müttern mit quengeligen Kindern die Jacken aus: ein Mann, der seine Arbeit verrichtet. Beobachtet dabei, leicht auf die Theke gestützt, zwei Mädchen, die Tanzschritte probieren. Den roten Mantel stets im Augenwinkel, er traut ihm nicht. Am Eukalyptusbonbon – für besseren Atem im Pausenverkehr – schlitzt er sich die Zunge auf. Das kommt vom zu raschen Aufbeißen, Bonbons soll man lutschen. Daumen nicht. Das steigt, höchst unpassend, aus dem hauseigenen Archiv empor. Herr Harald greift zur Selbsthilfe und verbannt die Bonbonruine flink und geschickt in ein Papiertaschentuch, das verschwindet in der Kitteltasche.

Beim letzten Gong – es geht weiter! – nimmt er auf dem Schemel Platz. Als befände sich im Innern des Opernhauses ein riesiger Magnet, der nun aus allen Richtungen Eisenspäne anzieht, so verschwinden die Besucher in den im Halbrund angeordneten Türen, die sich lautlos hinter ihnen schließen. Die plötzliche Stille macht andächtig, er glaubt an etwas, auch wenn nichts da ist. Nichts. Ist nicht Abwesenheit der stärkste Hinweis auf die Existenz des Fehlenden?

Herr Harald zählt, lange, bis 15. Sein Blick fällt auf die Schuhspitzen. Auf den Staub, der ins rissige Leder eingedrungen ist und mit jedem Auftragen von Schuhcreme vertieft wird. Die Schuhe, denkt er, sind Vorreiter in Sachen Staubwerdung. Er versucht, sich an die Schuhe zu erinnern, die Marie oder Johanna trug. Es gelingt nicht. Er schilt sich für das Versäumnis und ist gleichzeitig glücklich darüber. Er wird das Konzertprogramm studieren und eine Gelegenheit finden, sie erneut zu sehen. Auch die Augenfarbe gilt es zu überprüfen und die Form der Ohren. Sicher ist er sich nur beim Gang, dem fehlte der Schwung, den Siegesgewisse haben. Aber dennoch wies er, ein wenig schleppend, wie im halben Streik, etwas aus, mit Nachdruck: Unbeirrbarkeit. Wer sich um etwas nicht schert, kann jederzeit ausscheren. Wie schön der Satz klappt! Die Beine von Marie oder Johanna mochten unsicher oder zögerlich Fuß vor Fuß setzen, der Oberkörper dagegen hielt sich kerzengerade, aufrecht. Kinn nach oben, unbeirrt. Ein gutes Wort, das richtige Wort. Wie einen Stoß spürt Herr Harald die anlandende Wucht der Erinnerung an die Begegnung und springt auf. Aber es ist zu früh. Noch wird drinnen getanzt, gewirbelt und gestemmt. Ballett ist zu bewegt, zu verdreht für Herrn Harald, er bevorzugt die Schwerkraft und setzt sich wieder. Die Übergabe des Schatzmantels muss also warten. Sogar im Rücken fühlt er das Rot, es heizt ein. Er fordert seine

Wirbelsäule auf, sich zu versteifen, sich als Rückgrat zu erweisen, und sie gehorcht. Aufgerichtet, wendet er seine Gedanken zurück zu Marie oder Johanna. Geht dabei vor wie ein Fotograf vergangener Zeiten, der in der Dunkelkammer seines Labors auf das Aufscheinen des Fotografierten wartet, das in der Entwicklerlösung zunächst unscharf und wolkig andeutet, was wenig später, mit der Pinzette herausgehoben und zum Trocknen aufgehängt, scharf umrissen sein würde. Das schummrige Licht in der Dunkelkammer ist ein gutes Rot, ein warmes Rot, das weder mit Blut noch mit Wein verbündet ist.

Die kurz darauf anströmenden Gäste bedient er mit professioneller Behändigkeit, nimmt mit der einen Hand die Nummer entgegen, während die zweite bereits unterwegs ist, dann halbe Drehung des Oberkörpers zum richtigen Haken. Dem weinroten Mantel und dem erneut bedeutungsvoll zwinkernden Herrn schenkt er nicht die geringste Extraaufmerksamkeit. Dafür widmet er den Kindern, Mädchen und den wenigen Jungen, eine Art Lächeln, mit entspannten Kiefermuskeln. Strom durchfließt ihn. Den Pluspol bildet die Erinnerung an Johanna oder Maries fohlenbraunes, seidenglattes Haar, den Minuspol die am Morgen beobachtete Lieferung einer eingeschweißten Ladung Hammelfüße vor dem Döner an seiner Straßenecke. Elektrizität braucht Spannung, das muss man aushalten. Die Handgriffe, mit denen er die Garderobe für die Schließung rüstet, sind die notwendigen und die richtigen. Die Schnallen der Aktentasche rasten geräuschvoll ein, noch lauter rasselt der Schlüssel, den er im Schloss der Schublade dreht. So ist es gut.

Im Müllbehälter nah dem Ausgang erkennt er die Geschenktüte. Nun gibt es also einen beringten Finger mehr auf der Welt.

# IM APRIL

Freie Tage nutzt Herr Harald mal so, mal so. Heute beispielsweise geht er in die Filiale der Stadtbücherei, die in seinem Viertel liegt. Das beschließt er beim Frühstück, eine Scheibe Brot mit Marmelade, eine mit Frischkäse. *Purer Genuss* wird auf der Schachtel verheißen, mal sehen, an ihm soll es nicht scheitern. Einkäufe, Raumpflege, Gärtnerisches wird im gedanklichen Terminkalender auf kommende freie Tage verschoben. Gärtnerisches beschränkt sich auf die Inspektion, das Gießen und Düngen von zwei halbhohen Grünpflanzen, die im hellsten Zimmer – dem zweiten von zweien – ihre Zweige nach dem Licht ausrichten. Es ist sein Arbeitszimmer, die Bezeichnung »Wohnzimmer« benutzt er kaum, denn schließlich wohnt man in allen Zimmern, auch im Schlafzimmer und in der Küche. Ein kleiner pultartiger, nicht ganz standfester Tisch weist es als Arbeitszimmer aus, er hat die richtige Höhe zum Notieren, zum Ausfüllen von Überweisungsformularen und Nachdenken. Dabei leisten ihm Trauermücken Gesellschaft, sie brüten in der Blumenerde ihre Larven aus, schwirren, nach wenigen Tagen flügge, in schwärzlichen Schwärmen in Fensternähe herum. Er lässt sie, obwohl er in der Stadtbücherei unter »Schädlinge« nachgeschlagen hat, wie man sie bekämpfen könnte. Aber warum sollte er das Trauern unterbinden? Er gönnt es ihnen. Herr Harald nickt bekräftigend, schlingt vorsichtshalber, bereits im Windfang, gegen den böigen Aprilwind einen Schal um den Hals, stellt den Kragen auf und geht, ohne die Stufen zu zählen, vier Stockwerke zu Fuß. Den Aufzug nur mit Einkäufen, denn eng, eng ist es darin.

Draußen schlägt ein Specht seine Wahrheiten in den Stamm des einzigen Baums weit und breit. Herr Harald ist froh, dass er keine hat. Wegen der Kopfschmerzen. Unausstehlich müssen die sein in der winzigen Kammer des Vogelschädels, der schon schwer genug am Schnabel trägt. Der Weg zur Stadtbücherei ist müllgesäumt, Herr Harald weicht aus, er will kein Schnüffler sein und den Abendverlauf unbekannter Menschen besichtigen und erraten. Bewundert ein wenig die Sorglosigkeit, mit der manche Spuren hinterlassen, und will nichts mit den Krähen zu schaffen haben, die auf den Rändern der Mülleimer hocken, Unbrauchbares in hohem Bogen herausschleudern und verstreuen und die abgekauten Pizzarinden in ihre Nester verschleppen. Oder in irgendwelche Verschläge, aus denen sie den Schwarzmarkt beliefern, den Krähenschwarzmarkt.

Herr Harald ist mit derlei Gedanken so beschäftigt, dass er erst knapp vor dem Überqueren der Straße stehen bleibt, durch lautes Hupen aufgeschreckt. Es gilt nicht ihm, doch die Fußgängerin vor ihm hätte es fast erwischt. Ein schwarzer Geländewagen, ein Porsche, braust nach der ihr geschuldeten Vollbremsung mit quietschenden Reifen davon. Die Frau hält nach dem knappen Erreichen der gegenüberliegenden Straßenseite inne und droht erbost und sinnlos mit der Faust. Vom Porsche hängt nur noch eine Benzinschwade in der Luft, der Wagen selbst ist längst außer Sichtweite. Herr Harald versteht den Ärger der Fußgängerin, wenigstens das Auto, das einen überfährt, sollte man sich aussuchen dürfen, in seinem Fall wäre das ein Alfa Romeo und kein Porsche. Die Italiener bauen die schönsten Autos. Warum eigentlich, fragt er sich bei dieser Gelegenheit, sagt man Fußgänger? Gäbe es denn Alternativen? Auf den Händen, auf dem Kopf, dem Schlüsselbein, dem Nasenbein? »Gänger« und »Gängerin« würde reichen, um klarzumachen, dass nicht gefahren wird. Warum also? Jäh und ohne sein Zutun gerät Herr Harald in die Nähe des beunruhigenden Ausdrucks »Gefahr laufen« und bleibt abrupt stehen. Warum? *Warum ist die Banane krumm.* Ein Satz aus der Antwortangebotspalette von Duttträgerinnen, mit dem sie abfertigten, wer Fragen hatte.

Längst trägt Herr Harald seine Fragen in die Stadtbücherei und bekommt Antworten. Heute ist H an der Reihe, freie Wahl innerhalb eines Buchstabens. Er erfährt, dass die *Hyäne* über ungeheure Beißkraft verfügt und Nachtsichtvermögen. Und dass ihr Name sich vom griechischen Wort für Schwein ableitet, denn sie hat, ähnlich wie der Namensgeber, ein borstiges Rückenfell. Herr Harald ordnet das gerade Gelesene sorgsam, wenn auch ein wenig verwirrt über diese ungeahnte Verwandtschaft in das Fach *Allgemeines* ein, die größte Abteilung seines inneren Büros. Nach der Erforschung setzt er sich im Lesesaal in einen der roten Sessel und liest gründlich, mit Ausnahme der Sportberichte, zwei Tageszeitungen. Die langen Holzstecken, an denen sie befestigt sind, bohren sich manchmal unangenehm ins Weiche des Oberschenkels, so dass zur Vermeidung des Kontakts die Arme mit der entfalteten Zeitung weit nach vorne ausgestreckt werden müssen. Das ermüdet. Und von außen, durch die großen Fensterscheiben betrachtet, sieht es womöglich so aus, als böte er einem unsichtbaren Aufseher an, ihn zu verhaften, ihm Handschellen um die schutzlos aus den Jackettärmeln ragenden Handgelenke zu legen, als hielte er die Zeitung nur zur Verschleierung dieses beschämenden Vorgangs. Nun denn. Irrtümer lassen sich nicht verhindern, falsche Annahmen nicht ausräumen.

Bei den Traueranzeigen stellt Herr Harald fest, dass viele Angehörige bedauern, von *unserem* geliebten Ehemann, Vater und Großvater Abschied nehmen zu müssen. Dabei müsste es von *meinem* geliebten Ehemann und *unserem* Vater heißen, denn die Ehefrauen teilten den Ehemann ja nicht mit anderen. Dagegen sehr wohl die Kinder den Vater und die Enkel den Großvater. Viele Male breitet die Seele ihre Flügel aus, siegt die Liebe vor Glaube und Hoffnung und sieht allein das Herz gut. Das sind schöne Feststellungen. Ob er sie für sich treffen würde, weiß er nicht. Das Ganze ist zu kompliziert, er bricht vor Überlegungen zum Wer und Was und Wem einer solchen Trauerbekundung ab, indem er die Zeitung zuklappt. Längst bleibt von solchen Lektüren keine Druckerschwärze mehr zurück.

Auf dem Rückweg, mit dem Erreichten zufrieden, denkt er über das Wort des Monats nach, ergebnislos. Es ist vielleicht noch zu früh im April, so ein Stichwort stellt sich dann ein, wenn der Weg bereitet ist. Er überquert die Kreuzung des Beinah-Unfalls unbeschadet, ein leichter Wind trägt aus der Ferne frühen Fliederduft heran, zu sehen ist der Fliederbusch nicht. Herrn Haralds Lungen legen sogleich einen Vorrat an. Damit genug Zeit zur Fliederluftanschaffung bleibt, beschließt er einen kleinen Umweg. Entlang des Canaletto, so nennen Mitbürger mit Talent zum Ausschmücken ein unscheinbares Wassersträßchen. Das Schnittgut der Böschung schwimmt in Fladen – oben von der Frühlingssonne schwarz gebacken, unten bereits faulig – einher. Ein paar Meldungen der gerade gelesenen Zeitungen bedenkt er ein zweites Mal, während das Bächlein zu seiner Linken leise gluckert, als würde es in sich hineinlachen. Darüber, dass es trotz seiner Dürftigkeit behandelt wird wie ein richtiger Wasserweg. *Canaletto.* Dann räumt Herr Harald den Platz im Kopfspeicher wieder, denn es gehört zum guten Wirtschaften, dass man nicht unnötig hamstert. Er will gerade rascher ausschreiten, noch einmal Fliederlila tief einatmend, als eine Entenmutter mit sieben Küken im Schlepptau vor seinen Füßen auftaucht und sich an die Straßenüberquerung macht. Er hält inne, bleibt stehen. Sie schafft es, und sechs Küken überwinden die hohe Kante des Bürgersteigs unter lautem Gefiepe und Geflatter, das siebte scheitert. Nimmt immer wieder Anlauf, mit gestreckten Flügelstümpfchen, klagt. Herr Harald legt die Aktenmappe ab, hastet zur anderen Straßenseite und geht in die Hocke. Mit Zeigefinger und Daumen stützt er das flaumige Körperbällchen unter den Ansätzen der zukünftigen Flügel. Das winzige Herz pumpt unter seinen Fingerkuppen, als das Küken die Kante schließlich erklimmt, einzig vom Schnabel vor dem Vornüberkippen bewahrt. Herr Harald muss ein wenig keuchen, ihm ist, als geschähe dies für beide, den Retter und das Gerettete, während die Entenmutter reichlich unbeeindruckt Grünes zupft. Die Kleinen eifern ihr nach, auch das Letzte. Herr Harald sammelt sich. Er hebt, zurück auf der anderen Straßenseite, die Aktenmappe auf, schüttelt vertrocknete Halme ab und trägt sie irgendwie feierlich gestimmt bis zur nächsten Bank. Setzt sich, entnimmt mit fahrigen Händen das Notizbuch, das sich nach dem Kontakt mit dem unverstehbar zarten Flaum des Gefieders ganz streng anfühlt. *Wort des Monats* schreibt er, schaut auf, dann lässt er eine Zeile frei, damit es genug Platz vorfinde, das Wort: *ZÄRTLICHKEIT.*

Er schreibt es, weil es ein Fremdwort ist, in Großbuchstaben, dem winzigen Küken eingedenk – geringeres Gewicht als ein gewöhnlicher Brief, bestimmt. In seinen spiegelschwarzen, blanken Äuglein hatte er den bodenlosen Schreck gesehen, den Schreck eines Lebewesens, dessen Programm – unbedingt leben! – vor dem Abbruch stand, die Granitkante des Bürgersteigs als sturer Vollzieher des anderen Programms, der Vernichtung. Wie die Rippen, mehr weiches Geflecht als knöchernes Gerüst, dem Aufprall haben standhalten können – ein Rätsel. Herr Harald zieht sein sorgfältig gefaltetes Taschentuch hervor und tupft sich die Stirn ab.

Die Suppe, die er sich zu Hause kocht, Champignoncreme, besänftigt. Der Tag hängt schief in den Angeln. Er nimmt sich Zeit, sitzt eine lange Weile vor dem leergegessenen Teller, dem Fenster zugewandt, nichts zu sehen, lediglich zu hören: der Hall von drei, vier Kinderstimmen, vom Aufprall eines Balls, Innenhoftheater. Als der Plan für den Nachmittag steht, steht auch Herr Harald auf. Er wird sich um die Finanzen kümmern, also Auszüge und Rechnungen überprüfen und abheften. Er hat ein Girokonto und ein Festgeldkonto, außerdem ein Festnetz. Stabil schon das Wort, zwei Silben ohne Wankelmut. Beim gelegentlichen Telefonieren presst er einen soliden Hörer ans Ohr, um den sich seine Hand schließen kann wie um eine Gewissheit. In der Bücherei benutzt er durchaus und aus triftigen Gründen die dort zur Verfügung stehenden Computer, liest und verschickt Emails amtlichen Inhalts. Aber zu Hause nur Festes, nichts Flattriges und nichts Sprunghaftes – nichts Mobiles. Auch die Bücher, die er ausleiht, sind fest, handfest. Am liebsten liest er Welterkundungen und diese wiederum am liebsten dann, wenn sie von den Welterkundern selbst verfasst wurden. Ihr Papier ist die Haut, deren Oberfläche er traut. Die Berichte von Entdeckungen neuer Kontinente, von Reisen und Expeditionen in unwegsame Gefilde treffen seinen Kammerton, seine Grundschwingung: Betrachtet nicht auch er die Welt, nicht im Großen und Ganzen, sondern in jeder Einzelheit? *Nanovermessung* nennt er es seit Kurzem. Herr Harald freut sich an dem Ausdruck, aus einem Fachbuch der Physik, das er einmal spaßeshalber ausgeliehen und so gut wie unverstanden zurückgegeben hat. Aber die Nanoteilchen blieben hängen, *Nano*, der Zwerg, ist ihm aus dem Italienischbuch vertraut. Doch nicht Vorsatz oder Theorie, fühlt Herr Harald, stehen hinter dieser ihn beglückenden Wortverschwisterung, ja, -vermählung des Italienischen und Deutschen: das kurze, klingende *Nano* mit der hölzernen *Vermessung*, die redlich und schwer an der Last der Vor- und Endsilbe trägt. Eleganter Stiefel trifft auf klobigen Holzschuh. Nein, verantwortlich für seinen Blick auf die Welt und für das schöne neue Wort ist der Schliff seiner Sehwerkzeuge. Er ist kurzsichtig, gottlob, sieht am schärfsten aus der Nähe.

Er geht früh zu Bett, vom ereignisreichen Tag matt bis in die Knochen. Das Auffinden des eigenen Pyjamas unter der Bettdecke ist wie jeden Abend tröstlich. Da hat ihn jemand erwartet – und nicht bös überrascht. Dass die Nachbarn um ihn herum, durchs gekippte Fenster zu hören, noch längst nicht schlafen, sondern lachen, sprechen, streiten, mit Geschirr hantieren, Musik hören, lullt ihn ein wie ein Wiegenlied. Letzter Gedanke, zurück zu den Welterkundern: Was jeder werden wollte, wenn sie mal groß wären, sollten die Volksschüler aufschreiben. Aufgeregt, in steil aufragender Schrift und ohne jedes Zögern hat das Harald-Kind notiert: *Schiffsjunge.* Mit einer Kajüte ganz für sich allein, fügt er nun, im Bett, auf Entlassung aus dem Tag wartend, hinzu, eine Kajüte, die ihm erlauben würde, sich wie ein Tier in der Koje zusammenzurollen, um die Nächte zu überstehen, die lang sind wie Winterschlaf. Und kalt.

Die Erholung tritt ein, der nächste Morgen beginnt planmäßig um acht Uhr und hat das gute Unbenutzte des Anfangs. Ohne Schleppe. Herr Harald brüht Kaffee, bestreicht zwei Brotschnitten und rührt Himbeermarmelade ins Joghurt. Blutmarmor, geädert, vornehm. Es ist ein Dienstag, Herrn Haralds Muskeln arbeiten strikter als an freien Tagen und verhelfen ihm zu geschmeidigen, sinnvollen Bewegungen, *eins, zwei, drei, fertig ist das Osterei*. Wo kommt das her? Keine Zeit. Die Arbeitswelt verplempert nichts, die Arbeitswelt setzt Schritt vor Schritt und kommt voran. Anders als die Trödler und Bummler, die Staubfänger und Lungerer, die Faulpelze und Liebhaber. Die treten auf der Stelle und nennen das Genuss. Herr Harald spürt die innere Straffung, Appelle schießen immer übers Ziel, auch die selbst verfassten. Das ändert nichts an ihrer Wirksamkeit, und wenn doch, dann wird er diese Zweifel gewiss nicht heute pflegen, sondern auf Tage verschieben, die müßiger sein dürfen. Herr Harald beeilt sich mit der kleinen Aufräumaktion nach dem Frühstück, Zeit kann man nämlich, ebenso wie Geld, sparen und als Guthaben auf einem Zeitkonto verbuchen. Davon wird er gleich, sobald er für den Dienstgang gerüstet ist, einige Minuten abheben und für Johanna oder Marie ausgeben.

Als es so weit ist, setzt er sich in seinem Arbeitszimmer auf das kleine Sofa, auf das er nachts manchmal umzieht. Es ist so schmal und kurz, dass er sich krümmen und an die Rückenlehne pressen muss, um hineinzupassen. Eng liegt er darin wie in einer Umarmung. Jetzt schiebt er lediglich ein Kissen zur Seite, damit Marie oder Johanna Platz findet, und konzentriert sich: Wenn man sich einem Menschen widmet, legt man die Messer ab. Die Zeitmesser, die Lichtmesser, die Halbmesser – es geht ums Ganze –, die Wasserstandsmesser, die Beschleunigungsmesser, die Jagdmesser. Er schiebt Brille und Armbanduhr auf dem Tisch ins Abseits; mehr Messer hat er nicht.

Als er aufbricht, grüßt er wie meist die Hl. Notburga, deren kleines Abbild sich gerahmt im Windfang befindet. Über ihr hängt die Sichel, die sie dem Bauern entrissen hat, der auf Anweisung seines Dienstherrn noch nach dem Vesperläuten mähen sollte. Die Hl. Notburga schleuderte darauf kurzerhand die Sichel in die Luft, wo sie, an einem unsichtbaren göttlichen Nagel hängend, fortan schwebte als Zeichen des himmlisch unterstützten Streiks. Mehr Heilige, andere Heilige braucht Herr Harald nicht.

In der Garderobe angekommen, macht er sich auf einen langen, fordernden Abend gefasst. Sechs Stunden Oper mit zwei Pausen: viel Götter, viel Tränen, viel Tragik, viel Weihe. Viel, viel, viel. Ein Dirigent, der sein Hemd auswringt, ein Publikum, das aus dem Opernbauch wankt wie aus einem Kreißsaal. In den Erfrischungsräumen müssen die Bistrotischchen mehr aushalten, vor den Damentoiletten lange Schlangen zur Erneuerung der Schminke: Fettig glänzt die Haut von der üppigen Kost. Herrn Haralds besondere Aufgabe an diesem Abend ist es, die Ruhe zu bewahren. Der Kittel hochgeschlossen, die weißen Handschuhe frisch gewaschen. Er spricht leise, wie zu Patienten. Ihm scheint, die Besucher sind aufwendiger gekleidet als sonst, die Frauen in wallenden Gewändern, die Männer befrackt. Das Abgeben der Garderobe stockt, weil die Bewegungen in den Festkleidern unbeholfen sind, man kennt sich in den eigenen Körpern nicht aus, linkisch wie Kinder, die mit Ärmeln und Knöpfen kämpfen. Herr Harald ist froh, als alles verstaut ist, der Schemel ihm Halt gibt und die Sprecherstimme im Radio so gedimmt ist, dass sie nur noch raschelt und wispert. Wie Pappellaub. Unterhalb von Zimmerlautstärke beginnt die Natur. Er döst, stellt den Hintergrund – die fremden Mäntel – auf unscharf, ein Frieden kehrt ein. Drinnen, im Auffangbecken großer Gefühle, erklingen Waldhörner, stimmen ein ins Laubgeflüster.

Wie eine Ruhestörung bricht die erste Pause an, Herr Harald hat kaum Zeit, das Radio auszuschalten – Ehrensache in der Pause –, als sich ein schlimmer Streit vor seinen noch müde verschleierten Augen abspielt. Mann und Frau handgreiflich. Die Frau trägt in der Armbeuge eines dieser gefährlich kompakten Täschchen, die Herr Harald an Opernabenden häufig sieht, metallhart, mit scharfen Kanten. Sie haben Knipsverschlüsse, die knallen wie Schüsse. Mit einem solchen Täschchen wird nun ausgeholt, der Mann weicht aus und sagt »Schlampe«. Das ist die gewaltige Musik, denkt Herr Harald, die so aufbringt. Eine Traube von Menschen hat sich um das streitende Paar gebildet, manche rufen Beruhigendes, andere Aufwieglerisches, als Herr Harald, die Augen hinter den Brillengläsern weit offen, seine Nische durch die Schwingtür verlässt. Er hält ein feuchtes Kosmetiktuch in der Hand, darauf bedacht, es nur am Zipfel zu berühren, und tritt auf das Paar zu. Zerrupft sehen sie aus, unfrisiert. Die Frau weint. »Mit Verlaub«, sagt Herr Harald, und die Leute lassen ihn durch. Er hebt das Tuch auf Augenhöhe und sucht den Blick der Handtaschenträgerin. »Lavendel«, sagt er, »gallentreibend, beruhigend, stimmungsaufhellend«, aus der Werbung vor den Abendnachrichten. Mehr fällt ihm nicht ein. Die Frau nimmt das Tuch, lächelt schwach und ungläubig, hält es sich unter die Nase. Der Mann, vor Verblüffung still, ordnet Hemd und Jackett, die beide gelitten haben. Herr Harald dreht ab, das Danke der Frau fällt ihm in den Rücken.

Was für ein Tag! Die Aufregung ebbt ab, der Vorraum der Garderobe leert sich, weil sich der Erfrischungsraum füllt. Auf den Schreck wird getrunken. Herr Harald lässt sich vom Eukalyptusbonbon bei der Beruhigung helfen, das fegt die Atemwege frei. Außerdem hat er heute, wegen Überlänge, eine Thermosflasche Pfefferminztee dabei, ähnliche Wirkung, dazu warm im Schlund. Die Türschließerin zur Linken hat in Stützstrümpfen – ihre Anpassung an Überlänge –, sicheren Stand, stellt er fest, und kein glattes, fohlenbraunes Haar. Sie lächelt ihn an, schüttelt dabei bedächtig den Kopf, als wollte sie sagen: »Menschenskinder!« Er ist froh, dass sie es schweigend vorbringt, und nickt andeutungsweise zurück, genug, um freundlich zu wirken – darum ist es ihm zu tun –, zu wenig, um zum Reden zu ermuntern. Er braucht Bedenkzeit und bearbeitet erst einmal die Brillengläser, die beim Einschreiten vor Hitzigkeit beschlugen. Dann bleibt er hinter dem Garderobentisch stehen, ein zweites Mal soll ihn nichts überraschen. Aber es bleibt ruhig. Im Teppichboden entdeckt er Spuren des Gerangels, die spitzen Absätze der Angreiferin haben Kreise gezogen. Wie die, die Diskuswerfer erzeugen, wenn sie mächtig Schwung holen und sich dabei immer schneller um die eigene Achse drehen. Herr Harald bestaunt ihre wetterfesten Muskeln, strammen Waden, gewölbten Bizepse, wenn er vor dem Fernsehschirm olympische Wettkämpfe verfolgt, Spiele sind das nicht. Und denkt, dass es eigenartig sein muss, seinen Körper rund um die Welt zu fliegen, um ihn in den immer gleichen Sportstätten, mit Rängen und Tartanbahnen, Wiesen und Sandsprungkästen, Reklamebanderolen und Flutlichtanlagen auszustellen. Man könnte doch einfach, Himmel und Luft zuliebe, ein Stadion in der Mitte der Welt errichten und alle vier Jahre auf den Anzeigetafeln den Ort nennen, den man sich als Austragungsstätte vorstellen soll: Tokio, Berlin, Montreal. Herr Harald hält inne, nicht zufrieden mit dem Gedachten. Es hat abgelenkt, aber nicht erhellt, also Stopp. Bei diesem Wörtchen begrüßt er die beiden Ps, sie machen die Vollbremsung wirksamer. Es gibt Sätze, die taugen, man kann auf sie bauen und an sie anbauen, ähnlich der allmählichen Besiedlung und Ausweitung von Korallenbänken. Nur solche Sätze will Herr Harald behalten und in seinem Notizbuch festhalten. Die anderen – wie die Überlegungen zu den sogenannten Olympischen Spielen – dürfen verdunsten und ausbleichen, zurückkehren ins Ungedachte.

Als Herr Harald nach diesem langen schweren Abend ungewöhnlich spät im Bett liegt, stellt er fest, dass er, besonders nach Belastungen wie den gerade überstandenen, leichter in Rückenlage einschläft. Als läge er im Sarg. Seitlich zusammengekrümmt dagegen erwartet man, auch wenn längst nicht mehr im Schutz einer wässrigen Höhle, die Zukunft. Und Entfaltung. Komisch, denkt Herr Harald am selben Strang weiter, von Geburt an erlebt man jedes Jahr den Tag, an dem man einstmals sterben wird, einer von dreihundertfünfundsechzig, und weiß es nicht. Bei berühmten Menschen würde das ein Jahrestag werden, bei jemandem wie ihm natürlich nicht. Aber vermerkt würde er wohl, irgendwo auf Stein oder Holz. Oder Papier. Hier hält Herr Harald inne, mit dem Wörtchen »Mumpitz« erzwingt er den Abbruch. Er denkt sich doch nicht aus, wer für ein Grab, eine Inschrift sorgen könnte! Aber irgendein Arzt, der vielleicht in diesem Moment ebenfalls schon im Bett liegt und seine Frau küsst, würde am besagten Tag den Totenschein ausfüllen und Herrn Haralds Namen mit den vollständigen Daten eintragen, dabei womöglich so etwas denken wie: Der Kreis hat sich geschlossen. Oder auch nicht. Und überhaupt – den Gedanken an den unbekannten Todestag gestattet er sich eigentlich nur an seinem Geburtstag.

Zur Ablenkung stellt sich Herr Harald die Frage, wie groß die Entfernung wäre, aus der er – und jeder andere nicht allzu groß gewachsene Mensch – noch gerade so, als kleiner Punkt, zu erkennen wäre beziehungsweise verschwinden würde, und zwar sowohl auf einer horizontalen Achse als auch auf einer vertikalen, hoch aus der Luft. Fünf Kilometer? Fünfhundert Meter? Nachschlagen, beschließt er und löscht endlich das Licht. Dass seine Gedanken mit eingeschalteter Lampe so haltlos weit gewandert sind, das wundert ihn. Denn die waren gar nicht schlank, sondern dunkel.

# IM MAI

Johanna oder Marie, schreibt Herr Harald, an dem wackligen Tisch in seinem Arbeitszimmer sitzend, hat eine Katze, die sie Krümel nennt, weil sie klein wie ein Krümel war, als sie zu ihr kam. Nachdem feststeht, dass es sich um eine Katze, nicht einen Kater handelt, bekommt sie die weibliche Endung. Krümeline. Schwarz ist sie und schläft zu Füßen ihrer Herrin. Das lindert die Fußkälte, die Johanna oder Marie am Einschlafen hindert, egal wie sehr sie ihre Füße massiert oder mit Strümpfen zu wärmen versucht. Auf Italienisch bedeutet *caldo* heiß und nicht kalt, das würde er ihr verraten, bei Gelegenheit, es könnte Wunder wirken und Krümeline in ihrem Dienst entlasten. Wie hört sich ein Fell an, das man streichelt? Knistert es? Raschelt? Zischelt? Herr Harald entscheidet sich für »knistern« und fügt die anderen Worte in Klammern an, er muss Krümeline noch besser kennenlernen. Er verleiht ihr eine weiße Pfote, Hinterlassenschaft des Vater-Katers, der sich trollte. Die Mutter dagegen ist die Katze von Johannas oder Maries bester Freundin aus Kindheitsjahren, und sie ist es bis heute. Beide sorgen gut für ihre Katzen, aber die Freundin, einmal erfunden, will er nicht weiter vertiefen, auch nicht namentlich. Die leise Genugtuung über die ersonnene Gesellschaft möchte er lieber nur mit Johanna oder Marie teilen, als mit ihm unbekannten Frauen. Er setzt Johanna oder Marie an ihren freien Abenden – davon gibt es reichlich – in einen Lesesessel, Krümeline im Schoß. Sie liest einen Liebesroman, während die Katze mit halb geschlossenen Augen, laut wie ein dieselbetriebener Generator, schnurrt, bauchsonor. Nein, wie ein Föhn auf niedriger Stufe. Nein: Sie schnurrt, wie eine Katze schnurrt. Herr Harald radiert, vorsichtig, Spuren des Geschriebenen bleiben. Auf ihnen wird er, wenn auch nicht sofort, Weiteres errichten. Eins noch: Johanna oder Marie trägt Kontaktlinsen, keine Brille. *Kontakt-Linsen.* Er trennt das Wort zur besseren Anschaulichkeit und schließt das Notizbuch so behutsam, als sei das darin Verwahrte zerbrechlich. Lehnt sich zurück, der hölzerne Stuhlrücken fängt ihn hart auf. Im Luftzug des gekippten Fensters bewegt sich nichts. Er schließt kurz die Augen, gibt die Bilder frei, ab nun dürfen sie zu seinen Erinnerungen zählen.

Die Frage, die sich dann einstellt, wird nicht mehr aufgeschrieben, hat auch nichts mit Johanna oder Marie zu tun, aber er gewährt ihr dennoch Zutritt: Warum lassen geschlossene Augenlider so viel Licht hindurch? Man könnte sich doch sämtliche Rollläden, Fensterläden und schwere Vorhänge sparen, wenn die Lider selbst das Verdunkeln wirksamer übernähmen. Dient das Licht womöglich dem Auge dazu, das Lid heimlich von innen zu studieren, diese Flusslandkarte aus feinsten Äderchen? Was für ein echter, sonst verwehrter Einblick!

Aber Herr Harald hat zu tun. Ein neuer Monat ist angebrochen, und er muss die Musikprogramme prüfen – ideal wäre wieder ein Liederabend, denn die Solisten spielen oft auswendig – und sich seinen Dienstplan einprägen. Herr Harald hält nichts von an sich selbst gerichteten Vermerken, als wäre er sein eigenes Gegenüber, und besitzt entsprechend auch keine selbstklebenden, schreiend bunten Zettel. Nein, nicht mit ihm! Mithilfe der Veranstaltungsbroschüren, die er aus der Stadtbücherei mitnimmt, findet er heraus, dass am folgenden Tag ein Klavierabend stattfinden würde, allerdings nicht im Schönsten Theater der Stadt, sondern im großen Saal der Residenz, der alle auf Abstand hält, auch die in den vorderen Reihen. Aber von den Galerien aus kann man den Musikern in die Noten schauen, das ist eine Annäherung ersten Grades. Auch das Opernhausprogramm ist in den Broschüren verzeichnet, und es erfüllt ihn mit Stolz, auf ein Datum deuten zu können und zu sagen: Da bin ich. *Ich sehe etwas, was du nicht siehst.*

Herr Harald geht zum Schrank und entnimmt ein Hemd, ein Hemd, das er das *besondere* nennt. Denn es hat besondere Knöpfe, die schimmern, als ob sie aus

Perlmutt wären. *Als ob.* Wie reich beschenkt einen die kleine, schlaue Wendung *als ob.* Denn die Freude an den wie Perlmutt schimmernden Knöpfen ist ja echt, er empfindet sie intensiv. Und ebenso das Gefühl der Freiheit, teure Einkäufe oder großzügige Gönner für Hemdenspenden nicht zu brauchen. Mit einem tiefen Atemzug befördert er die Freude bis in die untersten Lungenspitzen, da sitzen die Verteidigungszellen, die Schädliches abweisen. Er ist sicher, dass die Lunge die Verbindung zum Herzen herstellt und pflegt.

Das Hemd bügelt er vorsichtshalber ein zweites Mal, und als er es am nächsten Abend trägt, haftet noch immer der reinliche Bügelwäschegeruch an ihm. Der weitläufige Park, den er durchquert, um zum Konzertsaal zu gelangen, dämmert bereits. Das tagsüber Aufgeblühte, stofflich schwer im aufsteigenden Dunst der erdigen Restwärme, belebt die Spaziergänger, die als blasse Schemen unterwegs sind, umschließt sie wie ein Cape. Ganz anders der Eintritt in die Eingangshalle: Kälte. Und viel Prunk, alles in Großbuchstaben, die Säulen, der Treppenaufgang, die steinernen Statuen. Hier war einmal ein König. *Der hatte niemanden lieb. Den hatte niemand lieb.*

Herr Harald verscheucht diese Sätze und sucht gebückt seinen Platz; erste Reihe auf der Galerie. Aufgestützt auf die Brüstung, kann er sich weit nach vorn lehnen und die Scheitel der Musiker von oben betrachten.

Der Flügel sperrt sein Maul auf, hat etwas Gefräßiges. Herr Harald rückt innerlich ein wenig ab vom Maul, es ist zu grob. Das ist die Aufregung.

Der Pianist tritt seitlich ein, die Tür wird hinter ihm geschlossen. Applaus brandet auf, die Tür bleibt zu. Herr Harald atmet aus, die Fingerspitzen taub wie sonst nur morgens beim Auftauchen aus Schlaftiefen. Er beugt sich noch weiter vor, kein Seitenblick eines Sitznachbarn kann ihn so treffen. Er streckt sein Gesicht der Luft hin, als müsse es noch entworfen werden, wäre lediglich eine weiße auszumalende Fläche. Nicht nur Hände und Füße können einschlafen, auch ein Gesicht kann das.

Der Pianist spielt auswendig, ein romantisches, nachdenkliches Stück, er wirft den Oberkörper an gefühlsstarken Stellen weit zurück, so dass die volle Länge der langen Arme und knochigen Finger sichtbar wird, und es – jedenfalls von oben – beinah so aussieht, als kappten diese die Verbindung zum Besitzer. Überläufer, die sich ganz den Tasten hingeben, wühlend, grabend, spreizend. Der Dirigent hält ein winziges Stöckchen, nicht mehr als ein Zahnstocher, in der Rechten, damit verteilt er tückische kleine Stiche. Pikst. Herr Harald ist sehr müde. Nicht er nimmt die Aufzeichnung vor, sondern seine Augen.

In der Pause streunt er umher, immer an der Fensterfront entlang, als würde er einem ausgewiesenen Fluchtweg folgen, blättert durch das Programm, empfindet Durst. Die Salzkrusten des Toten Meers fallen ihm ein. Das Hemd sitzt eng, knittert über versiegelten Poren, von der Musik unerreicht. Da sieht er sie. Wohl. Sieht fohlenbraunes, glattes Haar. Sie ist im Gespräch mit einem Herrn, von dem er nur den Rücken erkennen kann. Ist sie das? In Rock und Bluse? Eine Bluse, die vorne plustrige Volants hat und leider lila ist. Schmaler Oberkörper, kräftige Hüften. Sie, die beiden, halten schlanke Gläser, Ringe sind zu erkennen und freundliche Mienen. Herr Harald wendet sich ab, das Haar ist eventuell dunkelblond. Und die Fingerspitzen, die sich um das Glas schließen, sind nicht diejenigen, die mit gewissenhafter Behutsamkeit die Noten umgeblättert haben. Oder? Herr Harald verbringt den Rest der Pause auf seinem Platz, die bald darauf langsam wieder einströmenden Menschen nimmt er hin wie Wetter. Lila kommt nicht in Frage, darauf würde man jedes Katzenhaar einzeln sehen. Überhaupt Blusen: Sind ein Kleidungsstück für Frauen mit lauten Stimmen und flachen Absätzen.

Beim Beifall für das eintretende Orchester ist Herr Harald längst nach Süden unterwegs: auf einer roten Vespa, rot wie Klatschmohn, eine solche ist auf einer – der einzigen – Postkarte zu sehen, die er vor langer Zeit einmal erhielt. Johanna oder Marie sitzt nun auf dem Sozius, ihr Haar ausgelassen im Wind, die Luft guter Hoffnung, denn die Linden blühen. Hügelan geht's, freundliches Winken des Laubs, das nichts an dem Geknatter auszusetzen hat. Und auch nicht am Fahrer, der weiße Handschuhe trägt und ein Hemd mit Knöpfen aus Perlmutt.

Herr Harald zögert, will seinen Ausmalungen gerade wegen erstbester Belichtung ein Ungenügend erteilen – auch der noch zu Hause vorgenommenen, die mit dem Lesesessel, Liebesroman und Katze im Schoß –, und sie allesamt wieder aus den Erinnerungen verstoßen, als durch die Seitentür, im eingetragenen Abstand zum Pianisten, Johanna oder Marie eintritt. Nichts, gar nichts hat sie mit der Blusenträgerin aus der Pause gemein! Lila nicht und Ringe nicht. Sie setzt mit gesenktem Kopf ihre Schritte sorgfältig, als würde sie Markierungen auf dem Boden folgen, umgeht den Flügel von hinten, nimmt Platz auf dem ungepolsterten Stuhl, der sich gegen den lederbezogenen Klavierhocker ausnimmt wie eine Schabe. Um den Beifall kümmert sie sich elegant nicht. Wild geht es an, russisch, Revolution, der Pianist pflügt sich durch gewaltige Akkorde, verschiebt Erdmassen, türmt sie auf. Johanna oder Marie ist, auch im Sitzen, eine gespannte Sehne, die zwischen dem Losschnellen kaum auf der Stuhlkante verweilt. Eine Haarsträhne kehrt hartnäckig in die Ausgangslage über dem linken Auge zurück, obwohl sie jedesmal hinters Ohr gestrichen wird. Herr Harald tupft sich die Stirn ab, als er einen feinen Schweißfilm auf ihrer bemerkt.

Sie hat dafür keine Hand frei. Die Notenblätter haben eine komplizierte Anordnung, mehrfach aufzuklappen – sie wendet die Seiten geschwind, aber mit Bedacht, mal vor-, mal rückwärts, ein kleines Armband schaukelt dabei am rechten Handgelenk. Er wär's gern, das Armband, auf dessen Innenseite Johanna oder Marie steht und das nie abrutschen kann, weil der starke Daumenknochen das verhindert. Der Daumen endet übrigens ein wenig keilförmig, unschön und herrlich.

Bin ich froh, flüstert Herr Harald und weiß selbst nicht, ob mit oder ohne Fragezeichen. Sicher ist, dass es zwei Herzkammern gibt, die es ihm nun leichter machen, Freude, Aufregung und Sorge unterzubringen, und zwar so, dass Platz für Ausdehnung bleibt, denn alle drei könnten wachsen. Nach dem Aufräumen – die Sorge in die linke, für sich – gelingt es ihm, Marie oder Johanna mit der Gesamtheit des Orchesters ins Auge zu fassen, wie jemand, der auf ein Panorama schaut.

Ein schmales Persönchen sieht er sitzen und aufspringen, unterm gewaltigen Wogen von Streichen, Zupfen, Blasen, Trillern, Flöten, Schlagen, Schmettern; ein Persönchen von springlebendiger Wachheit, das, noch bevor das Einverständnis des Pianisten durch leichtes Nicken sichtbar wird – dem nun übrigens die Haare klatschnass an der Stirn kleben –, die Finger schon in Greifposition gebracht und das Blatt lautlos gewendet hat. Eine Musikfeder. Eine Musikfee.

Herr Harald geht auf Zehenspitzen nach Hause, federleicht auch er. Als erfasste ein freundlicher Wind ihn unter den Achseln und ließe ihn luftig werden. Fest auftreten verschiebt er auf den morgigen Arbeitsweg. Einen Gutteil der Strecke legt er zu Fuß zurück, mag sich nicht einer Menge aufgekratzter Menschen in der U-Bahn aussetzen, deren Blicke versuchen könnten, das Glück wie Folie von seinem Gesicht abzuziehen. Im Dunkeln und Kühlen bleibt es ihm hautnah und frisch. So geht es einem unter vom Wind versprühter Gischt, so ist es am Meer, gewiss! Er grüßt ein Grüppchen schlank gewachsener Birken, die nicht ganz hierher zu gehören scheinen, zu fein, die Stämme leuchten weiß, kalkgelöscht. Wäre Johanna oder Marie ein Baum – sie wäre eine Birke. Herrn Haralds Schritte werden schwer, die Musik verweht, der Aufwind versiegt. So jäh, als habe jemand die Himmelsrichtung abgeschafft, aus der er wehte. Die ja weder Norden, noch Süden, noch Osten, noch Westen ist, sondern die Brustmitte. Darin der Balg, der aussieht wie eine kopfüberhängende Fledermaus. Ermattet steigt er, längst heraus aus dem Stadtzentrum, in einen Bus, der ihn zur Steinzeit bringt. Vor Menschen mit gezücktem Programmheft ist er nun sicher. Er bleibt nah der Tür stehen, an den Haltestellen Luftzug. Schließt die Augen, atmet kontrolliert. Johanna oder Marie hatte einmal, für einen Sekundenbruchteil, nach oben geschaut, die rechte Hand, bereit zum

Umblättern, in der Schwebe. Wie die Sichel der Notburga am Himmel. Ihr Blick traf auf sein Gesicht, das er ihr, auf die Unterarme gestützt und weit über die Brüstung gelehnt, zum Lesen überließ. Herr Harald sackt nun, die Knie unsicher, im leeren Bus auf einen Platz. »Abenteuer« ist das Wort des Monats Mai, »Abenteuer«. Auf jeden Fall, er kann das nun belegen.

Und notiert es, entsetzlich müde, noch im Windfang. Nein, eigentlich quittiert er es eher, Tagesabschluss, in Geschäften Kassensturz genannt. In der Nacht träumt ihm, aus dem Bleistift, den er für die Einträge ins Notizbuch nutzt, fließe das Blei aus, hinterließe eine dünne Spur auf dem Papier und sickerte durch die Fingerspitzen in seine Blutbahnen. Verdrängte das Blut. Die Haut molkeblass.

Morgens wappnet er sich, indem er die folgenden Stunden plant wie ein Feldherr die Schlacht. Der Tag ist der Gegner, den es zu bezwingen gilt, mit Disziplin und gedanklicher Unbeirrtheit. Das fällt ihm leicht, denn auch Kissen und Decke hat er nachts als Gegner erlebt, die ihm bretthart widerstanden und nadelspitze Träume schickten. Doch er hat obsiegt. Es ist sein Einkaufs- und Waschtag. Einen Merkzettel braucht er nicht, der Inventurblick, in der Garderobe eingeübt, ist auch beim inneren Aufzeichnen der Leerstellen im Kühlschrank und auf den Regalen von Nutzen und ausreichend. Die Vorstellung, einen handgeschriebenen

Einkaufszettel zu verlieren, macht ihn schaudern. Er mag auch keinen eines anderen Menschen finden! Gelegentlich passiert das, dann krümmt sich ein abgegriffenes Zettelchen im Gitterkäfig des leeren Einkaufswagens und macht ihn zum Mitwisser.

Mit schlaffen Jutebeuteln über beiden Schultern, geputzten Schuhen, sorgfältig gezogenem Scheitel und einem leichten Brennen in den Augen – die nächtliche Erholung war ausgeblieben – geht er die Treppe rechtsbündig hinab. Neun Mal elf Stufen. Eine weniger und ein halbes Stockwerk mehr, und es wäre eine schöne handliche Sache anstelle der Schnapszahl 99, die man nicht ernst nehmen kann. Wie immer bedauert er das, sobald er die Haustür erreicht. Der Tagesertrag wäre mit einem glatten Hunderter wärmer, ansehnlicher, angenehm gerundet – als hätte er ein sattes Trinkgeld kassiert. Nun, er will ja gar kein Trinkgeld. Im Hausflur aufgestoßene Luft. Die Briefkästen haben Dellen und Einrisse, rostige Kanten, kariös. Auf den unteren Stufen liegt das Wochenblatt mehrerer Wochen aus, ein rutschiger Stapel aus vergilbtem Papier, dem Herr Harald sorgfältig ausweicht. *HALLO* steht ganz oben, den dummen Gruß wird er nicht erwidern, Großbuchstaben hin oder her. *Pronto* sagt man in Italien, wenn man ans Telefon geht: *Ich bin bereit.* Ich bin bereit, wiederholt er in Gedanken und entlässt sich aus dem Treppenhaus, indem er die Eingangstür mit Schwung aufreißt.

Maienluft, immerhin. Johannas oder Maries Daumen ist eher spaten- als keilförmig, das muss er nachtragen. Wie er sich wohl als Nachbar eines überaus gerade und schön gewachsenen Zeigefingers fühlt? So! »Wie sonst?«, antwortet Herr Harald und tritt auf den Bürgersteig. Bürger von hier an.

Er nimmt sich vor, die Pflanzen zu gießen, die, vermutlich von den jungen Nachbarn mit Kind, einen Stock tiefer, um einen mickrigen Baumzwerg herum eingesetzt wurden. Der soll in ferner Zukunft dem Hauseingang Schatten spenden und dem Viertel den Zusatz grün oder grüne Lunge bei der Selbstbeschreibung ohne dreiste Lüge ermöglichen. Das Bäumchen ist eingehegt und wird nur durch zwei Holzpfähle, an die es angebunden ist, vorm Umkippen bewahrt. Die Pflänzchen stehen ihm an Kümmerlichkeit nicht nach, die Wurzeln halb entblößt, die Blüten schleimig und schlaff, nicht annähernd so farbig wie die Konkurrenz, die Papierreste von einem Eis am Stiel und eine Dose, auf der zwei Stiere, grell rot, mit gesenkten Schädeln aufeinander losgehen. Herr Harald wendet den Blick ab, damit ihn der aufdringliche Geruch nicht streifen möge: Männerschmalz.

Er erreicht den Flachbau des Supermarkts, als Provisorium in ein Bombenloch gesetzt und irgendwie geblieben. Die Sonderangebote liegen auf kippligen Plastikträgern mit gefährlicher Neigung, als wollten sie dem Kunden entgegenrutschen. Herr Harald verneint. Obwohl es früher Tag ist, sehen die Kassiererinnen sämtlich so aus, als hätten sie eine Nachtschicht hinter sich, fahl und knittrig. Die roten Kittel, die alle über ihrer Alltagskleidung tragen müssen, sind an den Kanten abgestoßen und glänzen speckig vom aufgesogenen Fett. Das liegt in der Luft, als Ausdünstung ungesunder Fleischmahlzeiten. Es riecht, um das Obst herum, ein wenig vergoren, davon erholen kann man sich in der Hygiene-Reihe, wo der Boden feucht glänzt von Verschüttetem, ein scharfes Reinigungsmittel, das in die Nasenlöcher fährt. Herr Harald greift dort nach den notwendigen Dingen ohne hinzuschauen, blindlings. Erst vor dem Kühlregal atmet er wieder normal, die kalte Milch, der kalte Joghurtbecher, der kalte Frischkäse – wie gut die Kälte tut. Er ist versucht, sich den Milchbehälter an die Halsschlagader zu pressen, die, er spürt es genau, pocht, nahezu kocht. Eine ältere Frau unterbricht sein unschlüssiges Verweilen, sie kann weder die Preise lesen noch das obere Regalbrett erreichen. Ihr Haar ist mit zwei Metallspangen hinter den Ohren festgeklemmt, es riecht talgig. Die Brillengläser blickdicht, nutzlos, so milchig sind sie beschlagen. Herr Harald parkt seinen Wagen seitwärts, damit er nicht im Weg und sein Inhalt nicht zu besichtigen ist, dann hilft er aus und legt ihr das Gewünschte, einen Hartkäse, auf dem ein sehr lautes *Ja!* zu lesen steht, in den fast leeren

Einkaufswagen, zu Margarine und Eiersalat. Sie dankt, schiebt weiter, Herr Harald erkennt am wie auf hoher See stark schaukelnden Gang, dass die Hüften kaputt sind. Es bereitet ihm Schmerzen, sich die Gelenkpfanne vorzustellen, aus der der kugelförmige Kopf des Hüftgelenks immer wieder herausspringt und sein Lager auf diese Weise so hauchdünn schabt, dass es zu zerschellen droht. Und obendrein Eiersalat! Herr Harald lenkt den eigenen Einkaufswagen aus der Ecke heraus, in der er abgestellt war, und bugsiert ihn nun so energisch, dass alle ausweichen.

Vor dem Bio-Regal herrscht Leere, vornehme Leere. Flüsterbereich, man flüstert ja auch in Kirchen. Auf den Milchflaschenetiketten sieht man Kühe auf sattgrüner Weide und pralle Kakaobohnen auf den Schokoladen, die Schoten halb geöffnet, kurz vor der Explosion. Herr Harald zieht seine Zunge tief in den Rachen zurück, heraus aus der Gefahrenzone, und wählt eine hefefreie Gemüsebrühe aus. Er will keine Gärstoffe, keine Treiber und Heber, keinen Bodensatz und keinen Abschaum. Nichts, das zur doppelten Größe aufquillt. Es mundet ihm, für seinen Verzicht einen Aufpreis zu zahlen. Das Gläslein mit dem großen Schriftzug *BIO* thront nun obenauf.

Die Kassiererin zieht seine Waren achtlos über den Scanner, dabei kaut sie mit mahlenden Kiefern Kaugummi. Lange Fingernägel klappern beim Eintippen der Codes, die Nägel sind pink, lanzenspitz und mit Glitzer besprengt. Von der Innenseite der Hand aus betrachtet, haben sie nichts mit den Fingern zu tun, auf die sie geklebt wurden – wie auf Stelzen. Dagegen Johannas oder Maries sanft gerundete Kuppen! Ein schöner Mond im Nagelbett, Neumond, junger Mond, wachsender Mond, in der Farbe der Perlmuttknöpfe am besonderen Hemd, und weich, das Nagelbett, zum Ruhen einladend. Johanna oder Marie würde an dieser Kasse musizieren, nicht stempeln. Herr Harald überreicht der hingestreckten Nagelzange einen Zwanzig-Euro-Schein und hält seine Hand so auf, dass das Wechselgeld ohne Berührung hineintropfen kann. Als er nach dem Verstauen der Münzen aufschaut, trifft er auf den Blick der Kassiererin, schwarze Augen unter gewaltigen Wimpernmarkisen: Sie lächelt freundlich und wünscht einen schönen Tag. »Ciao«. Da lächelt Herr Harald zurück, ohne dass irgendetwas spannt.

Draußen pöbeln Tauben, grau in grau, balzen mit gesträubtem Gefieder. Ein Täuberich gurrt einer Taube hinterher, die mit flatternden Flügelschlägen zu entkommen versucht. Herr Harald tritt fest auf, nichts hat er damit zu tun. Überholt, trotz der prallen Einkaufsbeutel, zwei jüngere Männer im Gespräch, von denen einer sagt, dass man niemanden nur wegen einer zu Unrecht besetzten Parklücke verprügeln dürfe. »Warum sonst?« erwidert der andere. An seiner Wade eine Tätowierung, ein von einem Pfeil durchschossenes Herz, darunter der Name *Melanie*. Herr Harald geht weiter.

Und ist zurück. Einatmen, ausatmen, jeweils bis fünf zählen, die Haustür fällt hinter ihm ins Schloss. Er hat sein Leben, seinen Haushalt im Griff. Wie immer mit Einkäufen, benutzt er auch heute den Aufzug, dessen Wände zerkratzt und voller Botschaften sind, *König Hartz IV.* steht da, *Alena forever* und *my home is my castle, ha, ha*. Es gibt noch etwas, das Herr Harald lieber nicht liest, daher kehrt er ihm den Rücken. Die Taste des vierten Stockwerks leuchtet hell, schöner Nachweis der Wirksamkeit auf Knopfdruck. Der Aufzug hält dort, wo er, Herr Harald, es bestimmt hat. So tritt er, als die Tür sich nach links und rechts aufschiebt, wie ein von unsichtbarer Hand gelenkter Theatervorhang, aus dem Aufzug heraus auf eine Bühne. Nur die Wohnungstür schaut zu.

Die Schlüsselsuche ist langwierig, Herr Harald ist unzufrieden, er hätte ihn vor dem Schultern der Tragetaschen erreichbar verstauen sollen. Beim Kramen fällt sein Blick auf die Eingangstür gegenüber, auf der Fußmatte steht *SERVUS!* und darüber, an der Tür, hängt ein Herz aus Pappe, die Ränder längst wellig und eingerissen: *Just married! Laura und Frank*. Es hängt dort seit Menschengedenken, die Strasssteinchen ums Herz herum haben das Glitzern eingestellt. Herr Harald ist im Grunde der einzige, dem diese Nachricht gelten kann, denn keiner sonst wohnt noch im vierten Stock. Das macht ihn nun, da er wegen der Schlüsselsuche länger als üblich vor der eigenen Tür ausharren muss, ganz betroffen. Hätte er gratulieren sollen? Oder wollten Laura und Frank sich selbst für immer an das einstmals vereinbarte Glücksversprechen erinnern? Hätten sie dann das Herz nicht an der Innenseite der Tür befestigen müssen? Oder fanden sie es, Ergebnis einer unwillkommenen Bastelarbeit irgendwelcher Hochzeitsgäste, so scheußlich, dass sie diese nur mehr ihm, Herrn Harald, zumuten mochten? Endlich eintreten! Die Jutebeutel rutschen seine Arme entlang und hinab zu Boden, kein Muskel hält sie auf.

Der Nachmittag bricht drückend an. Zwei große Tüten mit Wäsche belagern die Wohnungstür, Herr Harald hat sie dort abgestellt, um auszuschließen, dass er den Gang zum Waschsalon absagt. Auf dem Sofa, mit angewinkelten Beinen, findet er schließlich zu etwas Ruhe, *Anlieger frei* heißt es doch. Eben. Das tadellose Einräumen der Einkäufe – alles hat seinen Platz – hat ihn beherzt. Er spürt allerdings die Brille noch lange auf dem Nasenrücken drücken, obwohl er sie abgelegt hat. Betagt, denkt er, ich bin so betagt. Wünscht sich nächtliche Ungenauigkeit, aber kaum ist der Wunsch entlassen, befindet er sich schon im zwittrigen Zustand der Halbwachheit, in dem dummes Zeug erlaubt ist und der Entspannung dient. Der Zustand dauert kaum eine halbe Stunde an, da springt Herr Harald schon wieder vom Sofa auf, auf dessen Sitzfläche sich sein Körperumriss als Delle abzeichnet. Er glättet und dehnt den Stoffüberzug mit beiden Händen, bis die Spur verschwunden und das Sofa einfach wieder nur ein Möbelstück ist und keine Notunterkunft. Er brüht in der Küche einen Nescafé, belauscht das Zerplatzen des Kaffeegranulats unter dem kochend heißen Wasserstrahl. Alles, was fest war, wird flüssig. In kleinen Schlucken trinkt Herr Harald den Becher leer, gewissenhaft, als handelte es sich um die abgezählten Tropfen einer Medizin. Die Stärkung tritt ein. So kann er dem Waschsalon gewappnet entgegensehen, genauso wie seinen kurzfristigen und hoffentlich noch nicht allzu zahlreichen Benutzern, die – er weiß es aus Erfahrung! – vor dem Eingang oder vor den Maschinen sitzend, ihre Handys im Anschlag, gelassener als er auf die Beseitigung des Schmutzes warten. Schmutz, der sich unaufhörlich ansammelt und erst im Trommelwirbel der Maschine klein beigibt. Nur unseren schlechten Augen ist es zu verdanken, dass man die abgeblätterten Hautschuppen, die die Luft beschweren, erst dann sieht, wenn sie sich als Schmutzrand auf Hemdkrägen ablagern oder, in Verbindung mit Fettigem, zum Fleck werden. Eine Maßnahme wird fällig, und Herr Harald bricht nach Abschluss der Überlegung, als Vorsorge gegen böse Überraschungen angestellt, zu eben dieser

Maßnahme auf, links und rechts je eine prall gefüllte Plastiktüte mit Wäsche. Zu dritt nehmen sie die gesamte Breite der Treppe ein. Abwärts niemals Aufzug. Kein Blick fällt auf das Pappherz an der Nachbarstür.

Seine Lieblingswaschmaschine ist frei, die hinterste links, vom Eingang aus gesehen. Die vorher, beim Kaffeetrinken angestellte Zeitrechnung geht auf: die meisten Menschen haben den Nachmittag noch nicht angetreten, sondern befinden sich mitten in dessen Planung. Folglich sind sie nicht hier, im *Cleaner geht's nicht*, sondern allenfalls hierher unterwegs. Herr Harald sprüht das Innere des Geräts mit der wie stets mitgebrachten Zirbenessenz aus, nachdem er sich vergewissert hat, unbeobachtet zu sein. Damit versehen, riecht die Wäsche nämlich als wäre sie inmitten von Kieferschonungen getrocknet. Kiefern, wie sie in den Alpen oder den Karpaten wachsen. Krüpplig und enorm standfest sind diese Windgebeugten, die, im Unterschied zu ihren Schwestern am Mittelmeer, kein Dach aufspannen, dafür Senkerwurzeln entwickeln, krummschäftige Streitkräfte der Beharrlichkeit. Immergrün, nicht mal so, mal so. Genussvoll wiederholt Herr Harald, was er aus dem *Lexikon der Nadelbäume* erfahren hat.

Hinter dem dickwandigen Bullauge der Waschmaschinentrommel verwirbelt die Wäsche im Schaumbad. Hoch züngeln die Wellen, zornigen Flammen gleich. Hielte die Tür nicht, würde sich die heiße Brühe wütend über alles ergießen, würde die Stühle mitsamt den Wartenden, die dem Ende des Waschgangs entgegenlauern, mitreißen und schließlich alles verächtlich auf dem Bürgersteig aufschütten wie Treibholz. Da habt ihr euren Dreck! Auch die Hochschwangere, deren Bauch sich guglhupfartig wölbt, wäre darunter. Sie strickt, dabei streifen die Nadeln beinah den höchsten Punkt der Erhebung. Seltsam ist, findet Herr Harald, dass man sowohl ein Kind als auch einen Kampf austrägt. Was bedeutet das für die Geburt, Sieg oder Niederlage? Fort!

Wirklich zum Fürchten ist der Schleudergang, wenn das hochtourige Heulen und Jaulen ausbricht, als würde ein Flugzeug starten, das nicht an Höhe gewinnt und haltlos dem Erdboden entgegenstürzt. Das Gerät wird von Kräften geschüttelt, die zuinnerst entspringen, eine Faust im Hohlraum des Schädels. Erst vor dem Trockner, der mit einem gutmütigen Brummen das erste Wäschepaket so gemächlich herumwälzt, als balgte er liebevoll damit, verlangsamt sich Herrn Haralds Puls. Er erhebt sich, geht, noch etwas wacklig, die wenigen Schritte zur Waschmaschine zurück und belädt die Trommel mit dem Inhalt der zweiten Tüte. Helles, 40 Grad, darunter das besondere Hemd. Er streicht leichthändig die Knopfleiste entlang, konzentriert, in verantwortungsvoller Vertretung von Johanna oder Marie. Jeder Knopf ein Aufruf. Dann bettet er es obenauf. Nach dem Trocknen bleibt nur eine Ahnung von Zirbenduft.

Wie der Staub einer lang zurückliegenden Reise auf dem Revers eines Mantels, der nicht abgeklopft, sondern, bis auf Weiteres, dem Schrank überlassen wurde. Staubmantel.

Der Mai, der Mai! So verglüht er, der Abend ist lau, die Wäsche gefaltet und geordnet, Leibwäsche, von allen Anhaftungen befreit, so dass auch ihr ehemaliger und zukünftiger Träger hoffen darf. Auf dem Rückweg sind die Tüten nicht länger unförmig, bauchig geschwollen, sondern straff und tüchtig gepackte Pakete, unbestreitbar sinnvoll. Herr Harald würde gern davon abgeben: vom Sinn. Schwenkt sacht, mit jedem Schritt, die Tüten im Takt einer lautlosen Musik – wer wollte, könnte das als Einladung verstehen.

# IM JUNI

Festliche Stimmung, große Oper. Die Mäntel werden leichter oder entfallen ganz, die Damen tragen Stolas, die sie nicht abgeben. Das mag Herr Harald nicht, erstens weil es seine Arbeit herabsetzt – man rechnet im Supermarkt ja auch nicht selbst an der Kasse ab –, und zweitens weil der kleine Rückzugsort in der Ecke, wo Schemel und Radio sind, dadurch theoretisch den Blicken ausgesetzt ist – gäbe es sie denn während der Vorstellung. Aber auch *theoretisch* reicht. Die Herren wenigstens tragen heute der unsicheren Witterung wegen Regenmäntel – und die Schirme ihrer Begleiterinnen, die er nun in Empfang nimmt, gottlob noch trocken, sonst müsste er sich um die Pfützen kümmern, die sich entlang der Garderobereihen bilden würden. Die wenigsten sorgen selbst vor, indem sie den Schirm in Plastikhüllen packen, er wünscht ihnen also durchaus eine Regen- und Lernerfahrung für den Rückweg. Schließlich ist es kein Vergnügen, so ein nasses Ding zu handhaben, insbesondere für Träger von Stoffhandschuhen.

Alle Türen sind geschlossen, Applaus für den Dirigenten, das Orchester setzt ein. So wie es sein muss, keine Abweichung, gleich wird sich der schwere Vorhang in Bewegung setzen und die Bühne wie eine Verheißung offenbaren. Raunen. Es geht um Eifersucht, südländisch eingefärbt, das hört man gleich an den rasselnden Kastagnetten. Herr Harald weiß Bescheid und ordnet gefasst das Wenige, das es zu ordnen gibt – ein paar Nummern hängen schief –, dann begibt er sich auf seinen Schemel hinter dem schütteren Mantelwald. Grundfarbe: beige. Einfallslos die Herren.

Herr Harald wünscht sich ein Fenster, das er öffnen könnte, um die schweren Parfummoleküle ausfliegen und sich bis zur Geruchslosigkeit mit der auswärtigen Luft vermischen zu lassen. Sie lasten auf ihm, die duftenden Vorbereitungen der aus dem Sichtfeld verschwundenen Akteurinnen, Vorbereitungen für einen aufregenden Abend, gesprüht, zerstäubt, aufgetupft. Sie gelten ja nicht seiner Nase, die inmitten dieses trächtigen Dunsts nur mehr verhalten einatmet, um die unfreiwillige Anteilnahme zu mildern. Jede Einladung zur Übertretung trifft bei ihm auf strikte Ablehnung. Aber die Nase hat keine Wahl, und durch den Mund zu atmen, würde ein Unmaß an Beteiligung bedeuten, eine Befüllung aller Hohlräume. Herr Harald zieht das gefaltete Taschentuch aus seiner Kitteltasche und hält es vor Nase und Mund. Zirbe, ach Zirbe.

Die Pause verläuft unauffällig, lediglich ein Kind – was hat es in dieser Oper, in der aus Eifersucht gemordet wird, auch verloren? – muss wegen Nasenblutens versorgt werden. Herr Harald überlässt die Erste Hilfe der Kollegin an der Tür links neben ihm. Sie geht in die Knie und tupft dem weinenden Kind, das den Kopf auf Aufforderung weit nach hinten neigt, das Blut von Lippen und Kinn. Drückt ihm ein Tütchen mit Gummibären in die Hand und der Mutter die Packung Papiertaschentücher. Herr Harald bewundert ihre Bevorratung für Notfälle, und würde seinerseits, wäre er die Mutter, das Kind – übrigens ein Mädchen in rotem Faltenrock – umgehend nach Hause bringen, und zwar in einem Taxi. Er würde es auf der Rückbank im Arm halten und ein Lied summen. *Morgen früh, wenn Gott will*, zum Beispiel. Das würde das Blut zum Stocken bringen. Diese Mutter aber ist fest entschlossen, dem Operndrama weiter beizuwohnen, presst nun zur Kühlung eine Flasche Mineralwasser in den Nacken des Kindes, das noch immer in der Hans-guck-in-die-Luft-Position verharrt. Beim ersten Pausenendeläuten zerrt sie es mit sich in Richtung Eingang, stellt die Flasche auf Herrn Haralds Garderobentheke ab und lächelt ihn dabei an. Nein, darauf gibt es keine wohlwollende Antwort, beschließt er und belässt es bei der blickdichten Miene, mit der er das gesamte Geschehen überwacht hat. Kaum ist die Mutter außer Sichtweite, entfernt er, behandschuht, die Flasche in einen entlegeneren Müllbehälter. Ein dünner Strich hellroten Bluts bleibt auf dem weißen

Handschuhstoff zurück, der Beginn einer Zeichnung könnte es sein – ein menschlicher Oberkörper, noch ohne Arme – oder die Schleifspur einer zerquetschten Laus.

Durch den Rest der Oper träumt er sich hindurch, im Schemelversteck, das Radio auf Wispern. Johanna oder Marie backt einen Kuchen, darauf kommt er wohl, weil ihn der Bauch der Schwangeren an einen Guglhupf erinnert hat. Johanna oder Marie dreht und wendet sich in ihrer winzigen Küche so geschickt, wie ihre Fingerspitzen beim Notenwenden es sind, hat alle Zutaten parat und vermischt sie rasch, ein schöner, glatter Teig entsteht. Goldgelb wie Sommerbutter, nicht bleich. Auch bei ihr läuft das Radio, die Rede ist von einem Bombenteppich. Als das Opernpublikum aus den Türen strömt, ist im Ofen der Kuchen verkohlt.

Herr Harald teilt aus. Die meisten Nummernplaketten, die ihm zugeschoben werden, sind verschwitzt. Oper am Siedepunkt. Die Mäntel dünnen aus. An den benachbarten Garderoben stehen noch vereinzelte Nachzügler an, seine dagegen ist blitzblank erledigt. Bis auf einen Mantel. Er hängt, mit eingefallenen Schultern, an einer mürben Schlaufe. Der Kragen und die Ärmelränder abgewetzt, beige. Herr Harald durchforstet sein Gedächtnis nach einer ähnlich abgerissenen Gestalt, vergeblich. Der Mantelinhaber wird auf der Toilette sein, dort klemmt so manche Tür. Er erfrischt sich, ist ausgelaugt. Wurde verlassen. Sein Hund überfahren. Erleidet einen Traurigkeitsanfall, lähmend wie Starkregen. Unterzuckerung. Haarteil verloren, Scham. Herr Harald nähert sich dem Mantel, ein Knopf fehlt, und beschließt, weitere fünf Minuten auf seinem Schemel zu verharren und auf den Besitzer zu warten. Bei Nichterscheinen, eigentlich ausgeschlossen, würde er den Mantel in Obhut nehmen und im unteren Fach der Theke verstauen. Und auf dem Heimweg überlegen, wer am folgenden Tag zu verständigen ist.

Die Minuten verstreichen, Herr Harald verdoppelt die Zeit, die er dem Mantelbesitzer einräumt, indem er sich – alte Angewohnheit – ein Quiz ausmalt: Jemand fragt ihn beispielsweise danach, welche Stadt das Kürzel *KIB* auf dem Nummernschild anzeigt. Kirchheim-Bolanden, würde er antworten. Prompt, das ist eine Wissensfrage. Oder, persönlicher, zur Entspannung des Kandidaten, eine Frage nach der Zukunftsfähigkeit: Was wünschen Sie sich? Trittsicherheit. Punkt. Dann gibt es noch Ermessensfragen, wie etwa diese: Welches Leben ist schwieriger, das mit oder ohne Lebensmut? Darauf würde er dem Fragesteller antworten: das mit. Und keine Erläuterung liefern. Muss man ja auch nicht in einem Quiz. Oder höchstens auf ausdrückliche Nachfrage. Als Begründung käme in Frage: die hohen Stromkosten bei Lebensmut. Von morgens bis abends müsste er fließen. Überdies Starkstrom. Den schriftlichen Eintrag des Gedankenkeims ins Notizbuch verschiebt er – der MANTEL!

Es reicht, genug gewartet: Herr Harald steht auf, schiebt den Schemel gegen die Wand und nimmt den Mantel am Kragen vom Haken. Er ist überraschend schwer, bei genauerem Betrachten sieht er, dass die rechte Seite tiefer hängt, die Tasche ausbeult. Als er hineingreift, ertastet er etwas Schweres, Metallenes, irgendwie L-Förmiges. Zieht es hervor. Eine Pistole! »Nein!« Ruft er. Es hilft nichts, das Ding macht sich, im Gegenteil, noch breiter, scheint ihm, gewichtiger, füllt die gesamte Handfläche aus. Herr Harald setzt die Brille ab, die auf der feuchten Haut zu rutschen beginnt. Keucht. Greift nach der Haushaltspapierrolle unter der Theke, wickelt die Pistole ein, verstaut sie in seiner Aktentasche, all das wie aufgezogen, blindlings. Verlässt das große Haus durch den Hinterausgang, ohne Brille, stolpernd. Er hat den Mantel hängen lassen! Zurück? Ein weiteres Nein!

Die Heimfahrt ist Angst. Was, wenn sich ein Schuss löst? Herr Harald hält die Aktentasche am Griff, ohne Kontakt zum Bein und so ruhig wie irgend möglich. Davon schmerzt der Arm, den er gestreckt hält wie eine hölzerne Prothese. Er wird beobachtet, zwei Mädchen tuscheln. Herr Harald hat das Gefühl, seine Brillenbügel lösten sich hinter den Ohren und die Brille begänne erneut zu rutschen. Er bemüht sich angestrengt, die Ohren so in Stellung zu bringen, dass sie es verhindern – so wie man die Seitenspiegel beim Auto anpassen würde. Aber es funktioniert nicht, die Ohren geben nach, wollen nach vorne klappen, welk. Überhaupt schrecklich, wie alle *Außenposten* – so nennt er die Drüsen – unentwegt arbeiten, unaufhörlich absondern, Sekrete, Talg, Schweiß, Bestürzung. Zusammen ein Kraftwerk.

Schlecht vergeht die Nacht. Traumdurchwirkt. Herr Harald träumt Brandsätze, *piff, paff, rot, ich schieß euch alle tot*. Und mehr in der Art. Erwacht daraus zerschlagen. Sein Spiegelbild wirft ein eigenartig verquollenes Gesicht zurück, käsig, die Haare ohne erkennbare Frisur. Er ist nicht schnell genug, um den Blick in den Spiegel zu unterbinden. Damit tröstet er sich bei der Zubereitung des Frühstücks ein wenig, wahrscheinlich sieht er am Morgen immer so aus, nur verschont er sich normalerweise, indem er den Blick nicht aufschlägt. Er kauert am Küchentisch, wartet auf Appetit. Auf der Fensterbank turnt ein Eichhörnchen und lacht ihn aus.

In der Stadtbibliothek kommt er, wenig später, so ermattet an, dass eine Besucherin an der Rückgabestation besorgt fragt, ob er Hilfe brauche. »Warum?« fragt Herr Harald, weitereilend. Er ist ein Beauftragter. Die Antwort der Frau, die das Wort »Schwächeanfall« enthält, weist er mit einer wegwerfenden Geste ab, lässt sich auf den nächsten freien Stuhl vor einem der Computer fallen und umklammert mit der rechten Hand die Maus. Ein freundlich geöffnetes Fenster mit blinkendem Cursor lädt ein, den Suchbegriff einzugeben. Herr Harald schreibt mit flatterndem Puls: *Röhm Mod. 3S.* Das hat er zu Hause unter den Blicken der Hl. Notburga im fensterlosen Windfang auf dem Griff – oder Lauf? – der Pistole entziffert. Dann diese zurück in den niemals genutzten Römertopf gelegt, den er, mit Deckel versehen, so tief wie möglich im Backofen verstaute.

Herr Harald erfährt, dass er eine Schreckschusswaffe gefunden hat, und sehr viel über Knall, Kaliber, Prüfsiegel und Beschussstempel. Vor Schreck liest er: *Beschuss-Tempel* und stellt sich Gläubige vor, die auf Startschuss das Beten beginnen. *Vergib uns unsere Schuld.* Mit *Kartuschenmunition* dürfen Vögel vertrieben und bei Theateraufführungen darf damit geschossen werden – mehr wagt er nicht zu lesen, immer gewärtig, dass jemand hinter ihn treten, die Hand schwer auf seiner Schulter platzieren und sich zu seiner Ohrmuschel herabbeugen könnte. *Kommen Sie bitte mit!* Wären die darin abgelegten Worte. Herr Harald rutscht auf dem Stuhl so weit nach vorn, dass er kaum mehr darauf sitzt, und also auch nicht darauf schwitzt. Leck sein. Das fehlte noch! Eine Losung hinterlassen. Rasch gibt er als Suchbegriff *Fernwartung* ein, irgendwo aufgeschnappt, unschuldig genug. *Räumlich getrennter Zugriff auf IT-Systeme.* Aha.

Im Leseraum hält er sich eine Zeitung vor die Nase, achtet darauf, dass sie nicht kopfsteht, und verschnauft dahinter. Die Augen geschlossen, das tut gut. Niemand im Raum spricht oder spricht laut, die Damen an der Information flüstern ihre Hinweise, weit weg das Weinen eines zornigen Kindes. Herr Harald öffnet die Augen, die Lider schwer wie mit Blei gesäumt und raschelt pro forma mit den mürben Zeitungsseiten, die weit mehr als einen Leser gehabt haben müssen. Dann legt er das Blatt weg und nimmt sein Notizbuch zur Hand. *Fernwartung.* Der Stift schreibt: *Onkelgeschenk Steinschleuder. Erstes und letztes Geschenk. Sturz himmelabwärts. Ein geknacktes Vogelköpfchen, Geräusch wie beim Beißen auf eine Nuss, halb geöffneter Schnabel. Das Augenlid blind. Danke sagen nicht vergessen. Sagt die Tante.* Fernwartung! Herr Harald nimmt das Wort zurück und radiert alles mit dem kleinen Gummi am Bleistiftende wieder aus. Zwängt den Stift zurück in den elastischen Ring, klemmt ihm den Saft ab.

Er muss, das steht fest, einen Frieden finden. Frieden schließt man per Vertrag. Den setzt er nun, im roten Lesesessel der Stadtbücherei, auf, gedanklich, nicht schriftlich. Die Zeitung bietet erneut Schutz, aufgeklappt ist sie groß wie Elefantenohren, dahinter er: geschützt. Der Vertrag besteht aus einem Paragrafen, der lautet ungefähr so: *§1 Fundstücke sind keine Verlustsachen, haben mit dem Finder also nichts zu tun* *und bleiben lediglich in seiner Obhut. Wie Leihgaben im Museum.*

Auf dem Heimweg, den Vertrag in der Tasche, stellt sich gute Laune ein. Herr Harald wählt Seitenstraßen, eine ist, zum Zeichen, dass der Sommer begonnen hat, gesperrt und zur Spielstraße erklärt worden. Kinder haben hier wohl Erschießen gespielt, denn überall sind mit Kreide aufgebrachte Körperumrisse von den erlegten Opfern zu sehen. Auf dem Canaletto ein Dutzend Enten, reglos wie festvertäute Bojen. Ein angebissener Tag, der Nachmittag dehnt sich vor ihm, läuft aus wie Verschüttetes, wird ungestalt. Die gute Laune dünnt aus, kämpft um die Oberhand. Herr Harald spürt, es ist Zeit für eine Maßnahme und setzt sich kurzerhand in ein Steh-Café, das bereits in seiner Nachbarschaft liegt und im Sommer ein paar angekränkelte Plastikstühle auf dem Bürgersteig verteilt. Auf den Tischchen Töpfe mit Rosmarin, immerhin. Herr Harald bestellt einen Cappuccino und zerreibt eine Rosmarinnadel zwischen den Fingern. Herrlicher Duft. Für ihn die Zirbe, für sie der Rosmarin. *Ros-Marie.* Herr Harald lächelt über den schönen Zusammenfall, freut sich am Milchschaum und am Herzen aus Kakaopulver darauf. Die freundliche Bedienung ist eine mollige Person mit einer Narbe am Hals; eine Naht, die Kopf und Rumpf erst getrennt hat und nun verbindet. Schilddrüsenoperation, vermutet

Herr Harald, wie bei der Türschließerin, seiner Nachbarin zur Linken in der Oper.

»Geht doch!« sagt er sich beim ersten Schluck des lauwarmen Kaffees, den Schaum auf der Zunge, das Kakaoherz zerlegt: ein durchschnittlicher Nachmittag eines berufstätigen Mannes, der seinen freien Tag genießt. Wenn nicht genießt, so doch zu verbringen weiß. Der Pläne schmiedet für den Abend, volles Programm: kochen, abspülen, Tierfilm. Dafür muss man nicht einmal den Wochentag wissen, Tierfilme gibt es immer. Er lässt sich gern überraschen, schaut nie ins Programmheft, hofft allerdings, dass es nicht um wasserlebende Geschöpfe geht und nicht um Insekten. Auch diese Filme schaut er. Das gute Gefühl, etwas zu lernen, begleitet ihn dabei, aber er vermisst das Fell. Tiere mit Fell oder Gefieder sind ihm die liebsten. Diejenigen, die ihre Haut wechseln, lässt er aus – da gibt es, findet er, nichts zu lernen. Nur zu wiederholen.

Herr Harald trinkt in kleinen, sorgfältigen Schlucken, mit dem Löffel verrührt er immer wieder den ausdünnenden Schaum und kratzt die Kakaospuren von der Innenseite der Tasse. Auf deren Grund zu lesen steht: *Happy?* Nicht alles verdient eine Antwort. Er trägt die Tasse hinein, der Löffel klirrt leise im Gehäuse und verdeckt die Frage nach dem Glück. Im Laden flimmert die Luft, Schwaden aus Mehl-, Kaffee- und Straßenstaub, die im einfallenden Licht kostbar schwirren.

Zu Hause lässt Herr Harald die *Röhm* im Backofen unbeachtet. Was kümmert sie ihn? Sache des Römertopfs. Bereitet sich ein Abendessen zu, bestehend aus einem hartgekochten Ei, Tomaten und Käsebrot. Apfelsaft. Nichts ist an einer Vorliebe für Schwarzbrot anrüchig, sie wird kaum für einen Verdacht reichen. Mit einem Tablett in Händen nimmt er vorsichtig vor dem Fernsehgerät Platz, der Salzstreuer kippt. Die kleine Salzspur tippt er mit feuchtem Finger auf, leckt ihn ab. Blut schmeckt salzig. Dass Blut dicker ist als Wasser, unterschreibt er nicht. Er hätte nichts gegen Wasseradern, er mag Zuflüsse lieber als Einflüsse. Dann richtet er seine Aufmerksamkeit auf die Nachrichten, und fragt sich wie jedes Mal, was wohl auf den Blättern stehen mag, die unter den Händen der Sprecherin stillliegen und wie Spielkarten verschoben werden, ohne dass je davon abgelesen wird. Der starre Blick der Sprecherin ist in eine Zukunft gerichtet. Herr Harald überspringt die Wetteraussichten und wechselt zum Tierfilm. *Das soziale Leben der Elefanten*. Kaut noch am letzten Bissen, als die Geburt eines Elefantenbabys angekündigt wird. Eine tiefe Männerstimme führt ein, erläutert den Familiensinn der Elefanten und ihre Empfindsamkeit, mehrmals bezieht er sich dabei auf die sprichwörtlich dicke Haut, die darüber hinwegtäuscht. Die Elefantenfreundinnen der werdenden Mutter, fährt die Stimme fort, stehen ihr als Hebammen zur Verfügung. Ein Elefantenauge wird in Nahaufnahme gezeigt, daraus rollt eine Träne, und zwar eine Bahn hinab, die durch viele vorausgehende Tränen regelrecht ausgeschürft ist. Die Hautoberfläche, in derartiger Vergrößerung, könnte auch die Kraterlandschaft des Mars sein. Herr Harald ist wachsam, viel wird einem im Fernsehen angedreht, und womöglich ist die Tränenbahn einfach nur eine Pigmentstörung.

Dann läuft, von einer wackligen Kamera begleitet, eine Elefantenkuh ins Bild. Sie dreht einen Kreis, einen weiteren halben, als, schrecklich beiläufig, ein Kalb aus ihr heraus zu Boden stürzt – aus einem, zwei Meter Höhe? – und liegen bleibt, Kopf und Rüssel in einer Schleimhaube gefangen, die es durch Umherrutschen vergeblich zu zerreißen versucht. Die tiefe Stimme erläutert, dass das Geburtsgewicht 114 kg beträgt. Vier Beine rudern ziellos und brechen bei jedem Versuch, aufzustehen, weg. Die Mutter setzt nun den Rüssel ein, um die glibbrige Blase zu öffnen, außerdem stupst sie das Kleine auffordernd an, was zu mehreren weiteren Drehungen auf dem schmierigen Untergrund führt. Das Kind stößt schrille Schreie aus, mit der Geburt beginnt schließlich die Lebensgefahr. Und der Hunger. Irgendwann steht es auf vier Beinen, die aussehen wie Säulchen. Der Rüssel schwingt hin und her, sorgt wohl für Gleichgewicht, die Ohren flattern, das mausdünne Schwänzchen mit Quaste wedelt. Inbetriebnahme, denkt Herr Harald, alle Funktionen werden getestet, der Probelauf verläuft nun weitgehend pannenfrei. Dennoch ist Herrn Haralds Aufregung zu groß, um einfach sitzenzubleiben und weiteren Elefantengeschichten zu lauschen. Er ergreift die zweite Maßnahme an diesem Tag, die darin besteht, eilig Fernsehgerät und Lampen auszuschalten, die Schuhe zuzuschnüren und, nachdem er sich vergewissert hat, Geld und Schlüssel eingesteckt zu haben, durch das schummrige Treppenhaus hinunterzuschleichen wie ein halbwüchsiger Sohn, der den Blicken der Mutter entgehen möchte.

Die Kneipe an der Ecke heißt *Ratschkath'l.* Herr Harald setzt sich an einen kleinen freien Tisch in der Nähe des Eingangs und bestellt eine Coca Cola. Es ist das dritte Mal, dass er hierher kommt, in zwei Jahrzehnten. Er bilanziert: Die anderen beiden Gelegenheiten hatten mit Todesfällen zu tun, diese nun mit einer Geburt. Ein Grund, das Glas zu erheben. Die Kellnerin, auch sie, wie die im Steh-Café, eine rundliche, freundliche Person mit vom Bedienen abgetretenen Absätzen, bezieht das auf sich und lächelt ihm zu. Der Stammtisch grölt: vier Männer. Nur die lauteste Stimme dringt zu ihm durch, und die verkündet: »Da geht was!« Die Kellnerin zuckt mit den Achseln, schlenkert mit dem Wischlappen – sie steht an der Theke – in Richtung der Männer als wollte sie diese zum Schweigen auffordern. Herr Harald aber steht auf, sortiert den

Bierdeckel sorgfältig wieder zu den anderen in die Halterung ein und spricht, indem er mit dem halbvollen Glas auf den Stammtisch zugeht:

»Dagegen die Elefanten!«

Dann trinkt er in einem Zug die Cola aus, liefert das leere Glas und einen Fünf-Euro-Schein bei der Kellnerin ab, die sacht den Kopf schüttelt, im Sinne von: Energieverschwendung. Dergleichen Kommentare vom Stammtisch überhört man einfach.

Das mag so sein, Herr Harald muss es nicht bewerten, er muss lediglich trotz des ausgebrochenen Gelächters den Weg zur Tür finden, diese öffnen, ohne zu straucheln, und an die Schwelle denken, die ihm beim Eintreten fast zum Verhängnis geworden wäre. Sie ist glitschig, es hat zu regnen begonnen, ein sachter Sommerregen, mehr Schleier als einzelne Tropfen. Herr Harald lässt sich waschen, ja, streckt dem Regen sogar das Gesicht hin, bis seine Brille so beschlagen ist, dass alle Konturen weich werden. Er geht einen kleinen Umweg, zu seiner Rechten bald die Mauer eines aufgelassenen Friedhofs – lang vor der Steinzeit angelegt, stillgelegt bei ihrem Anbruch –, hinter der die alten Gräber verkrauten. Zu Hause wartet die *Röhm* auf ihn, ungefähr wie eine Freundin. Verkrauten. Soll es doch das Wort des Monats werden, wenn schon, denn schon!

# IM JULI

So viel Arbeit! Um fünf Uhr morgens legt die Sonne los. Küche und Schlafzimmer bleiben davon unberührt, sie gehen zum Innenhof, zur Rückseite eines noch höheren Gebäudes, das seinen Schatten wirft. Nur im Arbeitszimmer bricht sie ein, leuchtet alles detektivisch aus. Wie eine Ordnungsperson, die einen Verdacht geschöpft hat und ihre Taschenlampe auf das suspekte Objekt richtet. Herr Harald schläft auf der Couch, die Knie angezogen, das passt zu einem, der etwas zu verbergen hat, und zur Täuschung die Rollläden unbenutzt lässt: Schaut ruhig her! Hier gibt es nichts zu fahnden! Die Knochen schmerzen beim Aufwachen, als hätte jemand sie falsch verfugt. Herr Harald humpelt in die Küche, begrüßt den Kalender mit einem knappen Nicken, der weiß wie immer Bescheid.

Festspielmonat: große Namen, die selbst von kleinen Leuten gehört werden wollen. Die Stehplätze mit Sicht kosten das Doppelte, die ohne bleiben günstig. Das Sehen ist teuer, nicht das Hören, Herr Harald würde es umgekehrt einrichten. Ohnehin hielte er die Augen geschlossen, säße er in einem der rot gepolsterten Sessel.

Gerade bei den Arien, in denen Wildfremde einander ihre Liebesqualen gestehen und die Liebesfreuden gemeinsam besingen, ist es, stellt er sich vor, nicht auszuhalten. Der Blick tief in den Schlund des anderen, die vor Anstrengung geschwollenen Adern, der pumpende Brustkorb, der glitzernde Schweiß auf der Stirn, die geschauspielerten Küsse. Wer seine Augen dem aussetzt, sollte nicht zusätzlich durch hohe Preise bestraft werden. Herr Harald beschließt die kleine innere Schimpfrede mit dem letzten Bissen Frischkäsebrot des Frühstücks, schluckt sie mit hinunter.

Er kennt das Programm, und hofft auf den folgenden Abend: Da wird, in einer umgewidmeten ehemaligen Industriehalle, ein zeitgenössischer Klaviermusikabend geboten. Der Pianist, überlegt Herr Harald, wird noch nicht so vertraut sein mit der Partitur, dass er auswendig spielt, Johanna oder Marie – oder Rosmarie – wird da sein, bitte! Lebendig, im fohlenbraunen Haar kleine Sonneneinsprengsel, die sichtbar werden beim Aufspringen im Scheinwerferlicht. Sitzen wird sie im Dunkeln, dort wird er sie, wie die Male zuvor, erraten müssen. Aber zunächst muss der heutige Abend bewältigt werden. Er nimmt sich vor, der Herausforderung, der großen Anspannung – immerhin besteht die Möglichkeit einer Begegnung! – mit gesteigerter Sorgfalt zu begegnen. Legt sich mahnend die rechte Hand auf die linke Schulter, spürt ihr Gewicht. Bürstet den schwarzen Kittel, knöpft das Hemd besonders fest zu, frische weiße Handschuhe erst an, dann wieder aus, um sie auf dem Weg zur Oper nicht zu verschmutzen. Er ist, zwei Stunden vor dem Aufbruch, bereit.

Als er am frühen Abend die Garderobe erreicht, leicht erhitzt, ein schwüler Tag, der zusetzt, ist der Mantel, den er seit jenem Abend zunächst versehentlich, dann in der Hoffnung, der Eigentümer würde sich doch noch melden, hängen gelassen hat, verschwunden. Hat ihn womöglich sein Eigentümer beim Entwenden der Pistole beobachtet? Hat der Pförtner ihn an sich genommen? War er, Herr Harald, in eine Falle geraten? Oder war es ein Test, den sein Arbeitgeber angeordnet hatte? Zur Ermittlung seiner Redlichkeit? Herr Harald friert. Trägt die Aktentasche zum Schemel, entnimmt sein Notizbuch und hält in Druckbuchstaben fest, wie gestempelt: *Den Vorschriften wurde genügt.*

Dann wendet er sich den ersten Besuchern zu, die Tüten und Rucksäcke abgeben, schweres Geschütz, das er hochhieven muss, unschön baumelt es an den Haken. Manches abgegebene Gepäckstück ist zu schwer, er muss es unter die Theke räumen. Der Sichtschutz langer Mäntel fehlt, so ist es im Sommer. Herr Harald fühlt sich ausgesetzt, auch noch, als längst alle im Innern verschwunden und die leeren Gläser und Teller vom Personal der Erfrischungsräume eingesammelt sind. Nein, er wird nichts notieren und auch das Radio nicht einschalten. Er wird stehen bleiben, im hinteren Bereich seiner Garderobe, reglos, wie ein zur Irreführung des Angreifers erstarrtes Tier, und nachdenken. Gesetzt den Fall, er träfe morgen auf Johanna oder Marie, was würde er sagen? *Ich bin.* Das wäre ihm das Liebste. Oder müsste er ausführen: *Darf sich Ihnen ein Unpassender? ein Aufmerksamer? ein Erfreuter? vorstellen?* Oder, oder, oder? Quälend spürt er die falsche Tonlage, das Gestelzte daran. *Ich bin.* Nur das stimmt. Und er könnte fragen: *Mögen Sie Rosmarin?* Wichtige Frage, aber sie könnte sie für eine dumme halten. Oder gestehen: *Ihretwegen bin ich hier.* Unmöglich, sie würde sich verfolgt fühlen. *Sie haben mein Jawort.* Herr Harald erschrickt. Was sein Kopf so ausbrütet, wenn Hand und Stift nicht bremsen! Warum konnte er nicht einfach sagen: *Johanna oder Marie, dein Gang. Ja! Du Flinke und du Anmutige. Das sichere Umwenden der Notenblätter, behutsam als wären sie aus Blattgold. Du im Schatten mit dem fohlenbraunen Haar. Ich habe dich im Spiegel gesehen, der erst ganz beschlagen war und auf einmal klar.* Völlig ausgeschlossen! Herr Harald wiegt sich von den Fußballen zu den Fersen, auf und ab, wie ein Schaukelpferd, irgendwohin muss die Unruhe ausweichen.

Sie weicht zu dem verschwundenen Mantel aus, von den beiden Unruhen ist ihm die doch die erträglichere: Er überprüft erneut das Fach in der Theke und vorsichtshalber (und albernerweise) noch einmal den Haken – Nummer 314 –, an dem er gehangen hat. Der Haken ist leer, auch das Nummernschild fehlt, der Eigentümer des Mantels hat es folglich behalten. Herr Harald bildet die Quersumme der Zahl, acht, und sucht nach einer Bedeutung. Findet keine. Probiert es anders: 3+1=4. Das stimmt – und nun? Herr Harald hat nicht schlecht Lust, einen der schweren Rucksäcke zu boxen, die ihn umzingeln wie Halunken.

Er legt die Brille ab, und umgehend verschwimmen die Umrisse des Vorraums, die Porträts der Sänger und Dirigenten zerfließen, die scharfen Kanten der Rahmen runden sich. Selbst die wenig einladenden Bänke zwischen den Toiletten sehen weich und bequem aus, wie Wolkensitze. In einer fernen Zeit, die so verschwimmt wie nun der Vorraum der Garderobe, hat einmal eine Faust seinen Mund getroffen, die Lippen gingen dabei auf wie zu einem Redeschwall. Vergebliches Warten auf die richtigen Worte. Nur Salz. Insofern, denkt Herr Harald, spreche ich eigentlich fließend Italienisch. Es geht mir leicht über die Lippen, wenn auch unhörbar. Es hat nichts mit den niedergeschlagenen Worten gemein, die irgendwo in der Mundhöhle kauern, ängstlich wie Schwarzfahrer. Zum Nachweis, die Augen fest auf die Tür zu seiner Linken gerichtet, hinter der Applaus und Jubelschreie aufbranden, wispert er zwei, drei italienische Wörter, »fragile« oder »tempestuoso« zum Beispiel und spürt: Erquickung.

Das herausströmende, festlich erhitzte Publikum fertigt er rasch ab. Ein Herr hat die Nummernmarke verloren und erregt sich über die geforderte Gebühr von zehn Euro. Zeigt immer wieder auf die stattliche Einkaufstüte, deren Besitzer er sei und wiederholt den Namen des Geschäfts, als bewiese das seine Eigentümerschaft. Herr Harald, die Brille wieder an Ort und Stelle, schaut durch ihre Gläser und den Herrn hindurch und wiederholt freundlich und bestimmt, dass die Regeln so seien und eine Befolgung derselben zu empfehlen, allein schon der Zeitersparnis wegen. Andernfalls müsse er zur Durchsetzung der Strafzahlung jemanden rufen lassen. Das macht Eindruck, der Herr zahlt und murmelt Unanständiges. Herr Harald unterdrückt einen ihn selbst überraschenden Lachreiz: Die Autoritätsperson, die er angeblich hätte herbestellen können, ist schließlich nicht nur dem Herrn unbekannt, sondern auch ihm. Aber nun, da gezahlt wurde, gibt es sie.

Die Luft um das Opernhaus dampft, Stein und Asphalt schwitzen aus, was sie tagsüber erhitzt hat. Einige wenige Verlorene bevölkern die Liegestühle, die auf dem kreisrunden Platz vor dem Theater im aufgeschütteten Sand aufgestellt wurden, von wegen Strand*läufer*, denkt Herr Harald vergleichsweise vergnügt, denn er hat eine heikle Situation alles in allem sowohl vorschriftsmäßig als auch geschickt bewältigt. In aufrechter Haltung verweilt er auf den Stufen des ausladenden Treppenaufgangs und gönnt sich einen Überblick. Der Pulsschlag der Stadt schließt ihn ein, die leichte Brise, die aufkommt, gilt auch ihm. Trocknet seine schweißnasse Stirn – ganz behutsam weht sie, wie ein von unsichtbarer Hand bewegter Fächer. Sonnensatte Nacht.

Er geht los – und stößt, nach wenigen Schritten, mit dem linken Fuß an etwas Rundes, Rollendes. Steht still, vor ihm liegt, schimmernd im Schein der Straßenbeleuchtung, eine Kastanie. Fohlenbraun. Im Juli! Und kein Kastanienbaum weit und breit, ja, überhaupt kein Baum weit und breit. Sie kann nicht aus dem Vorjahr stammen, dafür ist ihr Glanz zu strahlend. Wie frisch lackiert. Er nimmt sie auf, sie stört sich nicht an seiner geschundenen Haut und belohnt mit kühler Glätte seine vom Handschuh befreite Hand. Ein Zeichen, eine Botschaft – ein Wunder! Herr Harald verspürt einen Drang, mächtig im Brustkorb, sich aufzusperren, aufzureißen, die Herzkammern zu zeigen – so wie man Flügeltüren mit Schwung aufstößt und Licht und Luft hineinfluten lässt. Und muss niesen. Zweimal, acht-, neunmal. Fünfzehn. Es bricht aus ihm heraus, machtvolle Explosionen, das Zwerchfell in Krämpfen, der Widerhall im Schädel dröhnend wie bei einer Sprengung. Menschen bleiben stehen und starren ihn, den haltlos Niesenden, an, der sich nicht von der Stelle rührt, dabei den rechten Arm ausgestreckt hält, die offene Hand mit der neugeborenen Kastanie zum Himmel gewandt, als erwarte er von dort einen Segen. Manche besorgt, manche kopfschüttelnd. Aber keiner bleibt lange genug stehen, um zu sehen, dass sich Herr Harald wieder Richtung U-Bahn in Gang setzt, vornübergebeugt, ohne jede Muskelspannung.

Das Zwerchfell schmerzt noch immer, als er, die Hand fest um die Kastanie geschlossen, alle Kraftreserven aufgebraucht, unter seine Bettdecke kriecht. Er hat sogar den Aufzug genommen. Ein Veteran: glorreich und knochenmüde.

Am Morgen ist das Niesen vergessen, es gehört zu Husten, Schnupfen, Heiserkeit, nichts davon betrifft ihn. Herr Harald verspürt ein leichtes Ziehen oberhalb des Magens, aber gibt es überhaupt einen Morgen, an dem er mit geschmeidigen Gliedern erwacht? Eben. Er brüht sich seinen Kaffee, alle Bewegungen passen, es dampft aus dem Filter, guter Geruch füllt die Küche. Die Kastanie! Er findet sie unter seinem Kissen, über Nacht ist sie stumpf geworden, die helle Stelle, ähnlich der Blesse bei Pferden, aufgeraut. Herr Harald haucht die Kastanie an, wischt mit dem Ärmel nach, und ein wenig Glanz kehrt zurück. Er legt sie auf die Fensterbank in der Küche, nun hat sein Blick ein Ziel. *Unsere* Kastanie nennt er sie, und denkt dabei an Johanna oder Marie.

Das Niesen ist durch ihn hindurchgefahren, ja, und nun sind die Wege frei. Über sie erreicht die schlimme Aufregung jetzt die Haut, sie juckt und schlägt aus, auf den Knien, in den Kniekehlen, den Ellbogen, hinter den Ohren, auf den Handrücken. An den Knien und Ellbogen bilden sich schildförmige, erhabene, rot-schuppige Polster – prall wie diejenigen, die sich Eishockeyspieler zum Schutz um die Gelenke schnallen. Würde ich beten, denkt Herr Harald, würde ich also niederknien und mich mit gefalteten Händen auf die Ellbogen stützen, dann würden sie mir nützen und mich schützen. Aber leider bete ich nicht. Ich wünsche nur. Einmal hat der Arzt, den er aufsuchte, um sich eine Salbe verschreiben zu lassen – furchtbar, die durch ihn erfolgte Begutachtung! – gefragt, ob er belastende Lebensumstände habe. Herr Harald hat geschwiegen, zu perplex zum Antworten. Gibt es Luft ohne Sauerstoff?

Da er, um einen weiteren Arztbesuch möglichst weit hinauszuschieben, die Salbe immer nur äußerst sparsam aufgetragen hat, kann er sich nun selbst versorgen. Er mag nicht hinschauen, tastend findet er die am schlimmsten betroffenen Stellen. Schlüpft ins besondere Hemd, dessen Knöpfe leuchten, trotz der räudigen Haut, die es nun bedecken soll. Ein Spaziergang, beschließt Herr Harald, ein Spaziergang wird den Juckreiz vertreiben und ihn ablenken, wovon auch immer. Ein schöner Spaziergang, einer ohne Ziel. Nimmt außer

Notizbuch und Schlüssel nichts mit. Es ist so hell draußen, dass er blinzeln muss. Nicht eine Wohnung hat er verlassen, sondern eine Höhle.

Er geht ein paar Straßenzüge ab, wechselt zwischen rechts und links abbiegen. Das Gehen beruhigt, die Schaltstellen arbeiten wieder, Beugen, Strecken. Herr Harald macht einen großen rücksichtsvollen Bogen um eine Frau, die einen noch jungen Mann im Rollstuhl schiebt, dabei zu dessen Hinterkopf spricht. Sehr laut, denn der Schall muss ja durch die Schädelplatte dringen. Herr Harald überlegt, dass er als Rollstuhlkonstrukteur ein Gefährt entwickeln würde, dessen Sitz man, ähnlich wie bei Kinderwagen, so drehen könnte, dass die beförderte Person mit dem Antlitz zum Schiebenden und dem Rücken zur Welt säße. *Antlitz!* Da ist es, das Wort des Monats Juli. Er sagt es ein paar Mal auf, es liegt gut auf der Zunge, schmeckt ein wenig metallisch. Nach Kupfer. Das kommt vom Alter.

Zu Hause trägt er das Wort in das Notizbuch ein, mit Datum, auf einer neuen Seite. Fast nie schaut er zurück. Was war, das war. Das Heute verdient alle Aufmerksamkeit. Um das besondere Hemd zu schützen, legt er eine Schürze an, auf dem Brustteil steht *Mr. Goodlooking is Cooking*. Sie ist schwarz. Gefunden hat er sie in einem 1-Euro-Laden, in den er sich, vor Jahren, wegen eines plötzlichen Regengusses geflüchtet hat. Griff, von der Buntheit, von den Wühltischen, der lauten Musik und der grellen Beleuchtung bedrängt, nach dem Erstbesten – und das war dann gut. Glückstreffer muss man es deshalb ja noch lange nicht nennen, einverstanden sein reicht völlig. Hätte er die rote Schürze erstanden – *Ich bin Italiener, ich brauche kein Rezept* war auf ihr zu lesen –, wäre er auch einverstanden gewesen. Bis auf die Farbe: rot nicht.

Das Messer, mit dem er das Gemüse für eine Suppe schneidet – leichte Kost vor dem Konzert am Abend – ist geerbt, hat anderen bei ähnlichen Verrichtungen bereits in der Hand gelegen. Der Holzgriff ist mürb vom Waschen und vom Abrieb, aber das Messer schneidet schärfer als alle anderen, neueren. Es trennt hervorragend Fleisch vom Knochen, Frucht von der Wurzel, also Nützliches von Unnützem. Einst steckte die Klinge in einem kleinen Etui, aber diesen Schutz hat Herr Harald abgestreift, bei ihm liegt das Messerchen nackt in der Schublade. Ohne Blutvergießen kommen die bunten Gemüsewürfel in den Topf, sie schauen putzig und harmlos aus, verlieren bald an Farbe und weichen in der Brühe auf. Sie altern, denkt er, und werden bekömmlich. Rührt herum im Topf, übernimmt dabei keinerlei Verantwortung für die losen Gedanken, die beim Rühren kreisen. Sowenig wie für das Ein- und Ausatmen – auch dafür muss schließlich niemand eine Begründung liefern.

Es ist so weit, der Abend bricht an. Das besondere Hemd ist unbefleckt, die Suppe beruhigt den nervösen Magen wie eine mit krankenschwesterlichem Nachdruck aufgelegte Hand. Der Weg zum Konzertort ist lang, so kann Herr Harald das Haus früh verlassen, taghell ist es noch, alle Vögel pfeifen durcheinander, stimmen ihre Instrumente, erst die Streicher, dann die Blechbläser – nein, umgekehrt. Blödsinn, Unsinn. Herr Harald verspürt eine luftige Ausgelassenheit, alles Hässliche ist unter Stoff verborgen, die Manschetten umschließen zuverlässig seine Handgelenke, und für die Beine interessiert sich niemand. Obacht allein bei den Handrücken, die wird er ein wenig bedecken müssen, zum Beispiel mit dem Programmheft.

Im Konzert verlässt ihn aller Mut. Ja, sie ist da, ja, sie blättert mit Fingerspitzengefühl, ja, sie trägt das schöne schwarze Kleid, ja, sie hat fohlenbraunes Haar. Aber darf ihn das angehen? Die Musik lässt ihn nicht ein, wie eine Eiswand ragt sie vor ihm empor und weist ab. Der Applaus klappert hohl und gilt ihr, Johanna oder Marie, wie immer, nicht. In der Pause bewegt er sich kaum vom Fleck, die während der U-Bahn-Fahrt aufgelesenen Brocken wirbeln in seinem Kopf herum. Werbung für den öffentlichen Nahverkehr *Staust du noch oder fährst du schon?*, für ein Seniorenheim *Ihr schönster Lebensabend*, für eine Sprachenschule *Deutsch in fünf Minuten*. Herr Harald hat die furchterregende Vorstellung, ein Satz könnte ihm, bewegte er sich, entweichen, einer wie: *Ich wünsche mir nicht-öffentlichen Nahverkehr*, oder, schlimmer noch, weil ohne Vorlage ihm entsprungen: *Ich möchte Anlieger sein.* Er beißt die Zahnreihen des Ober- und Unterkiefers fest aufeinander, an dieser Barrikade würde der unsägliche Satz abprallen wie gegen Betonpoller. Was aber, wenn ihm die Zähne ausfielen? Aus der Haft entlassen, einer nach dem anderen sich aus dem Zahnfleisch löste, auf und davon? Ihn zurückließe mit wehrlosen Lippen? Wie einen Säugling, wie einen Greis. Aber was hat das mit Johanna oder Marie zu tun?

Um den Spuk in seinem Kopf zu beenden, eilt Herr Harald zum Ausgang. Ein Grüppchen Raucher ist dort versammelt, über ihnen winden sich elegant feine Rauchfahnen, hauchdünn, bläulich. Der Mann, hinter dem Herr Harald Deckung sucht, hat eine Glatze, unter der Haut des wuchtigen Schädels wölben sich die Knochenplatten, es gibt Höcker, Schwellungen, Kratzer. Welche Gnade ist Haarwuchs! Die sanfte Bepelzung, das rücksichtsvolle Verbergen der Gehirnbehausung, Schutz *vor* krausen Gedanken, Schutz *von* schlanken Gedanken.

Auf einmal steht da Johanna oder Marie, in der Rechten zwischen Zeige- und Mittelfinger eine Zigarette. Sie bläst den Rauch schnippisch oder vielleicht auch schelmisch in seine, Herrn Haralds, Richtung, der sie vor lauter Glatzenbetrachtung erst jetzt erkennt. Sie wird überdies vom kolossalen Glatzenträger halb verdeckt. *Sie haben die Haare schön.* Hat er das gesagt? Ist ihm der Satz wie einem Bauchredner entwischt? Sie spitzt die Lippen, spricht nichts, und wenn doch, gilt es dem Rauch. Dem folgt nun sein Blick, verliert sich mit ihm in den Weiten des taubengrauen Himmels. Ist das Kleid überhaupt schwarz? Das Haar fohlenbraun? In einer so großen Stadt mit einer Hochschule für Musik muss es doch etliche Notenwenderinnen geben? Wird ihm das Glück der Wiederbegegnung nun streitig gemacht? Herrn Harald schwirrt der Kopf.

Die Rauchergruppe setzt sich in Bewegung, darunter sie, die er nur mehr zögerlich Johanna oder Marie nennt. Aber der Gang! Er ist es! Dieser unvergleichliche Gang – scheinbar zögernd die Schritte, die dann mit enormer, geradezu energiegeladener Sicherheit und Seelenruhe aufwarten –, ein Gang, der den zu beschreitenden Weg zweifelsfrei ausweist.

Im zweiten Teil des Konzerts lässt die Anspannung nach. Der Flügel wurde zur Seite gerollt – es ist also nicht zu ermitteln, ob die Raucherin von ihm fälschlicherweise für Johanna oder Marie gehalten wurde, und sich ihren Gang, aus Bosheit, aus Unwissen, gegebenenfalls aus Bewunderung angeeignet hat. Möglich auch, dass sie noch da ist, denn eigentlich gilt ihr Interesse, über die Anstellung als Umblätterin hinaus, der

Musik. Das würde bedeuten: Sie sitzt nun, da sie nicht mehr aufspringen muss, entspannt irgendwo am Rand einer Reihe, die Beine übergeschlagen, die Lippen bitter vom Nikotin.

Herr Harald lehnt sich zurück, froh plötzlich. Es ist doch gut, das Johanna oder Marie sich darin als quicklebendig erweist, dass sie ihn überrascht und, zum Beispiel, raucht. Oder ihren Haaren beim Tönen einen Rotstich verpasst, wie von der Sonne angesteckt, und das schwarze Kleid auch einmal durch ein anderes ersetzt, das nicht ganz so schwarz ist. Darauf, denkt Herr Harald, könnten wir uns doch einigen: Ich halte das Wesentliche in Grundzügen fest, sie setzt kleine Veränderungen durch. Wie zwei Musiker, die gemeinsam spielen und improvisieren. Abgemacht, nun kann er seine Aufmerksamkeit der Musik schenken.

Der Konzertmeister steht auf und erläutert, dass im folgenden Stück – der Titel irgendetwas mit *Am Anfang* – die Streicher zur Interpretation zwei Bögen benützen würden, einen mit Kolophonium behandelten und einen ohne. Herr Harald freut sich, dass ihm das eindrucksvolle und schwierige Wort vertraut ist. Es stammt aus seiner Welt, der Musik. Aus einer Welt, die er leihweise betritt, sogar betreten muss. Verwendet man das Lärchenharz – denn darum, erläutert der erste Geiger weiter, handelt es sich zumeist bei den Bögen für Violinen –, schwingt die Saite und ist melodiefähig, ohne das Gleitmittel erklingt das Material selbst, sprachlos.

*Am Anfang war kein Wort. Jeder will das letzte haben.*

Herrn Haralds Kehle verlandet. Das ist zunächst unangenehm, dann erleichternd, er muss weder denken noch sprechen. Er darf sich verpuppen, fühlt sich, trotz der unbequemen Sitzgelegenheit, in einem warmen Trakt umschlossen, die Ohren horchen nach innen, nichts muss gedolmetscht werden. Extrafeine Idee – so ein Baumharz, dünn aufgetragen, würde den Menschen zum flüssigen Sprechen verhelfen! Machte ihn leitungsfähig zum Mitmenschen, ach, sieh an, wäre das schön. Wohingegen die *Röhm*. Knallt und freischießt. Peng. Peng.

Aber dass er, Herr Harald, einen Revolver im Backofen hat, ist doch eigentlich zum Lachen. Johanna oder Marie käme nie auf die Idee, ein Mann mit einem so geraden Scheitel und einem bis zum Kinn zugeknöpften Hemd für bewaffnet zu halten. Sowenig wie er sie sich als Raucherin hatte vorstellen können. Jetzt sind wir, denkt er, gleichauf, was das Staunen angeht, und wittert, im warmen Bauch dieser verrückten Urmusik geborgen, unvermittelt Schmauch – den Schmauch, der nach dem Knall als feines Rauchwölkchen aus dem Pistolenlauf austreten und seine Finger herb machen würde. Als hätte er Tabak gepflückt. Satt fühlt er das Gewicht der *Röhm* in der Hand liegen, ein Kraftüberschuss! Seine Sitznachbarn spüren das, als Druckwelle, und rücken ab, seitwärts. Ha, als würde das helfen! Herr Harald schnauft, das Horn stößt einen Befehl aus: Hände hoch! Der Kontrabass säbelt dazu, die Geigen kreischen. Aufruhr. Herr Harald übernimmt das Dirigat, trägt dem Fagott auf, zu gurgeln und zu drohen. Der Klarinette, zu protestieren, in höchsten Tönen. Den Bratschen zu scheuern. Bis alles wund ist, wund, wund, wund. Bogenwechsel. Das Lärchenharz brennt auf der offenen Haut, Flammen schlagen hoch, eine böse Feuersbrunst, es handelt sich um Brandstiftung, die Trompeten gellen. Endlich: Einsatz der Celli, Löschung ohne Vibrato, warmer Klang, nichts ist mehr heiß, Linderung tritt ein. Milde. Und dann? Heilt sie, diese zerriebene Haut, wächst unversehrt nach, und kein Kontakt tut mehr weh? Wen fragen? Wen?

Das Konzert ist zu Ende. Die Nacht nimmt Herrn Harald lau in Empfang, auf den Mauern der ehemaligen Fabriken flimmern Graffiti, aus den nicht mehr genutzten, besonders verfallenen Gebäuden sprießen Akazienschösslinge, akut grün. Alles um die maroden Mauern herum wuchert ohne Berichtigung und Beanstandung, keine Maßnahme, nirgends. Der *Gemeine Rainfarn*, die *Gänsedistel*, die *Goldrute*, alle gelb, alles Sonnenlieblinge. Herr Harald sagt die Namen auf, schön wie das Einmaleins. Er kennt alles, was gelb blüht. Man muss sich im

Leben entscheiden, und nicht ein Alleskönner sein. Oder Tausendsassa. Tief eingetaucht in den gewöhnlichen Duft dieser Beharrlichen und Anspruchslosen, denkt er an seinen kleinen Naturführer *Was blüht denn da?* wie an einen Freund. Ganz zerlesen ist das Buch, wohnhaft auf einem ramponierten Regal zwischen einer geerbten Bibel und einem Handbuch zur Einkommenssteuererklärung. An bestimmten Stellen springt das Buch von allein auf, zum Beispiel beim Kapitel *Bahndämme, Schutt.* Dort ist er heimisch.

Er tritt auf die Straße, auf vier Spuren noch immer reger Verkehr. Auf ihr zogen einst berittene Soldaten in die Stadt, die Luft wabernd vom Angstschweiß der Männer, den warmen Pferdeleibern, dem dampfenden Dung, dem Kriegsgebrodel. Herr Harald spürt den Boden unter seinen Füßen beben von Hufschlägen, noch ein Konzert hebt an, Schlagzeug, Schnauben und Wiehern. Schießpulver, Schwefel, Salpeter, körnige Luft. Es trommelt. Die Pferde knirschen auf ihren Trensenknebeln, reißen und beißen daran. Herr Harald bleibt staunend stehen: Man kann Augen, Ohren und Nase so einstellen, dass sie Auseinanderliegendes, also Früheres und Jetziges, gleichzeitig aufnehmen. Sehen, hören, riechen. Und es weiterleiten an die Zentrale. Die Tram sieht er im letzten Moment, großer Schreck! Und Rückkehr ins Hier und Heute. Heiß schlägt ihm der Atem des stählernen Straßenbahnleibs entgegen.

Schon beim Einsteigen greift er zu einem Quiz. Zuerst die Wissensfrage, rasch. Wie hieß der langjährige König von Thailand? Na, Bhumibol! Einatmen, ausatmen, Fahrkarte stempeln, Platz nehmen, auf Kaugummispuren achten. Alles hat seine Ordnung. Die Frage zur Entspannung, Lockerung: Was können Sie gut? Hier muss er schwindeln: Tauchen. Aber es ist nur halb geschwindelt, denn er kann sie sich ja gut vorstellen, die Tauchkundigkeit. Und nun die Ermessensfrage: Wer ist schlimmer dran, der Traurige oder der Fröhliche? Der Fröhliche! Weil er nichts zu hoffen hat.

Am nächsten Tag in der Garderobe Balkon links empfängt ihn der Mantel. Er hängt an der Nummer 112, das Nummernschild hängt auch am Platz, die Marke des ursprünglichen Hakens, die 314, dagegen fehlt noch immer. Es tut gut, dass Herr Harald sich zunächst damit befassen muss, warum er am falschen Haken hängt. So kann er warten, bis sein Pulsschlag sich verlangsamt und die Hände nicht mehr flattern. 112. Die Notfallnummer. Gewiss, ein Notfall ist es. Er betrachtet den Teppichboden, sucht nach Spuren großer Männerfüße oder vielleicht nach einem Tabakkrümel oder einem verlorenen Taschentuch. Vergeblich. Der Mantel hängt und rührt sich nicht. Herr Harald schaltet das Radio ein, völlig gegen seine Gewohnheit, dies erst zu tun, wenn der Betrieb bereits läuft. Er will mit dem Mantel nicht allein sein. Ein Fenster zum Öffnen! Keins da.

Gäbe es eins, er würde sich hinausbeugen und den lebhaften Strom einkaufender oder von der Arbeit nach Hause eilender Menschen so aufmerksam mustern wie ein Volkszähler. So und so viele Frauen, so und so viele Männer, so und so viele Unglückliche, so und so viele Zufriedene. Ginge es – das Fenster, das es nicht gibt – dagegen nach hinten hinaus, könnte er eventuell Eichhörnchen beobachten oder Verkehrspolizisten, die Strafzettel ausstellen.

Strafzettel! Herr Harald nähert sich dem Mantel und studiert dessen Verwahrlosung: Ein Knopf fehlt, eine Tasche ist eingerissen. War das schon so, als er ihn zum ersten Mal untersuchte? Schmuddelig war er gewesen, im Kragen zum Beispiel ein fettiger Glanz, das ja, aber mehr nicht. Es muss, schlussfolgert er, in der Zwischenzeit passiert sein, in der bösen Absicht, ihm nicht nur die Entwendung des Revolvers und die Unterschlagung des Mantels vorzuwerfen, sondern auch dessen Misshandlung. Herr Harald sieht sich um, niemand da, wie gut, dass er immer so zeitig am Arbeitsplatz erscheint! Dann packt er den Mantel wie einen Schurken am Schlafittchen und stopft ihn in das Fach unter der Theke. Unschön, aber vorerst nicht zu ändern. Mit dem Italienischbuch verzieht er sich auf den Schemel in der Ecke, hält es, ohne es aufzuschlagen, gegen den Oberkörper gepresst. Wie eine kugelsichere Weste würde es allen Einschlägen trotzen. *Bella Italia.*

Es funktioniert, er hat eine Idee. Ihm bleibt eine Dreiviertelstunde bis Dienstantritt. Herr Harald eilt, der Mantel bleibt. Eilt zum Kaufhaus unweit der Oper, stürzt dort in die Schreibwarenabteilung und kauft einen großen Zeichenblock, DIN A3, an der Kasse wird er gefragt, ob er eine Tüte brauche. »Ja!« ruft Herr Harald, »unbedingt!«, und erntet einen amüsierten Blick der Verkäuferin, die dann aber doch umschwenkt und ganz professionell zwanzig Cent verlangt. »Das«, antwortet Herr Harald so rasch, dass es erneut wirkt wie Begeisterung, »das zahle ich gern«. Als er aus dem gekühlten Kaufhaus tritt, rammt ihn die Hitze. Die Luft aus Weingummi, kaubar, speckig, Hochsommer eben.

Zurück in der Garderobe – gerade rechtzeitig, die ersten Besucher steigen bereits treppauf –, stopft er den Mantel zu dem Zeichenblock in die Tüte und verwahrt beides wieder unter der Theke. Reibt sich die behandschuhten Hände wie einer, der Erfolg hat. Es ist der letzte Abend der Festspiele, von all dem Festlichen pulsiert das Mauerwerk, so wie sich, bei Erregung, der ausladende Brustkorb bei Menschen hebt und senkt. *Wogender Busen* sagte man dazu einmal. Das kreuzt seine Gedankengänge, die er sich tatsächlich oft wie Gänge – also Flure – vorstellt, durch die die Gedanken eilen, wie Boten mit Aufträgen, Auftraggeber unbekannt. Auf der Bühne singt an diesem Abend eine Männerverspeiserin mit langen Beinen und Armen wie Schlingpflanzen.

Herr Harald kennt die Fotos in den Schaukästen an der Längsseite des Opernhauses – und fürchtet sie. Die Besucherinnen dieses letzten Abends, die nichts ablegen, stelzen vorbei und haben rasanten Hunger. Nicht nach ihm, das nicht, aber im Allgemeinen.

Die Müdigkeit ist mächtig, als er schließlich, die Tüte mit dem Mantel und dem Zeichenblock unter den Arm geklemmt, die Sommerferien antritt, dem August entgegen. Er geht Seitenstraßen, hält Ausblick nach einem Mülleimer, der ein wenig abseits liegt und nicht übervoll ist. Als er einen für passend befunden hat, presst er das sperrige Paket durch die enge Öffnung, dabei muss er dem Zeichenblock das Genick brechen. Seine Opfergabe, sein Schlachttier. Nein, so spät nachts ist nicht gut nachdenken. Nur schlafen. Schlafen und unbefangen erwachen.

# IM AUGUST

Herr Harald hat furchtbar viel zu tun und vorläufig keine Zeit für das Italienischbuch, das er mit nach Hause in die Theaterpause genommen hat. Ausnahmsweise gewährt er sich zwei freie Tage vom Lernen. Das mit den Ausnahmen ist heikel: Zu viele zuzulassen, ist gefährlich, dann bröckeln die stützenden Vereinbarungen, und der Mensch wird nachlässig; zu wenige Ausnahmen einzuräumen, birgt dagegen das Risiko, dass die getroffenen Vereinbarungen allzu mechanisch eingehalten werden, dann führt ihre Befolgung zum Versiegen der Energie. Energie, die aus der stetigen Wiedererneuerung der Geltung von Abmachungen gewonnen wird. Wobei gleich ist, ob die Abmachungen innere sind oder mit anderen geschlossen wurden. Oder? So kompliziert. Herr Harald findet Trost im Anblick der Hl. Notburga, die nicht nachlässt, die Sichel in den Himmel zu schleudern. Eine lange Weile steht er vor dem Bild, reglos, Kraft tanken. Packt sodann den Wäschesack, die Zirbenessenz und macht sich auf den Weg.

Alles, was Kontakt mit dem Mantel hatte, wird nun

gereinigt, für die Handschuhe benutzt er einen Wäschebeutel, der eigentlich für Büstenhalter gedacht ist. Das war auf dem kleinen angehefteten Etikett vermerkt, das er erst beim Bezahlen wahrgenommen hatte, den Vorgang schloss er ohne Blickkontakt mit der Kassiererin ab. Im Nu ist die Haut im Nacken spröde geworden, er hat den obersten Hemdknopf öffnen müssen, so sehr scheuerte der Kragen. Das Schildchen mit der Abbildung der vorgesehenen Nutzung des Beutels hat er, mangels Schere, noch vor der Ladentür mit den Zähnen entfernt. Jetzt, beim Gedanken daran, zieht er leicht den Kopf ein, um den Hautkontakt mit dem Kragen zu verringern. Damit ist die Erinnerung bezähmt. Der Wäschebeutel ist ein weißer und unbeschriebener Wäschebeutel. Punkt.

Im Waschsalon herrscht Leere. Alle Maschinentüren stehen offen – als stünde eine Fütterung bevor. Herr Harald wählt das Gerät aus, das er am nasenfreundlichsten findet, aus den meisten schlägt ein dumpfer, modriger Geruch. Träufelt Zirbenessenz auf die Wäscheladung, schaltet das Gerät ein und zieht einen Stuhl heran. Die Trommel mahlt. Die Kleidungsstücke trudeln ineinander verschlungen an ihrem Betrachter vorüber, ab und an blitzt der weiße Wäschebeutel in der eher dunklen nassen Masse auf wie Phosphor. Genugtuung stellt sich ein beim Gedanken an die Spurenentfernung und die erneut unbescholten daraus hervorgehenden

Handschuhe. Guter Leumund ist alles. Dann verwirren sich seine Gedanken etwas, ähnlich dem verwirbelten und ineinander verwickelten Wäscheknäuel. Der Herr, der den Mantel nicht mehr abholte – was hatte er mit der Pistole vorgehabt? Hat er sie für eine scharfe Waffe gehalten, mit der er sich umbringen wollte? Dann gemerkt, dass es sich lediglich um eine Schreckschusspistole handelte, und sich in den kalten Fluss gestürzt? Oder vom Hochhaus des Automobilclubs? Der Telefongesellschaft? So viele Einladungen, überall. Ohne Mantel, natürlich, bemänteln – das tun nur Lebende. Es gibt Menschen, die suchen sich eine letzte Mahlzeit aus, Eisbein mit Sauerkraut, Herr Harald schaudert –, und dann gibt es womöglich Menschen, die suchen sich eine letzte Oper aus, eine Oper, in der alle Register gezogen werden, Liebe, Leidenschaft, Tod. Die Gitterstäbe des Käfigs geben nach. Vogelfrei. Vogelfrei heißt: Bindungen lösen oder zum Abschuss freigegeben. Er ist sich nicht sicher. Schon wieder Verwirrung. Das Mahlwerk der Waschmaschine ist kein Orakel, sondern ein Programm. *Stark verschmutzt.* Die Trommel rührt und rumort. Beim Schleudern ist er bereits vor der Tür, das schmerzliche Gejaule der gequälten Wäsche, das hält er einfach nicht aus. An der frischen Luft fällt es ihm leichter, trotz drückender Temperatur, über den Manteleigentümer stimmig nachzudenken, These Numero zwei: Der Mantel mitsamt Revolver musste verschwinden, weil er eine Spur darstellt, sein Träger hat Unlauteres begangen. Am Mantel haftet Nachweisbares. Herr Harald muss bewundern: Klug, einen Mantel in einer Garderobe verschwinden zu lassen!

Der Waschgang ist beendet, Herr Harald beschließt während des Trocknens, das Nachforschen einzustellen und stattdessen den Rest des Tages zu planen, aber es will ihm nicht gelingen. Der Mantelmann weicht nicht, und die dritte Idee stellt sich ein: Der Herr hat eine Dame getroffen, in der Pause, und sich Hals über Kopf in sie verguckt. Dadurch entstand die hochheikle Situation, die neue Bekanntschaft vor dem Anblick des schäbigen Regenmantels, aber vor allem der ausgebeulten Tasche mit der Pistole schützen zu müssen. Im Gehen, einander recht nah, hätte der harte Gegenstand womöglich ihr Bein gestreift, sie bewogen, genauer hinzuschauen, nachzufragen. Und die Opernseligkeit hätte sich unversehens ins Gegenteil verkehrt, in HORROR. Herr Harald erschrickt fürchterlich vor dem Wort. Das sind Buchstaben, die man so nicht beieinander lassen dürfte, R und O und H. Das Wort ist Angriff, ist rohe Gewalt, und es ist immer das Letzte. Beim Aussprechen werden Ober- und Unterkiefer so auseinandergerissen, dass sich der Schlund zur unterirdischen Körperhöhle auftut und schreckliche Geheimnisse zum Vorschein kommen.

Dieses Mal klappt es, der Gedankenmotor lässt sich, zusammen mit dem Trockner, abstellen. Herr Harald entnimmt die Wäsche, faltet und verstaut sie. Denkt nur an das, was er gerade verrichtet, also an Wäsche, ans Falten, ans Einpacken. Zwei handliche Pakete entstehen, für die linke und die rechte Hand, keine ist übervorteilt, keine trägt schwerer als die andere. Ein guter Abschluss. Die Menschen, die ihm entgegenkommen, weichen lächelnd aus, er braucht mit seinen prallen Tüten so viel Platz wie ein Wasserträger. Trotz der Hitze ist es ihm leicht zumute, der kurze Fußweg entfernt ihn sicher von der Garderobe Balkon links. Beschwingt betritt er, zu Hause angekommen, den Aufzug, kümmert sich nur darum, die richtige Taste zu drücken, steigt aus, schließt auf, nickt der Hl. Notburga zu – nur kurz, jetzt geht es nicht um Stärkung –, und stapelt geschmeidig die Wäsche auf seinem Bett, zum Auskühlen.

In der Küche wartet die Kastanie. Vor Kurzem noch ein Wunder, ist sie nun zu einem Schrumpfköpfchen geworden, zu einem winzigen mumifizierten Schädel. Also, denkt Herr Harald, muss sie entsprechend würdig bestattet werden, legt eine Streichholzschachtel mit Watte aus und bettet das glanzlose Schädelchen hinein. Wohin damit? Überall, nur nicht in den Backofen. Er wird es nach der wohl verdienten Mittagspause entscheiden. Appetit hat er keinen, wie auch, es handelt sich schließlich um einen kleinen Trauerfall. Wo soll da der Heißhunger herkommen. Bereits halb eingenickt, die gute Sofalehne stützend im Rücken, kehrt der Mantelmann noch einmal zurück. Und wird abgewiesen. Hausrecht nennt man das.

Die zweite Hälfte des ersten Ferientags gehört der Stadtbücherei. Angenehm kühl ist der Leseraum und halbleer. Herr Harald blättert durch Magazine, kein Wissensdurst, sondern urlaubsgemäße Trödelei. Sogar eine Autozeitschrift ist darunter, Herr Harald liest von *kompromissloser Fahrdynamik* und bestaunt den darauf folgenden kritischen Satz eines Autoexperten: *Nicht nur Großgewachsene haben im Fond Dauerkontakt mit dem Dachhimmel.* Dachhimmel! Wer sich da zu sehr streckt, duckt sich bald. Herr Harald spürt mit Freude – und sogar im Sitzen – die Tüchtigkeit seiner Beinmuskulatur, trägt und befördert sie ihn doch mit einiger Zuverlässigkeit von hier nach dort. Er braucht keinen Dachhimmel. Die chromglänzenden Cockpits der gezeigten Fahrzeugmodelle sehen gefährlich aus, so, als setzten die Schaltknüppel, einmal bewegt, Explosives in Gang.

Auf dem Heimweg, die Sonne noch gebieterisch hoch am Himmel, kauft Herr Harald zur Feier des ersten Ferientags Röhrlinge und Champignons für ein Pilzragout. Die Pilze erinnern an Handgranaten, das liegt sicherlich auch an den Zeitungsseiten, in die sie eingeschlagen sind, mit Bildern von Krieg, von Bombenruinen, demolierten und ausgebrannten Autos. Die Pilze: kompakt und gedrungen, wurfbereit. Herr Harald legt sie einzeln in ein Sieb, federleicht, beinahe gewichtlos sind sie, selbst wenn sie Sprengkörper wären, würde er sie nicht mehr fürchten, so schmiegsam wie sie ihm in der Hand liegen. Er deckt den Tisch, ein guter Teller, eine Stoffserviette und daneben die Post des heutigen Tages, zwei Wurfsendungen: ein Fitnessstudio namens *Clever fit* und ein Drogeriemarkt. Zum Trinken, wie immer am ersten Ferientag: Coca Cola. Die schöne Flasche, der schwungvolle Schriftzug, ohne Verstolperung – ein Buchstabe folgt auf den anderen in unbeanstandeter Richtigkeit. So möchte man leben. Der erste Schluck: Kommunion. Hier, in seiner Küche, darf er das.

Herr Harald serviert sich Reis und Ragout, schön dampft es über dem Teller und duftet maßvoll nach Pilzragout – nach nichts sonst. Er weiß von einem Fall, da hat sich eine ganze Familie in die Notaufnahme gegessen, der Selbstüberschätzung der Pilzsammlerin, Mutter und Ehefrau, wegen. Diese Sorge muss ihn nicht quälen, seine Pilze haben noch nie einen Wald gesehen, und keine Frau an seiner Seite vergiftet ihn. Er schlägt den Prospekt des Fitnessstudios auf und liest: *Die Auswahl der Trainingsgeräte reicht von den klassischen Krafttrainingsmaschinen, über Gravitygeräte und Schlingen-Trainingsgeräte, wie RedCord und TRX*… Was mag das alles sein, TRX und Schlingen-Trainingsgerät? Gravity? Herr Harald studiert die Abbildungen, keine Erhellung.

Die Männer und Frauen auf den Fotos sind braungebrannt und muskulös, geradezu kantig, wie geschnitzt. Dass man dort schwitzt, das steht nirgends im Prospekt. Schlimm schwitzt und stöhnt. Durch die Küche dagegen weht ein kleiner Luftzug, und der zweite Schluck Coca Cola ist ebenso köstlich. Geld ausgeben, um sich beim Schwitzen zusehen zu lassen! Niemals. Er spürt seine unerheblichen Ersparnisse durch diese klare Ablehnung solider werden, gar wachsen.

Auf dem Umschlag des Drogeriemarkts steht *Dialogpost.* Die Broschüre darin fordert zum Punktesammeln auf und meldet Preissenkungen für Shampoos und Duschgels. Herr Harald schneidet die Produktbeschreibungen aus und schiebt sie unter den Magnet am Kühlschrank. Ein lustiger Magnet, Breschnew und Ulbricht beim Bruderkuss, Herr Harald weiß nicht mehr, wie er zu ihm kam. Möglicherweise hat er ihn selbst gekauft, bei einer sehr lang zurückliegenden Busreise. Fest steht, dass er mit dem Magnet seit Menschengedenken fällige Rechnungen oder künftig zu Besorgendes auf Augenhöhe anheftet. Ein gutes System: Bevor das Aktuelle unter Breschnew-Ulbricht geklemmt wird, muss das Vorherige erledigt sein. So bleibt man schuldenfrei. Die Formulierung *seit Menschengedenken* nimmt er zurück, als er sich für den Verdauungsspaziergang die Schuhe zuschnürt. Das ist übertrieben, es müsste heißen: *von jeher.*

Er schlägt den Weg zum Canaletto ein, bei noch blassem Licht. Voller Magen, leicht übersäuert, zu viel Zucker. Und zu viel Luft, bauchwärts. Er schreitet rasch aus, das wird helfen. Zu seiner Linken parkt ein Kleinwagen mit Unfallspuren, ein Aufkleber auf der Rückscheibe verkündet: I♥Robben. Eine Robbe ist zur Veranschaulichung daneben gezeichnet, ihre langen Schnurrhaare hängen betreten herab. Heißt es *Schnurrhaare*? Herr Harald ist unsicher. Der Autobesitzer ist aber gewiss eine Frau, eine Frau, die sich für die Lebensräume der Robben hoch im Norden einsetzt und dabei Unfälle wegen ihrer fehlenden Aufmerksamkeit für den Verkehr in Kauf nimmt. Der Einsatz kostet sie viel Geld, das sie dann nicht für Reparaturen oder für Kleidung und Friseurbesuche ausgeben kann. Deshalb sieht sie unauffällig aus, früh ergraut und ein wenig missvergnügt um den Mund herum – zu wenige unterstützen ihr Eintreten für die Rechte der Robben. Wenn sie ihm nun entgegenkäme, im knöchellangen Rock, würde er sie behutsam anlächeln, womöglich. Er macht sich bereit, zieht, zum Vorschuss, die Lippen ein wenig in die Breite, da kommt sie. Langer Wickelrock, eine große Umhängetasche, kurzes Haar. Viele Armreifen, die leise klimpern. »Sie lieben Robben!« sagt er und hört selbst das Feierliche in seinem Ausruf. »Hä, was?« Die Frau misst ihn mit einem schneidenden Blick und zischt: »Robben? Spinner!« Rempelt ihn beinah im Vorübergehen.

Herr Harald muss sich leicht krümmen, wohl der Magen. Die Pilze? Sucht Bäume, Gebüsch, Sichtschutz. Schlägt eine Abkürzung zum Canaletto ein, ein schmaler Pfad, und ist noch immer nicht fähig, sich ganz aufzurichten. Er hätte seine Eindrücke als Verschlusssache behandeln sollen. Er humpelt zur nächsten Bank und setzt sich darauf, obwohl sie vom Lindenblütensaft völlig verklebt ist. Zählt bis über siebzig, bevor er die Augen öffnet. Und sieht eine Ente. Keinen Menschen, gottlob! Die Ente kramt mit dem Schnabel im dürren Gras der kleinen Böschung herum, eifrig. Bräunliches Gefieder, schmucklos wie der Kittel einer Haushaltshilfe, die unter keinen Umständen die Herrin des Hauses ausstechen will. Hallo, denkt Herr Harald, hallo. *Hallo Mutti.*

Er sitzt so lange, bis die Dunkelheit sich herabsenkt, im Magen anhaltender Aufruhr. *Mutti.* Das Wort des Monats, aber so einfach geht das nicht – so ungefragt aufkreuzen. Er wird es nicht notieren, sondern sich bewähren lassen. Auf Beständigkeit prüfen, indem er es gelegentlich aufruft. Keine Überrumpelung, der Bestimmer ist und bleibt er. Der Monat ist jung, außerdem.

Angenehm schwer lastet die Müdigkeit, die den letzten Lichtrest ablöst und auf die Lider drückt. Einfach sitzenbleiben, in die Nacht eingeschlagen wie in eine leichte Decke. Am Saum des Schlafs driftet Herr

Harald ab, weich gestimmt, lässt alles Knausern und Hadern sein. So viel erlebt am ersten Ferientag, so wenig erledigt, egal. Noch einen Augenblick der Muße, Urlaubssondergenehmigung. Gute Ruh', wünscht er der Ente, die nur mehr zu ahnen, nicht zu sehen ist, als er schließlich aufbricht, gute Ruh'. So möchte er auch einmal schlafen können, mit dem Kopf im Gefieder, von der eigenen Haut gewärmt.

Am Morgen des zweiten Ferientags ist alles in Ordnung. Die Pilze sind verdaut, die Robben verblasst, die Brillengläser poliert. Gleich nach dem Frühstück trifft Herr Harald die Vorbereitungen für einen Großputz, also: Schmutzmatte und Schuhe am Eingang wegräumen, freie Bahn für den Staubsauger schaffen, Müll sammeln, sortieren und vor die Tür stellen, Bad, Küche, Toilette einsprühen. Die Nase meldet: *Erfolg.*

Im Wohnzimmer sammelt sich am Fenster – auf den Scheiben, dem Rahmen, der Fensterbank – ein riesiger Schwarm Trauermücken, dicht an dicht, Gewimmel. Er kennt so ein Gewimmel aus Kräuselzwirn und Haargarn. Jemand, vorrangig eine großgewachsene Frau, trug einmal vor unmessbar langer Zeit einen schwarzen Pullover daraus, Bouclé-Wolle, der wegen der aberhundert Knötchen und Maschen wie lebendiges Fell aussah und dem Harald-Kind unheimlich war. Darunter die Trägerin war eisern. Herr Harald schaltet den Staubsauger ein, setzt die Fugendüse auf den Schlauch und nähert sich dem Fenster: Mitten ins Schwarze, maximale Saugstärke, das Saugrohr zieht die Trauermücken bahnenweise mit einem schlürfenden Geräusch ein. »Man kann«, sagt er halblaut zu den Trauermücken und fährt mit dem Rohr noch entschiedener die Fläche ab, »man kann auch übertreiben.« Als er in die Küche tritt, ist er in Kampflaune. Öffnet schwungvoll die Klappe zum Backofen, zieht den Römertopf mit der in Zeitungspapier gewickelten *Röhm* heraus, hievt alles auf die Herdplatten. Zweimal im Jahr wird der Ofen gereinigt, benutzt oder nicht, es gehört dazu. Wozu? Dazu! Die Form der Pistole zeichnet sich unter den Papierschichten deutlich ab, Herr Harald fühlt Stolz. Seine Gedanken streifen kurz Johanna oder Marie und wie sie staunen wird, wenn er. Dann verbietet er sich das Weiterdenken, denn dafür ist der Nachmittag vorgesehen, den er am kalten Fluss verbringen wird. An einer trotz Ferienzeit ungestörten Stelle, gründlich ermittelt, an der das Wasser in Wirbeln sprudelt und so rasch fließt, dass es Spaß macht.

Er packt die *Röhm* aus, befühlt das kühle Metall, berührt ganz leicht den Abzug. Faustwaffe. Schiesseisen. Während er den Backofen einsprüht, lässt er sie offen liegen. Auf dem Küchentisch, auf dem sonst nur zu bezahlende Rechnungen, Käsebrote und Brillenetui ihren Platz haben – der Tisch setzt Muskeln an. *Du*, Herr Harald duzt die *Röhm* probeweise, *du*. Es fühlt sich nicht ganz richtig an, aber auch *Sie* klingt falsch. Schließlich leben sie unter einem Dach, sie hat sich in seine Garderobe eingeschlichen und seinen Backofen bezogen, sie ist gewissermaßen seine Untermieterin. Er wird sie einfach *Röhm* nennen, in Gedanken, in der dritten Person, ohne sie direkt anzusprechen. Es ist entschieden, er wischt den Backofen aus, wickelt die Pistole wieder ein und bugsiert den schweren Römertopf zurück ins Verlies. Geht durch alle Räume, Inventurblick, hat nichts zu beanstanden, die Wohnung gilt als geputzt. Rekapituliert im Kopf, was eingekauft werden muss. Wäscht die Hände, zieht den Scheitel nach, die Schuhe an und ergreift beim Aufrichten den Einkaufsbeutel. Ein flüssiger Bewegungsablauf, der sich sehen lassen kann! Kein Stocken, und keine Verschwendung.

Im Supermarkt steht er an der Kasse lange an, der junge Mann vor ihm packt das Förderband voll: Avocado, unbekannte Kräuter, rote Kartoffeln, Ingwer, der aussieht wie eine Alraunenwurzel, eine Dose mit hellen, kugelförmigen Kernen, ebenfalls unbekannt, Wein. Herr Harald wird nicht schlau aus dem Menu, aber dass es etwas Besonderes sein wird, das spürt er. Dieser junge Mann wird für eine junge Frau kochen, welche jetzt vermutlich über ihre Kleiderwahl für den Besuch am Abend nachdenkt oder sogar grübelt. Herr Harald greift nach dem Riegel, der die Einkäufe der Kunden trennt und platziert ihn mit gehörigem Abstand. Als seine Ware – die Margarine zuerst – über den Scanner gezogen wird, hat der Vordermann seine Einkäufe bereits sportlich in einen Rucksack gepackt. Während er ihn schultert, streift er die Margarine mit einem geringfügigen Blick. Und ist fort.

Herr Harald tritt hinaus in die gewittrige Luft, am Himmel verzankte Wolken. Dass Ferien sind, sieht man gleich: überall Kinder und Jugendliche, auf Rollern und Fahrrädern unterwegs, nicht selten gegen die Fahrtrichtung, Herr Harald muss ausweichen, die schwere Einkaufstasche schlägt gegen die Hüfte, der Schweiß rinnt, die Brille rutscht. Er überquert die Straße und umrundet einen Zeitungsaufsteller, erstarrt: *UNBEKANNTE MÄNNLICHE LEICHE AUFGEFUNDEN – WER KENNT DIESEN MANN?* Das Foto zeigt ein gedunsenes Gesicht, ein paar dunkle Haarsträhnen, die Augenlider wölben sich wie Buckel über den verborgenen Augen. Der Mann sieht unfertig aus, als sei er – bis auf die Bartstoppel – noch nicht ganz ausgebrütet. Ist er das? Herrn Haralds Kehle entringt sich ein Krächzen. Das nur er hört? Drehen sich nicht Passanten nach ihm um? Er lässt die Tasche zu Boden sinken, zerrt ein Taschentuch hervor und wischt sich Stirn und Hände ab. Alles klebt. Er muss die Zeitung kaufen. Er muss die Zeitung vergessen. Er wird beobachtet. Dort – da lauert der junge Mann mit den eigenartigen

Einkäufen! Telefoniert, gibt seine Beobachtungen und Erkenntnisse weiter. Herr Harald tastet in der Hosentasche nach Münzen, vergeblich. Zieht den Geldbeutel hervor, entnimmt daraus einen Fünf-Euro-Schein und stopft ihn durch den Münzschlitz, irgendwie. Greift nach der obersten Zeitung, aber erst, nachdem er sich Handschuhe übergezogen hat. Da – er spürt und begrüßt es – kommt Trotz auf, befüllt ihn wie Luft eine schlaffe Luftmatratze, richtet ihn auf. Dummes Bild, aber darauf kommt es nicht an. Sollen sie doch schauen und vermuten! Ein Bürger der Stadt erwirbt eine Zeitung, ein gewöhnlicherer Vorgang ist kaum denkbar. Sie wird ihn, beschließt er, am Nachmittag zum kalten Fluss begleiten, bis dahin bleibt sie ungelesen. Er hat zu tun, mit den Einkäufen und Weiterem, das die Zeitung nichts angeht.

Der Fluss ist grün. Grün ist die Hoffnung, aber auch der Schlamm, tief unten, glaubt Herr Harald, ist grün. Modergrün. Aber das macht nichts, Schlamm waren wir dereinst, zu Schlamm werden wir. Wir Krabbeltierchen. Wir Menschlein. Wir Hoffärtigen. Herrn Haralds Herzschlag bekräftigt Satz um Satz wie ein Metronom. Kühl ist's, ein feiner Wassernebel über den Stromschnellen bewirkt das. Herr Harald entnimmt seiner Aktentasche ein Handtuch, das Notizbuch, eine Lupe und die Zeitung. Ihm ist bewusst, dass zu dieser

Art von Ausflug ein Rucksack besser passen würde, andererseits gibt es wahrlich schlimmere Schieflagen als diese. Und dass er es ist, der die Überlegung anstellt, anstatt sie anderen zu überlassen, ist ein gutes Gefühl. Man kann sich gegen einen Rucksack entscheiden. Die halben Ärmel seines Hemds flattern ein wenig in der Brise, als er das Handtuch ausbreitet, darauf Rosen, vom häufigen Waschen angewelkt. Geschafft. Er schlägt die Zeitung auf, sogleich wachsen die Großbuchstaben, dehnen sich, als hätten sie nun, bei ausgefalteter Zeitung, mehr Raum. *Wer kennt diesen Mann? Kräftige Statur*, steht da, *ca. 50–55 Jahre alt, 180–185 cm.* Und welche Kleidung? Steht das nicht normalerweise dabei? Er zückt die Lupe. Dieser Mann, dessen Haut in der Vergrößerung napfartige Vertiefungen hat, hat ihn also ausgewählt. Die napfartigen Vertiefungen erinnern an das Watt bei Ebbe, wenn im Schlamm – schon wieder Schlamm! –, winzige Lebewesen in diesen Vertiefungen wühlen und krabbeln, kleine Blasen platzen und alles irgendwie gurgelt, quillt, drängt, gluckst. Der Mann ist tot, aber die Haut unter der Lupe lebt. Schlimm genug. Und er hat ihn, Herrn Harald, gezwungen, sich mit seiner Person, seinem Mantel und seinem Verschwinden zu befassen. Man wird sehen, ob die Rechnung aufgeht. Doch, hier steht es: *Helle Hose, schwarzes Hemd, Goldkettchen mit Anhänger (Kreuz).* Geht man so in die Oper? Manche schon, andere wiederum nicht. War dieser Mann, dieser Regenmantelfallensteller, dieser Schreckschusspistoleninhaber der eine – oder der andere?

Herr Harald ist müde, so müde, dass er sich auf dem Rosenhandtuch zusammenkauert, die Knie fast bis ans Kinn gezogen. Der Fluss rauscht, in seiner Musik ist es gut dösen. Johanna oder Marie läuft barfuß durchs Watt, zum ersten Mal trägt sie eine Hose, bis zum halben Schienbein aufgekrempelt, und ekelt sich gar nicht vor der wuselnden Schlammbevölkerung. Im Gegenteil: Sie bückt sich, um alles besser studieren zu können, pult dort ein bisschen mit dem Finger, gräbt da ein bisschen mit dem Zeh. Und als er ihren Namen ruft, Johanna oder Marie, blickt sie auf, lachend, die obere Zahnreihe nicht ganz ebenmäßig, sondern ein wenig unordentlich, besonders. Wäre sie die Gesuchte, so hätte man in der Zeitung nachlesen können, dass die Schneidezähne der aufgefundenen weiblichen Person etwas schief stünden, und irgendein Zahnarzt hätte gedacht: Das ist doch sie!

Nein, diese Traumfährte gefällt dem Träumer nicht, er bemüht sich, eine andere einzuschlagen. Sie führt ins Eiscafé des namenlosen Orts an der Nordsee, wo das Traumpaar einen XXL-Fruchtbecher für zwei mit Sahne verzehrt. Auch der Preis im Zweistelligen. Und der Wind: Wie wild der in den fohlenbraunen Haaren herumtobt! Die Sahne verweht mit.

Herr Harald ist natürlich längst wach – sonst hätte er die Regie ja nicht übernehmen und den guten Einfall mit dem einvernehmlich zu verzehrenden XXL-Eisbecher nicht aus der Werbung ausleihen können. Er setzt sich auf, alle Knochen schmerzen vom harten Untergrund und der unbequemen Position, aber er fühlt sich dennoch erfrischt und erleichtert. Die Zeitung? Die Zeitung wird er auf dem Rückweg entsorgen und damit sich ent-sorgen. Er nickt zufrieden über die abweichende und auf seinen Fall zutreffende Verwendung des Worts. Ein schreckliches Wort, im Übrigen. Es wäre besser, man hütete seine Sorgen, denn sie verbinden doch mit der Welt. Nicht wahr? Nicht wahr.

Der Nachmittag reift zum Abend hin, die Glut, hier, unter Bäumen, ohnehin gemäßigt, verliert an Inbrunst. Alles ist Trödeln. Bis auf den Fluss, der, während er, Herr Harald, schlummerte, nicht nachgelassen hatte zu rauschen, zu strömen, zu wirbeln. Einfach immer in Bewegung. Immer. So tüchtig! Ein Schwarm Krähen fliegt kreischend ein, zerreißt die Stille, zu der auch das Wasserrauschen gehörte, in der Luft heiseres Vibrieren. Herr Harald erinnert sich, wie er einmal im Winter auf dem zugefrorenen Canaletto eine Krähe beobachtet hat, die auf dem Glatteis herumrutschte und alle Mühe hatte, ihre Füße unter Kontrolle zu behalten. Er hatte sie herzhaft ausgelacht, damals. Hilflos, trotz Krallen!

Es ist tatsächlich dämmrig, als Herr Harald das Rosenhandtuch, Lupe und das gar nicht geöffnete Notizbuch einpackt, sich die Zeitung unter den Arm klemmt und den Heimweg antritt. Er entschließt sich, die Zeitung auf der ersten Bank abzulegen, die seinen Weg säumt, statt im Halbdunkel nach einem Mülleimer Ausschau zu halten. Er tritt aus der Böschung; in den Wohnungen, der Fluss schon nicht mehr hörbar und lang zurückliegend, erste Lichter. Herr Harald mag es, wenn Hängelampen niedrig über Küchentischen leuchten, Tischen, an denen sich eine Familie zum Spielen versammelt oder ein Paar zum Essen. Es erfüllt ihn kein Neid, eher so etwas wie Wohlwollen angesichts stimmiger Dinge. Und Zufriedenheit darüber, dass seine Küche, auch wenn über dem Tisch eine solche Lampe hinge, nicht eingesehen werden kann, im vierten Stock, da müsste schon eine Drehleiter, wie die Feuerwehr sie hat, her. Folglich muss er auch nicht erleben, dass keiner ihm etwas neidet.

Der dritte Ferientag wird zum Ordnen genutzt. Das ist etwas anderes als Putzen, wenn auch verwandt. Herr Harald macht das Wort des Monats offiziell, indem er es zusammen mit dem Datum in sein Notizbuch einträgt: *Mutti*. Kein Kommentar, es geht um die Vermerkung. Dann schlägt er eine neue Seite auf und notiert drei Schritte zum Ablauf des Abends, der sorgfältig geplant werden muss: Wenn die Konzertsaison wieder beginnt, im September, und Johanna oder Marie die helle Nordseeurlaubshose ablegt, um in das schwarze Dienstkleid zu schlüpfen, dann wird er, Herr Harald, zur Stelle sein, das ist Schritt 1; die *Röhm* dabei haben, in der Sakkotasche oder in der Aktenmappe, Schritt 2; und, Schritt 3, beim Schlussapplaus – hier enden seine Aufzeichnungen, Vorsicht ist geboten, und er, der Planer, weiß ja Bescheid.

Das Telefon klingelt, seit Tagen das erste Mal. Herr Harald seufzt, so hektisch. »Ja«, sagt er in den Hörer, »ja?« Eine weibliche Stimme fragt auf Englisch, ob sie mit ihm, Herrn Harald, verbunden sei? »Selbstverständlich«, antwortet er auf Deutsch, und hört sich an, was sie zu sagen hat, wenn er auch nicht alles versteht. Aber die Angebote sind großartig, so freudig wie sie diese unterbreitet: Es geht um *energy*. Wer weiß, aus welchem Callcenter in Übersee sich diese Stimme meldet? Bei der Dame ist es womöglich helllichter Tag, oder es liegt Schnee. Andächtig lauscht er dem Rauschen und Knacken in der Leitung. Hinweis auf die sagenhafte, den Globus umspannende und zu überwindende Ferne. Und ihn, Herrn Harald, wohnhaft in der Steinzeit, hat sie sich ausgesucht, die Dame mit dem rollenden R und der etwas schwerfälligen Art, die Worte aufeinander folgen zu lassen, als müsse sie diese gegen deren Widerstand in einer bestimmten Reihenfolge auffädeln. Irgendwann, nach langer Versenkung in die Weltmusik, die aus den Poren des Hörers dringt, einlullend wie ein Lied zur Nacht, wünscht ihm die Stimme *a nice day.* »Danke, danke«, sagt Herr Harald, »das ist reizend«. Aber das hört sie wohl nicht mehr, die Verbindung wurde abgebrochen, er ist mit seinem Nachmittag wieder allein. Aber so belebt! *You too*, hätte er sagen sollen, *you too*, jetzt fällt es ihm ein.

Am Abend wartet er auf die Lottozahlen und auf die Nachrichten. Eine Sprecherin von *Aktion Mensch* erscheint, strahlt ihn an und sagt, sie wünsche nun allen viel Lotto-Glück, vor allen Dingen denjenigen mit folgenden Endziffern. Oder denjenigen, die folgende sechs Richtige mit folgender Zusatzzahl getippt hätten, ohne Gewähr. Herr Harald ist wie immer irritiert, dass denen Glück gewünscht wird, die es erwiesenermaßen bereits haben, und er stellt es sich eigenartig vor, einen Beruf einmal in der Woche auszuüben – oder zweimal – und als Fee zu gelten. So war es früher, bei den offiziellen Ziehungen der Lottozahlen im Fernsehen. Die heutige Fee ist nicht mehr so blond wie ihre Vorgängerinnen, aber auch sie trägt eine Bluse, eine sehr farbige Bluse. Nun, er ist nicht bei denen, denen das Glück lacht, das weiß er, auch ohne den Lottoschein zu befragen. Seine Zahlenkombinationen sind von vorneherein fürs Glück zu ungelenk, das spürt er schon beim gelegentlichen Ausfüllen, sie haben nicht die geschmeidige Schönheit und Folgerichtigkeit einer Tonleiter, wenn er sie denn aufsagen, gar singen! würde. Nur – dass er andere nicht hat. Zahlenkombinationen.

Der Nachrichtensprecher erscheint, die Krawatte würgt den Adamsapfel beim Sprechen, das verleiht ihm besondere Würde. Als setzte er sich noch unter lebensbedrohlichen Verhältnissen dafür ein, dass die wichtigen Neuigkeiten verbreitet werden. Er spricht von Gipfeltreffen und nervösen Börsen, von Handelsabkommen und Parteitagen. Außerdem: zwei Waffenstillstandsbrüche, ein Erdbeben, ein Gerichtsverfahren wegen Schummelei bei den Abgaswerten und Aussichten eines deutschen Films im Oskar-Rennen mitzurennen. Das Wetter.

Herr Harald wendet sich ab, eine Fee reicht. Schaut lieber der Sonne beim Dienstschluss zu, das geht vom Wohnzimmerfenster aus. Der Himmel ist Bühne für ein Drama: Wolken in Rot- und Rosatönen von Phloxblüten ballen sich vor der Sonne, darunter spreizen sich die Strahlen wie Finger einer göttlichen Hand. Am Horizont, an den Rändern, lichtvergessen, ein wenig Schwarz. Trauerränder, denkt Herr Harald und schaut zu, bis ihm die Augen brennen. Noch ist er lang, der August. Genug Zeit, um alle Pläne auf ihre Tauglichkeit hin zu überprüfen, wieder und wieder. Heute jedoch nicht mehr. Die Sonne geht ab, der Vorhang fällt.

# IM SEPTEMBER

Einmal die Augen reiben, und der Urlaubsmonat ist vorbei. Es sind Dinge liegen geblieben. Darüber empfindet Herr Harald durchaus eine gewisse Genugtuung, weist es doch auf einen vielbeschäftigten Mann hin, dem die Zeit zu knapp wurde für alles zu Erledigende. Und angesichts seines ersten Arbeitstages im September verspürt er die Aufregung eines Berufsanfängers, das verjüngt. Er ist glatt rasiert, der spärliche Ferienbart ist ab. Man muss Einschnitte sichtbar machen, und der zwischen August und September wird tief sein: von der Theorie zur Praxis, vom Planen zur Tat. Während er wie jeden Morgen die Wohnung lüftet, nimmt er einen Teil der Überlegung zurück, sie erscheint ihm allzu hochgerüstet. Und die zeitliche Festlegung verfrüht, es muss nicht im September geschehen, genauso gut könnte es der Februar sein. Oder November. Je nachdem, wann Johanna oder Marie. Nur den Dezember nimmt er aus. *Röhm* und Advent, das geht nicht zusammen.

Wie schnippisch sie den Rauch ausgeblasen hat, als sie an ihm vorbeiging! Und wie übermütig dabei ein paar Haarsträhnen, die ihr lose in die Stirn hingen, geweht haben! Vielleicht braucht sie ihn gar nicht? Herr Harald wehrt ab: In der Pause verwegen sein ist das eine, bei der Arbeit nicht geachtet zu werden, das andere.

Die Unruhe treibt ihn hinaus. Er vermeidet noch immer Wege, die an Zeitungsaufstellern vorbeiführen. Soweit er weiß, ist der Aufruf zur Klärung der Identität der männlichen Leiche erfolglos geblieben. Aber nur soweit er weiß – wüsste er mehr, würde sich die Mantelträgerfrage in seine Träume schleichen und ihn plagen. Hätte der Tote einen Namen und sein Tod einen benannten Grund, wäre er nicht abzuweisen. Er müsste dann Verbindungen herstellen und sie bedenken, zur Oper, zu ihm, zur *Röhm*, Verbindungen, die ihm nur Scherereien einbrächten, Scherereien und Ablenkung vom Eigentlichen. Herr Harald stapft zur Bekräftigung energischen Schritts in Richtung des alten, aufgelassenen Friedhofs, in dem Jogger, Drogenabhängige, Vogelbeobachter und junge Mütter, die ihr Kind im Tragetuch wie einen Schild vor sich tragen, den Toten Gesellschaft leisten. Er hat, weil es ja ein Arbeitstag ist, der ihn am frühen Abend wieder in das Opernhaus führen wird, bereits das gute Sakko über einem weißen Hemd an. Er wird das Jackett nur ausziehen, um den schwarzen frisch gewaschenen und gebügelten Kittel bei der Ankunft in der Garderobe überzuziehen. Denn der Weg zur Arbeit ist bereits Arbeit, sein Aussehen bereits anderer Menschen Sache: *Das ist doch der gepflegte Herr aus der Garderobe Balkon links!*

Herr Harald folgt einem breiten Weg durch den Friedhof, er ist trotz wilder Zuwucherung noch erkennbar. Wie schön, dass alles, was auf den Gräbern wächst und blüht, auch die Wege erfasst, so viel Lebendigkeit! Nur das Gehen wird dadurch schwierig. Will man auf keine Blüte treten, muss man die Schritte mit großer Vorsicht setzen. Heiß! Herr Harald greift nach dem Taschentuch in der Sakkotasche, zieht es heraus und mit ihm einen Knopf. Der Knopf ist aus Holz – und er weiß sofort, dass er vom Regenmantel des unbekannten Herrn stammt. Nur, wie kam er in die Jackentasche? Wer ist es, der ihn so plagt und verfolgt? Er hat den Mantel doch, zusammen mit dem Zeichenblock, in einer Plastiktüte weggeworfen? Der Knopf brennt in seiner Hand, ein heißes Pfand, am liebsten würde er ihn hier verstecken. Am Grab der *Obermedicinalratswitwe und treusorgenden Ehefrau und Mutter Kreszenz Niedermeier, viel zu früh von uns gegangen, versehen mit den hl. Sterbesakramenten, 1835–18…*, die zweite Jahreszahl unleserlich unter dem dichten Efeubehang des Grabsteins, die Blätter tiefgrün. Herr Harald schaut sich um. Niemand zu sehen. Kein Wind. Rasch will er den Knopf unter ein Efeublatt oben auf den Grabstein legen, wie eine gute Gabe, einen Liebesbeweis und Andenken, aber da: Überall Menschen, auf einmal, er muss sie übersehen haben! Und alle wurden sie wohl Zeugen seines Unterschlagungsversuchs! Die junge Mutter, die telefoniert, die beiden älteren Damen auf der Bank, der Obdachlose, der nach Flaschen Ausschau hält, der Jogger. Wo ist der Ausgang? Wo ist Süden? Wo ist Norden? Wo ein Wasseranschluss, dass er sich die Hände waschen kann? In seiner Not bleibt er vor einer Tafel stehen, welche die berühmten Toten des Friedhofs verzeichnet, außer Atem, unter dem Rippengerüst pumpt das Herz, fest wie eine Faust, das weiße Hemd und das Sakko schweißdurchwirkt. Die Hand, in der der Knopf liegt, hält er unnatürlich weit von sich gestreckt. Jemand tippt ihm auf die Schulter. Der Obdachlose steht vor ihm und deutet auf den ramponierten leeren Kaffeebecher in seiner Hand, Kleingeld, Hunger – Herr Harald nickt und nickt, ja, ja, er weiß. Legt, nein, wirft den Knopf hinein, sucht gleichzeitig mit der zweiten Hand nach einer Münze in der anderen Sakkotasche, erwischt sie nicht, dreht ab und hastet in die Richtung des großen Torbogens, den er endlich sieht. Die Flüche hört er dennoch.

Es ist viel zu früh, um zur Oper zu fahren. Nach Hause auf direktem Weg – eher nicht, vielleicht folgt ihm jemand. Herr Harald entscheidet sich für die Stadtbücherei als Zuflucht und besteigt den erstbesten Bus, der hält. Klimatisiert, der trocknende Schweiß knistert auf der alarmierten Haut. Die Fahrtzeit verbringt er mit dem Polieren der Brillengläser, das ist unauffällig und verhindert Klarsicht, kleine Erholung.

Im Leseraum sinkt er in einen der roten Sessel, mit dem wahllos aus dem Präsenzbestandsregal gegriffenen *Schülerlexikon Physik* in der Hand – nicht ganz wahllos, das Wort »Lexikon« hat sofort sein Vertrauen gewonnen. Und das Stichwort »Physik« sowieso. Von allen Wissenschaften die zuverlässigste ist die Physik. Er schlägt das Buch auf, blättert herum, ohne recht zu lesen, lässt den Schreck aussickern. Bis sein Blick auf das Wort *Fliehkraft* fällt, da kehrt der Alarm zurück. Die Fliehkraft, erfährt er, ist eine Kraft, die immer dann berücksichtigt werden muss, wenn man die Bewegung eines Körpers bezüglich eines rotierenden Betriebssystems beschreibt. Das ist sie! Die Kraft, die auch ihn aus der Kurve trägt, weil er Teil eines rotierenden Betriebssystems ist. Das Betriebssystem heißt Mantel, heißt *Röhm*. Fieberhaft liest er noch nach, was über die Gegenkraft, diejenige, die zur Mitte strebt, im Lexikon steht und hofft inständig auf deren ausgleichende Wirkung. Sind die beiden Kräfte in der Balance, also Fliehen und Festhalten gleichermaßen ausgeprägt, tritt Ruhe ein. An die eigene Situation angepasst, gewissermaßen in angewandter Wissenschaft, kommt folgende Übersetzung zustande: Bei dem beschriebenen Ruhezustand handelt es sich darum, im roten Lesesessel der

Stadtbibliothek zu sitzen und in Nachschlagewerken zu blättern, jeder Beteiligung an Schleudervorgängen ledig. Mit anderen Worten: Kein Knopf weit und breit.

Die Physik hilft. Herr Harald spricht lautlos einen kleinen Dank an die Wissenschaft im Allgemeinen, die Physik im Besonderen. Er spürt, dass nun ein Hemdenwechsel reicht, um ihn in die zutreffende Arbeitsverfassung zu versetzen, spätestens beim Betreten des Opernhauses wird sie sich einstellen. Er ist, zurück in der Wohnung, flink und geschickt. Das gute weiße Hemd kommt in die Wäsche, ein zweites, tadellos gebügelt, an die Reihe. Eine Variation, die verkraftbar ist, sagt er sich – und auch zu dem Hemd, während er es zuknöpft. Die Knöpfe rutschen anstandslos in die dafür vorgesehenen Löcher, alles sitzt so straff, dass darunter Muskeln vermutet werden dürfen.

Er empfindet überraschend große Freude, als er sich in seinem seit einem Monat verwaisten Regierungsbezirk Balkon links neu einrichtet. Lediglich als er *Bella Italia* aus der Aktenmappe zieht, hat er leichte Gewissensbisse, denn er hat das Buch, im Urlaub, kein einziges Mal geöffnet. Die Tage waren zu kurz, zu dicht.

Unter der Theke nach dem Rechten zu schauen, belastet ihn gar nicht, er fährt mit behandschuhten Händen einmal über die Ablage und stellt weitgehende Staubfreiheit fest. Dann nimmt *Bella Italia* den angestammten Platz in der Schublade ein. Und auch er selbst ist richtig hier. Jeder Handgriff sitzt, daran ermisst er es. Auf dem Weg zur Arbeit hat er einem Verkäufer der Obdachlosenzeitung und zwei bettelnden Frauen je zwei Euro gegeben, die Gewissheit *Ich bin auf dem Weg zu meiner Arbeitsstelle* hatte sich angefühlt wie eine dieser Manschetten, mit der man ein schwaches Kniegelenk oder ausgeleierte Bänder am Knöchel stützt. Solche Hilfsmittel studiert er in der Auslage eines Orthopädiegeschäfts immer mit großem Interesse. Der Mangel, den sie beheben sollen, ist an ihnen ablesbar und gleichzeitig durch sie überwunden.

Es ist alles bereit: Herr Harald sitzt hinter leeren Garderobenhaken auf dem Schemel und atmet aus. Nach der Anstrengung des Ordnens wird es nun in seinem Kopf ein wenig unordentlicher, wirr. Soll er ein Quiz veranstalten? Nein, ein Quiz ist zur Sammlung und Beruhigung gedacht, nicht zur Maßregelung. Tibor? Der ist die Notbremse bei Notlagen. Und dies ist keine. Soll der Kopf ruhig ein wenig streunen, von hier nach da, nach dort. Die Anfangsbuchstaben MP zum Beispiel, meldet der Kopf, sie stehen für **M**ittags**P**ause und für **M**aschinen**P**istole. Oder auch **M**assage**P**raxis. Verrückt. Und Johanna und Marie? Ergibt zusammen **J**ustiz**Mi**nisterium. Zu dumm, dieses Gestreune, beschließt er, einstellen! Lieber die Glasplatte der Theke noch einmal abwischen. Mit ein paar Besuchern, die etwas abzugeben haben, rechnet er, auch wenn es noch sehr warm ist draußen. Allerdings regenwillig. Der September wölbt sich träge über der Stadt, Blühen und Verwelken treffen in diesem Monat auf- und ineinander. Noch so ein eigenartiger Gedanke. Aber jetzt noch das Italienischbuch hervorholen – dafür ist es zu spät. In weniger als einer dreiviertel Stunde beginnt die Vorstellung.

Bleibt die Inventur: Das Bild des berühmten Sängers als Donnergott Wotan macht gewohnheitsmäßig den Anfang, jahraus, jahrein bestiefelt, den Blick ins Gewölk über ihm gerichtet. Es folgen der noch leere Platz der Türsteherin links von ihm, die fadenscheinigen Stellen des hellen Teppichbodens, die Messingbuchstaben H und D auf den Toilettentüren. Herrn Haralds Blick lässt nichts aus. Als alles erfasst ist, nimmt er sich mit geschlossenen Augen eine Zahl vor: die 9. Zählt langsam und lautlos, bei 9 angekommen, öffnet er sie wieder. Da steht ein Herr und betrachtet ihn mit Verwunderung. Räuspert sich, sagt: »Entschuldigen Sie die Störung«, in einem Tonfall, der dem Inhalt zuwiderläuft. Herr Harald ist so verwirrt, dass er pampig antwortet: »Gewiss nicht.« Kurzes Schweigen, dann sagt er, gepresst, mit seiner Garderobenstimme: »Was kann ich für Sie tun?«

Der Herr, eine bissige Bemerkung sichtbar bereits Richtung Aussprechen unterwegs, unterdrückt sie und führt beinahe freundlich aus, er habe irgendwann im Juli einen Mantel versehentlich nicht abgeholt, weil es seiner Begleiterin nach der Oper schlecht gegangen sei – ob Herr Harald diesen in Verwahrung genommen habe? Der Mann hat die Haare streng nach hinten gestriegelt, die Kammspuren sehen aus wie Fahrbahnen, an den Schläfen Schweißtropfen. »Mantel?« sagt Herr Harald fragend. »Was für einen Mantel?« »Einen Regenmantel!« Der Mann klingt belehrend, das hilft beim Entschluss zum Widerstand. Herr Harald sagt sinngemäß, dass kein Mantel ihm je entgangen sei – und wäre es doch so, hätte er denselben an der Pforte abgeliefert, einer Art Fundstelle für Vermisstes, wie die meisten wissen. Dann folgt eine längere Erklärung zur Zuverlässigkeit des Pförtners, der Zahl seiner Dienstjahre und der Länge seiner soliden Ehe. Die Frau dieses verdienten Mannes habe wunderschönes fohlenbraunes Haar! Und sei außerordentlich musikalisch! Er nehme an, dass sie eine solide Ausbildung am Klavier genossen habe, bevor sie den Herrn Hausmeister ehelichte. Er kann gar nicht mehr aufhören, unversehens ist er mitten im Leben des von ihm in den vergangenen Jahrzehnten kaum beachteten Pförtners. Erst als der Mann, der während des Redeschwalls mit den Fingern auf die zerkratzte Glasplatte der Theke getrommelt hat, wie einer der Recht hat, ausruft: »Schluss! Darum geht es nicht!« bricht er ab. Bückt sich nach dem Tuch und wischt erneut über die Platte. Der Mann zieht die Hand zurück, fährt damit in die Jackentasche und wirft ein kleines Metallstück auf die Theke: 314.

»Eine Doublette«, sagt Herr Harald, der die Garderobenmarke nah an die Brillengläser geführt hat, »eine Doublette.« Er ist so berauscht von diesem ihm überraschend entsprungenen Wort, dass er darüber die Lüge nicht spürt.

»Ok«, sagt der Mann, und ist unversehens ganz zahm, der Freund, für den er den Mantel abholen wolle, habe sich an die Nummer erinnert, aber die Marke verloren. Vermutlich habe er sie bei so einem Schlüsseldienst nachmachen lassen. Er komme nicht selbst, weil seine Frau nichts von dem Opernausflug in fremder weiblicher Begleitung wisse und den Mantel in der Reinigung wähne.

»Aha.« Herr Harald nickt zum Zeichen seiner Bereitwilligkeit, die Geschichte zu glauben. Es ändere aber nichts an der Tatsache, dass, und so weiter und so fort. Während er ausführt, legt er die behandschuhte Hand auf die Garderobenmarke und schließt mit der – wie er hofft: ermutigenden – Bemerkung, das Rätsel werde sich in naher Zukunft aufklären und alles sich als Missverständnis herausstellen.

Der Mann ist erschöpft, Herr Harald sieht es, nutzt es und verspricht, sich zu melden, sollte es neue Entwicklungen in der Angelegenheit geben. Bittet um eine Visitenkarte. Der Mann schaut ihn leer an, schüttelt den Kopf, so zögerlich und vorsichtig, als wolle er ein Gelenk ausprobieren, das schon einmal seinen Dienst verweigerte. Dreht grußlos ab, der Spuk ist vorbei. Einerseits. Andererseits verheddert sich etwas in Herrn Haralds Kopf, zu viele verschwundene und wiederaufgetauchte Mäntel, zu viele Knöpfe und zu viele Herren.

Höchste Zeit, Besucher strömen ein, und Herr Harald nimmt die wenigen Mäntel, Schirme und Taschen dankbar für den Wiedereintritt der Ordnung, doch mit zusammengebissenen Zähnen und einem festgezurrten Lächeln entgegen. Die sogenannte Marke hat er an den leeren Haken gehängt. Sein Herzschlag bläht den Kittel, mal wieder. Die Aufregungen reißen nicht ab. Drinnen wütet jetzt die Ouvertüre. Er setzt sich auf den Schemel, bereit, der Polizei, die, von dem Mann gerufen, gleich eintreffen wird, Rede und Antwort zu stehen. Bis dahin wird er die Möglichkeiten sortieren:

a) Der Mann sagt die Wahrheit, kennt aber nicht den eigentlichen Grund, aus dem sein Freund und Auftraggeber ihn geschickt hat, statt selbst zu gehen. Glaubt an das Fremdgehen. Anmerkung: Die *Röhm* wurde ihm verschwiegen. Fazit: Die aufgefundene Leiche hat nichts mit dem Mantel zu tun.
b) Der Mann lügt, ist selbst der Mantelinhaber und will die Pistole zurück. Anmerkung: Offen, was ihn am betreffenden Opernabend daran gehindert hat,

den Mantel abzuholen und wofür er die *Röhm* brauchte. Fazit: Die aufgefundene Leiche hat nichts mit dem Mantel zu tun.

c) Der Mann hat den Mantelinhaber ermordet, in der Jackentasche des Sakkos die Garderobenmarke gefunden und ist nun in Sorge, dass etwas im Mantel auf ihn verweisen könnte. Anmerkung: In diesem Fall könnte er von der *Röhm* wissen, es könnte sogar seine sein. Fazit: Die aufgefundene Leiche hat mit dem Mantel zu tun.

d) Der Mann hat die Garderobenmarke auf der Straße gefunden und aus Neugier die Geschichte vom fremdgehenden Freund fabriziert. Fazit: Passt nicht zur Frisur.

e) Jemand will ihm, Herrn Harald, Angst einjagen und Schaden zufügen. Frage: Warum?

Habe ich einen Favoriten?, fragt sich Herr Harald und wünscht sich, d) wäre wahr. Und schlösse e) aus.

So hat er sich den ersten Arbeitstag nicht vorgestellt. Die Türschließerin links hat ihn im Auge, das spürt er, sie hat den Mann noch abgehen sehen. Aber es stört ihn nicht, dass sie schaut, im Gegenteil, das ist kollegiales Interesse, auch er ist Kollege – Kollege und Teil eines großen Organismus, dagegen kommt so ein hereingeschneiter Passant mit Garderobenmarke nicht an. Überhaupt nicht.

In der Pause steht er hinter dem Tresen wie ein Soldat, der Wache hält, den Blick ins Ungefähre gerichtet. Lautlos zählt er sowohl beim Einatmen wie beim Ausatmen gemächlich bis drei. Spürt die Disziplin wie ein Korsett.

In der Nacht suchen ihn Träume heim, alles quirlt durcheinander, als hätte ein Requisiteur Schießgewehr, Holzknopf, beigen Regenmantel und Garderobenmarke in einem großen Schlussbild verwirbelt. Obendrein linst Johanna oder Marie durch den Vorhangschlitz und nimmt die Bühne seines Tribunals in Augenschein, eine sehr boshafte Johanna oder Marie, die Haarsträhnen wegpustet mit einem Gesichtsausdruck als täte sie dies mit Herrn Harald.

Die Traumbewölkung hält den ganzen Tag an. Abends ist er Einspringer in der Philharmonie, die Garderobe dort, im Untergeschoss, zieht sich über die volle Länge des Gebäudes und ist in Abschnitte unterteilt, wie beim Tischfussball – alle paar Meter ein Männlein. In der Oper sind es Bereiche, also eigene kleine Reiche, das liegt ihm mehr. Er versorgt seinen Abschnitt dennoch tadellos. Dieser Ort hat keine Geschichte, die ihn betrifft, an den Haken baumelt nichts Bloßstellendes. Gutes Wort, ein Fang aus der Zeitungslektüre. Das lange Wort unterstützt zusätzlich den Abstand, den er aus guten Gründen einhalten muss. Ein solches Wort – »Bloß-stel-len-des«, vier Silben, vier Schüsse – aus dem Mund eines Gegenübers, und dem anderen verschlägt es beim Einschlag die Sprache. Oder jedenfalls die siegesgewisse Antwort. Herr Harald beschließt, als er spürt, dass die Unruhe nicht weichen will: Rasch ein Quiz! Welches Tier wünschen Sie sich zu sein? Das ist einfach: Ein Vogel Strauß. Ein Vogel Strauß, der schneller läuft als fliegt. Die Wissensfrage wird übersprungen, Herr Harald will augenblicklich nichts wissen. Die Ermessensfrage lautet: Was ist Glück? Die Antwort darauf: Ein Wort mit fünf Buchstaben.

Er ist gegen elf Uhr nachts zu Hause, aufgedreht. Er hat mal wieder schneller Mäntel und Taschen zugereicht als alle Kollegen rechts und links von ihm, seine Schlange schrumpfte auch am unvertrauten Ort so geschwind, dass in den anderen über die lahme Abfertigung geschimpft wurde. Er brüht sich einen Kamillentee und nimmt vor dem Fernsehgerät Platz. Noch ist, nach all den Aufregungen, an Bettruhe nicht zu denken. Im Bildungskanal gibt es auch spätabends noch Sehenswertes, heute: *Die arktische Tiefsee.* Es geht, erläutert der Sprecher, so tief hinunter wie bei Langstreckenflügen hinauf: acht bis elf Kilometer. Schwärzeste Finsternis. Manche Geschöpfe, die dort leben, erzeugen selbst Licht und schwimmen herum wie abenteuerlich geformte Glühbirnen, mit Zacken und Spiralen.

Der Kamillentee wird kalt. Ein Fisch erscheint, den der Kommentator als Glaskopffisch einführt. Er hat eine durchsichtige Kapsel als Kopf, darin zwei grüne Buckel, wohl irgendwelche Schaltstellen. Das Ganze sieht aus wie ein Cockpit, findet Herr Harald, und ein Gruseln überkommt ihn, vom Nacken abwärts. Wer ist der Pilot? Der Fisch dreht ab, die Angst bleibt. Eine Tiefseemeduse folgt, sie fängt mit ihren unendlich langen Tentakeln ganze Heerscharen kleinster Lebewesen ein und scheucht sie in ihre Mundöffnung, ein Riesenauge überwacht die Speisung. Der Kopf hat einen Durchmesser von mehreren Metern, hört er. Hört er richtig? Im Innenraum dieses haubenartigen Kopfes hätte also eine kleine Küche Platz? Wer hat sich all das ausgedacht? Der Sprecher beschreibt nun, untermalt von Klavierläufen, ein Experiment: Ein Fischkadaver wird als Köder in die schwarze Tiefe gesenkt, an den Halterungen sind Kameras befestigt und Lampen. In deren Schein tritt ein Schwarm Flohkrebse auf, sie machen sich über den Kadaver her, besiedeln ihn wie Muscheln ein Schiffswrack. In der nächsten Einstellung ist nur noch das Skelett übrig, fein säuberlich abgenagt, weiß leuchtend. Die Flohkrebse sind verschwunden, dafür taucht nun ein Fisch im Licht der Scheinwerfer auf, der *sensationell* genannt wird. Ganz und gar durchsichtig, ein *Marianenscheibenbauch*. Mit Andacht spricht der Kommentator diesen Namen aus, und Herr Harald kann sich vorstellen, was heilig bedeutet. Eine ähnliche Last wie der Wasserdruck in acht Kilometer Tiefe.

All diese Geschöpfe, diese überaus eigenartigen Wesen scheren sich nicht im Geringsten um die zweibeinigen Bewohner im mittleren Stockwerk des Planeten und deren törichte Ausbreitung über Wasser, Luft und Land. Ihr Gleichmut ist eisig, klingenscharf. Mantel in der Garderobe? *Röhm* im Backofen? Knopf in der Jackentasche? Lachhafte Winzigkeiten, nicht wichtiger als eine Haarschuppe, nicht größer als ein halber Blutstropfen. Herr Harald gibt dem gewaltigen Druck nach – Abermillionen Kubikmeter Wasser – und schläft zum ersten Mal in seinem Leben im Fernsehsessel ein.

Morgens ist bis auf eine kurze Verwirrtheit, sich angezogen vorzufinden, alles in Ordnung. Auch wenn er aus dem Bett aufsteht, ruft er sich erneut in Erinnerung, tut er das nicht gerade mit geölten Gelenken. Noch vor dem Frühstück hängt er das Sakko auf einen Bügel und bürstet es aus, den Vorgang begleitet eine knappe Strafpredigt in Sachen Verknitterung. Als er abends seinen Arbeitsplatz bezieht, behält er das Jackett an, es sitzt glatt. Er weiß das, auch wenn unter dem Garderobenkittel nichts bewiesen werden kann.

Kein Opernabend steht an, sondern ein Akademiekonzert. Die Roben der Damen fallen weniger prächtig und farbenfroh aus, und nicht wenige der Herren sind gekleidet wie im Normalfall. Herrn Haralds weiße Handschuhe nehmen alles so entgegen, dass noch das schäbigste Kleidungsstück Aufwind erhält, sogar Glanz, selbst die, denen man ansieht, dass sie stets am Genick und niemals an einem Bügel aufgehängt werden.

Er bekommt einen schweren Rucksack zugereicht, schwer, als seien Wackersteine darin, alle Riemen geflickt und dennoch brüchig. Der Eigentümer, ein Herr in seinem Alter, ist zerknirscht und entschuldigt sich vielmals für das Gewicht. »Keine Ursache«, sagt Herr Harald und beginnt, den sperrigen Rucksack unter der Theke zu verstauen. Sehr sympathisch, dieser Besucher, den er als persönlichen Gast empfindet, einer, der um der Musik willen direkt aus dem Büro hierher eilt und außer Brille und Programmheft nichts mit sich führt. Kein Handy! Er lächelt ihn also beim Wiederauftauchen hinter der Theke an und gibt ihm die Nummer 300. Der Mann dankt und grüßt, macht eine halbe Drehung zur Tür III – und damit den Weg frei für Herrn Haralds Blick: Der auf Johanna oder Marie fällt. Da steht sie, einen leichten Mantel über dem Arm, in der Hand ihr Telefon, in das Lesen einer Nachricht vertieft. Hinter ihr vier, fünf weitere Besucher.

Sie sagt, einen Schritt herantretend, »Hallo«, und verstaut das Telefon in der Handtasche. Hält ihm die Eintrittskarte hin, überreicht den Mantel. Herr Harald bringt irgendwie ein »Guten Abend« heraus, und bevor er sich versieht, rutscht »Sie haben die Haare …« nach, vor dem »schön« kann er noch bremsen. Sie lächelt zerstreut, ihr Blick ungerichtet. Er steht, schaut sie an, sie ist es! Fohlenbraun! Der Scheitel schon ein wenig müde. Er umklammert den Mantel und spürt ein gewaltiges inneres Drängen aufwallen, unaufhaltbar wie ein Schluchzer oder, wie vor Kurzem, das Niesen, ein Drängen, das sich kraftvoll über alle Hemmschwellen hinwegsetzt, während hinter Johanna oder Marie die Anstehenden ungeduldig werden: »Kennen Sie den Glaskopffisch? Dem kann man ins Gehirn schauen wie in ein Cockpit, die Schalter am Armaturenbrett sind grün. Er lebt in der tiefsten Tiefsee, wo ihn so gut wie niemand je sieht. Er kann sich das leisten. Die Durchsichtigkeit.«

Herr Harald spürt seine Zunge wie ein Lebewesen, das sich einfach auf den Weg macht. Johanna oder Marie streicht eine Haarsträhne hinters Ohr und wendet sich den Nachstehenden zu, deren halblautes Murren ihn wie aus der Ferne streift. Sie sagt in deren Richtung: »Schon gut, es geht ja gleich weiter«, streckt ihm, nach halber Drehung zurück, entschieden zwar, aber doch freundlich, die Hand entgegen, in die er die Garderobenmarke legt, ihren Mantel hält er noch immer im Arm. Ein knappes Nicken und erneut die Andeutung eines Lächelns – oder? –, und davon geht sie, auf halbhohen Absätzen, bestimmt und zögerlich zugleich. Von der Karte her – erster Rang – hätte sie gar nicht an seiner Garderobe erscheinen dürfen, und er hätte sie darauf aufmerksam machen und abweisen müssen. Ein gemeinsamer Verstoß. Sie hat ihn ausgesucht, und er hat sie nicht weggeschickt, sondern empfangen und ihr Einblick gewährt. Das hat sie verstanden, warum sonst hätte sie lächeln sollen?

Dass er ihr die Nummer 314 gegeben hat! Und er hätte der Erzählung vom Glaskopffisch zumindest noch anfügen müssen, dass er ihr einen interessanten Musikabend wünsche und überhaupt alles Gute! Er weiß doch, was sich gehört. Aber die Zunge!

Da hängt er nun, ein leichter Sommermantel in Schiefergrau. Herr Harald hat sofort den Geruch erkannt, der von ihm ausgeht: Freesien. Ein altmodischer Geruch, niemand kauft mehr Freesien, im Strauß ergänzt durch den zarten, farnartigen Stängel des Zierspargels, dessen Blattgespinste beim geringsten Luftzug zittern wie ein frierendes Kind. Freesien – seine Nase holt aus Tiefseetiefe etwas hervor, ein zugewandtes Gesicht, weißes Haar unter einem Haarnetz, ein Gesicht mit Geschichtsfurchen, überhaupt nicht zum Fürchten, die Augen trüb, der Blick klar. Die Freesien wohnen in einer bauchigen Vase, in der ihnen nichts zustoßen kann. Er darf die Blüten anfassen, »mit Gefühl«. Das Kind fragt zurück: »Womit?«

Wenn Freesien welken, bleiben sie schön, werden nicht schleimig, sondern lediglich ein wenig zurückhaltender in der Farbe und vornehm gekräuselt wie ein seidiger, knittriger Stoff. Die Blusen der Inhaberin des zugewandten Gesichts rascheln ganz ähnlich, wenn man das eigene Gesicht anlehnt.

Herr Harald steht von seinem Schemel auf wie ein Schlafwandler und nähert sich ein zweites Mal dem schiefergrauen Mantel. So nah, dass er den Geruch intensiver spürt, aber fern genug – ein Störenfried will er nicht sein, nur ein Teilnehmer.

Auf der Duftschleppe gleiten mehr Bilder nach: Das Kind sitzt am Esstisch, eine große Serviette um den Hals geschlungen, die im Nacken verknotet ist, es gibt Brathähnchen und Kartoffelpüree. Das zugewandte Gesicht ist mit dem Zerteilen des Hähnchens beschäftigt, die anderen am Tisch – gibt es sie? – verschwimmen. Das zugewandte Gesicht lacht das Kind an und streckt ihm ein kleines, gegabeltes Knöchelchen entgegen. »Das ist das Glücksknöchelchen! Zieh daran! Wenn du das längere Ende hast, wirst du Glück haben.« Das Kind gewinnt, und hat beim Ziehen gar keinen Widerstand gespürt. Im Schein der Lampe leuchten die weißen Haare feierlich, obwohl sie gar nicht frisiert sind, weder Dutt noch Dauerwelle, sondern einfach nur dem Kopf angehören.

Das Brathähnchen. Der Römertopf. Herr Harald

wird herausgerissen, Duft und Bilder verflüchtigen sich. Er kehrt zum Schemel zurück, springt sofort wieder auf, die Unruhe! Juckreiz in den Armbeugen und Kniekehlen. Zu Hause würde er kratzen, hier ist ihm das – von ihm selbst – streng verboten. Er hält aus, er hält durch. Wie gern die Freesien noch einmal. »Nein. Nein heißt nein. Außer, du willst Prügel. Willst du?«

»Nein.«

Herr Harald zieht *Bella Italia* aus dem Versteck und kauert sich damit auf den Hocker, in der Haltung eines Schülers, der spickt. Er schlägt irgendwo auf, obwohl ein kleines Lesezeichen die Seite markiert, bei der er stehengeblieben ist, und landet bei den Präpositionen. Den Wörtchen, die voranstehen. Einige, lernt er und wird tatsächlich aufmerksam, verschmelzen bei der Anwendung mit dem Artikel des folgenden Worts. Beispiel: In der Küche – *nella cucina*, beim Arzt – *dal medico*, über die Liebe – *dell' amore*. Verschmelzen. Dass das geht und von der Grammatik so gewollt ist! Nach kurzer, stürmischer Begeisterung geht ihm auf, dass auch im Deutschen »im« und »vom« Verschmelzungen sind, aber – er richtet sich auf, dem schiefergrauen Mantel zugewandt: Im Italienischen sind sie *zwingend*. Das steht hinter dem Kapitel über die Präpositionen als Merksatz mit rotem Ausrufezeichen. Die Vermählungen sind *zwingend*, und nicht Angelegenheit von vielleicht und mal sehen und lieber nicht. So verbringt er die Pause, »nella«, »dal«,

»dell'« im Mund hin- und herwendend und auskostend wie drei Bonbons, sprechen muss er ja nicht. Nur zur Verfügung stehen für eventuelle Konzertabbrecher, die es an diesem Abend nicht gibt.

Pause. Aus allen Türen flattert es, die Konzertgäste reden, gestikulieren und lachen durcheinander, als hätten sie beim Zuhören die Luft anhalten müssen. Lange dauert es, bis er Johanna oder Marie schließlich ausmacht, dabei ist sie ganz nah. Sie unterhält sich mit der Türsteherin zu seiner Linken, die beiden scheinen einander zu kennen. Der Riemen eines Handtäschchens verläuft diagonal über den schmalen Rücken, leichtes Hohlkreuz. Kein Wunder, bei ihrer Arbeit, aufspringen und umblättern und verbiegen, um die Sichtachse des Pianisten auf die Noten nicht zu stören – da schleichen sich Haltungsfehler ein. Herr Harald schaut und schaut, verbucht jedes Detail mit der Freude eines Sammlers, der das endlich Aufgestöberte aus der Nähe begutachten darf. Da sie halb abgewendet steht, kann er das ganz gefahrlos tun. Nur die Kollegin! Aber egal. Nun lachen beide, und Johanna oder Marie öffnet ihr Täschchen, zieht eine Zigarettenschachtel hervor. Grünlich, also Menthol. Gerade noch rechtzeitig wendet er den Blick ab, spürt dennoch, dass sie ihm im Vorbeigehen dasselbe Lächeln schenkt wie beim Abschied vor Konzertbeginn, ein Dreiviertellächeln. Nein, nicht schenkt: *zubilligt*. Zubilligt und Dreiviertel findet er richtig. Für ein ganzes Lächeln und Geschenke ist es zu früh. Er zieht sich in den hinteren Garderobenbereich zurück. Wenn sie vom Rauchen zurückkommt, will er nicht den Eindruck erwecken, ein weiteres Lächeln, ein weiteres Zeichen einsammeln zu wollen, oder gar zu erwarten. Das Abholen des Mantels, die zweite, noch ausstehende Begegnung, würde dadurch entwertet. Der Freesienmantel!

Als Stille einkehrt, alle zurück auf ihren Plätzen, entnimmt er seiner Aktentasche das Notizbuch. Das metallische Schnappen der Schnallen, die dem Druck nachgeben, tut gut, bekräftigt seinen Vorsatz. Er blättert zurück, ausnahmsweise, auf der Suche nach dem Eintrag vom Waldmeisterwald und dem Lager aus Moos, den es hoffentlich gibt. Gelegentlich weiß er nicht mehr, ob das Notizbuch sein ausgelagerter Kopf ist oder sein Kopf das eingelagerte Notizbuch. Verwalter ist ja ohnehin der Stift. Aber dass die Schuhe im Wald ans Fliehen nicht dachten, mit den Spitzen zum Liebespaar gekehrt standen – das steht fest, wenn auch vielleicht nicht festgeschrieben. Er trägt das Datum des Tages ein und schaut dem fein gespitzten Bleistift beim Wortefinden zu. Der schreibt auf: *Der Himmel ist aus Raufaser.* Nein, so geht das nicht. Ungezogen ist der Bleistift nach der Befreiung aus der kleinen Gummischlinge, er steckt ihn zurück. Wartet. Zieht ihn ein zweites Mal heraus: *Johanna oder Marie schläft*, steht jetzt da. *Von den Augenwinkeln zum Haaransatz Falten, die aussehen wie ein ge-*

*öffneter Fächer. Die Neige eines Lächelns, vom Einschlafen überrascht und hängengeblieben.* Herr Harald ist nun zufriedener mit dem Bleistift, »Neige« vor allem gefällt ihm, wo Neige ist, war vorher Fülle. Er radiert dennoch »hängengeblieben« aus und setzt erneut an. Jetzt schreibt der Stift: *Vom Einschlafen überrascht und eingenistet.* Neue Zeile: *Der Wind flaut ab.*

Das ist genug. Herr Harald kappt die Leitung, spitzt den Bleistift im Döschen, das er der Tasche entnimmt, erneut an und verwahrt ihn in der Schlinge. Er bittet seine Kollegin, die Garderobe im Auge zu behalten, und eilt zur Toilette. Er muss im Spiegel überprüfen, ob das Geschriebene Spuren hinterlassen hat, bevor Johanna oder Marie den schiefergrauen Mantel in Empfang nimmt, den Freesienduft in die frühherbstliche Nacht trägt, ein paar Rauchwolken auch und irgendwo in dieser Stadt den Schlüssel einer Wohnungstür im Schloss umdreht, den Anrufbeantworter unbeachtet lässt, die aus dem Briefkasten entnommenen Mahnungen auch, die Schuhe von den Füßen streift und die fohlenbraunen Haare im Nacken zusammenbindet, um sich die Zähne zu putzen. Die nicht ganz gerade stehen, sondern beinah aufrührerisch aus der Reihe tanzen. Woher weiß ich das eigentlich? Sie hat doch noch nie gelacht, nur gelächelt, die Lippen dabei geschlossen. *Ohne Augenmaß sieht man besser,* schwirrt ihm durch den tief ins Waschbecken geneigten Kopf. Das ist wirr – und klar zugleich. Herr Harald benetzt seinen Hals mit eiskaltem Wasser, die Halsschlagader braucht Kühlung. Kopf hoch. Die Stirn ist frei, keine Botschaft. Kein Tropfen auf Kragen und Kittel. Der Scheitel wird gescheitelt, die Brillengläser werden geputzt. Ein letzter Kontrollblick, rasch, ungewöhnlich genug, dass er diesen Raum betritt. Noch nie, genau besehen, hat er dies getan – beinah eine Fahnenflucht. Der Kollegin nickt er bei seiner Rückkehr dankend zu, sie winkt ab, keine Ursache, war nichts los, dabei wechselt sie von einem Fuß auf den anderen. Er bietet ihr an, sie seinerseits kurz an der Tür zu vertreten, damit sie austreten könne. »Oha«, sagt sie, »ein Wortspiel, Herr Kollege«, und darin schwingt Anerkennung mit, »oha!« Und Herr Harald spürt diesmal seine Zunge brav, wie ein gehorsames Pferd, das nicht durchgeht, sondern fein eingeschirrt bleibt, er hat die Zügel in der Hand. So nah an der Tür stehend, seine Garderobe im Auge, meint er den Atem zu spüren, der den Opernbauch ausfüllt und ihm wieder entweicht, von beinah dreitausend Lungen bewegt, darunter eine, die ihn angeht.

Die Übergabe ist einfach. Er reicht den Mantel, über den Unterarm gelegt, zu und sagt: »Bitte sehr«, sie nimmt ihn entgegen und erwidert: »Danke.« Kurz hat ihre Hand beim Zufassen Kontakt mit dem Ärmel seines Kittels. *Freesien*, will er sagen, *früher nahm ich an: Rosmarin. Ich habe mich geirrt. Mögen Sie Zirbe?* Aber seine Zunge scheitert diesmal an den Zähnen. Am Haken schaukelt, noch handwarm, die 314.

Am nächsten Morgen, ein freier Tag liegt vor ihm, wird geschlendert. Schönes lässt sich, wie knappe Vorräte, strecken, indem man es verdünnt. Das tut Herr Harald beim Frühstück, leise untermalt vom Radio, mal Stimme, mal Musik. Er schlendert nämlich in seinen Erinnerungen umher wie in einem Park mit übersichtlich angelegten Wegen. Genauer: in seinen Erinnerungen an die Begegnungen mit Johanna oder Marie, von denen es nun schon einige gab, zwei oder drei. Schlendern heißt, etwas nicht der Reihe nach aufrufen oder nach der zugewiesenen Bedeutung. Schlendern heißt Müßig-Gang. Mal hier, mal da hinschauen. Mal links, mal rechts abbiegen. Und behutsam zu dosieren, denn Schönes – das muss zur Bekräftigung wiederholt werden – lässt sich, wie knappe Vorräte, strecken. Schön: Johanna oder Marie ist nicht eigentlich schön. Eine Verhangenheit umgibt sie, wie hinter einer beschlagenen Scheibe, eine Verhangenheit, die ihrer Gestalt die Spannung nimmt und der Haut die Frische. Die Zuversicht. Aber die Hände! Die Fingerspitzen! So wach, so weise! Und in den Augen- und Mundwinkeln sitzt ein Schalk, den er bei der Übergabe des Mantels gesehen hat, nicht übersehen konnte. Eine Spottlust, ohne Gift, aber ein Hinweis: Ich weiß Bescheid. Im Haar der Glanz, den er bereits aus der Ferne kennt, aus der Nähe kommt ein Hauch von Menthol hinzu. Ums Handgelenk eine bunte Kinderuhr mit Plastikarmband, das muss heißen: Sie hat einen Neffen oder eine Nichte. Herrn Haralds Erinnerungspfad bricht hier ab, endet im Gestrüpp. Das Bild des Parks mit gastlichen Wegen verschattet. Als hätte jemand schwarzes Löschpapier vor die Blende geschoben.

Zeit für eine Maßnahme: Er geht rasch ohne Mantel oder Jackett aus dem Haus, in jedem Stockwerk setzt er einen Punkt wie hinter einen Eintrag, so dass er, auf die Straße tretend, alles halbwegs gut verwahrt hat. Der Himmel ist nass, wie ein Putzlappen liegt er über allem. Die Hinterlassenschaften des Regens, die Wolken, staffeln sich grau in grau, Schieferplatten, so mag er sie. Er grüßt sie mit einem knappen Nicken, bevor er zur U-Bahn hinabsteigt. Erreicht eine Station im Zentrum, pflügt sich durch die Pulks der drängelnden Fahrgäste, geht und geht, ist irgendwann im Museumsviertel, gepflegte Grünflächen, Kieswege. Die Kunst wohnt herrschaftlich und liebt hohen Besuch. Er eilt weiter, wer eilt, hat ein Ziel. Erreicht ein düsteres Gebäude, die tragenden Säulen des Eingangs sind rußig und porös. *Hochschule für Musik.* Herr Harald verharrt, außer Atem. Johanna oder Marie. Sie könnte hier ein- und ausgehen, sie könnte hier Klavierunterricht geben. Es ist ganz still, keiner singt, niemand übt, niemand tritt heraus. Wie mit Faustschlägen in den Boden getrieben stehen die Mauern. Es riecht keineswegs nach Freesien, bloß nach Pfützen, in denen Benzinreste schillern. *Keineswegs.* Wort des Monats September. Herr Harald denkt sich das Wort getrennt, mit großem W: *keines Wegs.*

# IM OKTOBER

Der zehnte Monat bricht glanzvoll an, mit honigfarbener Lichtverausgabung, als hätte jemand entschieden, die gesamte übers Jahr angesparte Sonnenstrahlung mit vollen Händen zu verschwenden. Das ist sehr willkommen vor der großen anstehenden Lichtkürzung im Herbst. Herrn Haralds Vormittagsbeschäftigung besteht darin, alle Klavierkonzerte und Klaviersoloabende, die sein Dienstplan bis Weihnachten erlaubt, rot anzukreuzen: im Schönsten Theater der Stadt, im Großen Saal, in der Philharmonie, es sind einige. Zum Jahresende, wenn das Frieren beginnt und das Licht sich rar macht, nimmt der Musikhunger zu. Die Plakate an den Litfaßsäulen verzeichnen die Künstler, die Dirigenten und das Programm, aber dass da jemand sitzt, aufspringt, blättert, mitfiebert und Kreuzschmerzen in Kauf nimmt, das steht dort nicht. Dass jemand Abend für Abend bei Anwesenheit verschwindet, ja, abgeschafft wird, auch nicht. Die Fingerspitzen nicht schont, nichts davon. Herr Harald spürt Zorn, und sucht die *Röhm* auf, das heißt: Er lugt in den Backofen, hebt den Deckel des Römertopfs an und betrachtet die einleuchtende Form der Waffe: Drohung nach vorn und Versicherung nach innen, zur Hand hin, die sie hält. Ein Kraftzuwachs.

Als er die Backofenklappe schließt, hört er etwas. Ein Miauen? Er legt das Ohr an die Wohnungstür. Ja, ein Miauen. Im Windfang, unter den Augen der Hl. Notburga tritt, nachdem er die Tür einen Spalt breit geöffnet hat, eine Katze ein. Vornehm schreitet sie, getigert, das Fell gesträubt, den Schwanz kerzengerade aufgerichtet, wie ein tadelnder Zeigefinger bewegt sich die Spitze hin und her. Das ganze Tier ein Vorwurf. »Nanu«, sagt Herr Harald vor Verblüffung laut. Und schon ist es ein Name. Alle Fragen an Nanu – Wie kommst du in den vierten Stock? Wem gehörst du? Warum ich? – bleiben unbeantwortet. Nicht zu antworten, ist jedermanns gutes Recht. Die Katze läuft auf federnden Pfoten mit großer Selbstverständlichkeit in die Küche, am Backofen macht sie einen Buckel und reibt ihr Fell seitlich an der Klappe entlangstreifend. Miaut, Herr Harald versteht Hunger. Er füllt ein Schälchen, sonst für gebrauchte Teebeutel genutzt, mit Milch, ein zweites, größeres mit Leberwurst, hat gar keine Zeit, sich über die eigene, anstandslos erfolgende, Tatkraft zu wundern. Als hätte er jeden Tag Katzengäste! Nanu macht sich her über Milch und Wurst, bei aller Gier elegant. Zum Abschluss zeigt sie eine sehr rosafarbene Zunge, die alles Erreichbare säubert, die Lefzen, die zierliche, schwarz lackierte Nase, die Schnurrhaare.

Herr Harald baut aus zwei vom Alter mürben Handtüchern eine Schlafstätte unter dem Küchenfenster, dann öffnet er die Wohnungstür erneut einen Spalt breit. Sie soll die Wahl haben. Nanu rollt sich ein, die Augen fest zu Schlitzen geschlossen, allein die Ohren bleiben gespitzt. Herr Harald bewegt sich im Bewusstsein der auf ihn gerichteten Antennen mit großer Vorsicht in der eigenen Wohnung, isst das rasch belegte Brot statt in der Küche im Arbeitszimmer und geht auf Zehenspitzen, die Tür schließen. Ich habe Besuch, denkt er und hat dafür den Klang parat, aber keine Übersetzung.

Er legt sich zum Nachdenken auf die Couch, den Rücken an die Lehne geschmiegt, deren Druck ihm Halt und seinen Überlegungen Richtung verleiht. Vor Dienstantritt gilt es, das Notwendige zu beschaffen. Wie schnell das in ihm feststeht! Erneut: keine Zeit zum Wundern. So ein Haushalt, einmal eingerichtet, ist eine träge Angelegenheit. Er wird bei den Konserven hinter dem Vorhang Platz schaffen müssen für das Katzenfutter. So dass die für sie und die für ihn bestimmten Dosen dann friedlich beieinander stünden wie bei einem Paar mit zweierlei Vorlieben. Und ein Besucher, der zufällig einen Blick hinter den Vorhang würfe, würde dann mutmaßen: Der eine mag Fisch und die andere nicht, typisch Paar. Herr Harald presst sich stärker gegen die Sofalehne, weil ihm das Vordringlichste erst jetzt einfällt: Er muss für eine angemessene Toilette sorgen. Die Schüssel für Handwäsche bekommt einen neuen Zweck, Handwäsche kann man auch im Waschbecken erledigen. Zufriedenheit übers bündige Entscheiden tritt ein, die Muskeln lockern, der Körper entfaltet sich. Es ist ihm, als wüchse der Zweisitzer mit ihm und erlaubte eine Streckung weit über seine Körpergröße hinaus. Herr Harald wartet noch kurz ab, ob ihm beim Nachdenken etwas entgangen ist und springt mit Abschluss der Prüfung – an alles gedacht! – auf. Leise. Holt den Einkaufsbeutel aus der Küche, Nanu schläft. Er sieht, wie sich das Fell im Takt des Atmens hebt und senkt, da lebt jemand!

Im Treppenhaus spürt er Schwung. Ohne das Geländer zu berühren und bei den Kehren zu verlangsamen, erreicht er die Haustür, öffnet sie und tritt auf die Straße. Als einer, der unbeirrt ist, die Sache im Griff hat. Im Supermarkt wählt er den Gang *Tierfutter*, steuert den Einkaufswagen zum zweiten Mal innerhalb weniger Monate so entschieden, dass andere ihm ausweichen. Das passiert selten. Aber nun, da es um Grundlegendes geht, nicht weiter wichtig. Herr Harald tritt der gewaltigen Auswahl mit einer Strategie entgegen: Bio muss es sein, und auf dem Behälter das Abbild einer getigerten Katze, keine graue, keine schwarze, keine weiße oder gescheckte und keine rote. Bio, stellt er fest, gibt es in diesem Supermarkt für Tierlieblinge nicht, also sucht er nach dem teuersten Futter. Die Aluschälchen, in denen es verpackt ist, glänzen kostbar, die Fotos darauf zeigen Diven: Katzen beim Mittagsschlaf in üppig gepolsterten Körbchen, beim Fressen aus Porzellannäpfen in weitläufigen Küchen mit Kochinseln. *Genusshappen, Feine Mahlzeit, Schlemmermenu, Delikatesse*, aber auch *Perfect fit* für die sportliche Katze. Das ist Nanu durchaus, vier Stockwerke zu Fuß! Noch immer bleibt viel zu entscheiden, jetzt ist Weisheit gefragt und Augenmaß: zweimal Fisch, zweimal Geflügel, zweimal Fleisch und zweimal vegetarisch. Außerdem ein großer Sack Katzenstreu. *Catsani* steht darauf, im Sand aalt sich eine weiße Katze wie an einem Strand. *Heller, körniger Sand, heller, körniger Sand*: Das Harald-Kind hantiert mit feinerem Sand, den es auf einem Käfigboden verteilt, die Hand durch eine kleine Klappe gestreckt. Auf der Stange einer Schaukel in der Käfigecke sitzt ein Kanarienvogel, das gelbe Gefieder schreckblass. Aus Angst vor der kindlichen Hand bekommt er Durchfall, der flüssige Strahl verschmutzt den frisch ausgestreuten Sand. Der Schnabel halb geöffnet wie in Luftnot. Herr Harald schlägt die Klappe zu. Nanu ist an der Reihe, nicht Vögel.

Er stellt die Schälchen einzeln auf das Förderband an der Kasse, zuletzt den Sack mit der Katzenstreu. Die Kundin nach ihm kommentiert seinen Einkauf: »Ihre Katze hat's aber gut. Wird vom Herrchen ja richtig verwöhnt.« Ihr begleitender Blick prüft, ob er das Kompliment verdient, Herr Harald findet nicht, dass er das lauthals bejahen muss. Eine halbe Drehung des Kopfes in die Richtung der Lobenden muss reichen. Die Rechnung ist hoch, gut so, das Richtige, das Wichtige hat seinen Preis. Er meidet sowohl eine Überprüfung des Zahlenwerks wie auch die der Gleichung von richtig, wichtig und kostspielig. Auf halber Strecke – irgendwo zwischen Herz und Stirn – keimt aber eine Ahnung auf, dass sie nicht aufgeht, die Gleichung, sondern von der Kraft der Behauptung lebt und zehrt. Nun denn. Im Aufzug öffnet er schon einmal die Knöpfe seiner Jacke und zückt den Schlüssel: Er wird erwartet. Vor der Wohnungstür legt er eine kurze Pause ein – die herrliche Befürchtung, sich zu verspäten, muss ausgekostet werden.

Nanu empfängt ihn mit Buckel und Gesang. Sie streicht ihm so um die Beine, dass er mitten im Windfang, den prallen Einkaufsbeutel zu Füßen, wie gefesselt steht und geduldig abwartet, dass sie ihre Begrüßung abschließt. Dann macht er sich ans Verstauen des Futters und die Vorbereitung der Katzentoilette. Der weiße Sand in der dunkelgrünen Plastikschüssel nimmt sich einladend aus, ein kleines Eiland ohne Palmen, grün umsäumt. Es staubt ein wenig beim Einfüllen, Saharawind. Herr Harald entscheidet sich für den Standort Badezimmer und teilt es Nanu bei seiner Rückkehr in die Küche mit. Die jagt dem mumifizierten Kastanienschädelchen hinterher, das sie auf der Fensterbank entdeckt und hinunterbefördert hat. Die Streichholzschachtel, das geöffnete Grab, liegt auf dem Boden. Mit einem leisen Donnern rollt die Kastanie übers Linoleum, von Nanus Pfoten immer wieder vorangetrieben. Rasend schnell, rechts, links, rechts. Als würde sie kleine Ohrfeigen verteilen. Beinahe lebendig wird die Kastanie davon. Herr Harald ist damit sehr einverstanden, denkt flüchtig an den vergangenen Schimmer bei ihrem wundersamen Auffinden und, noch flüchtiger, an fohlenbraunes Haar, dann wendet er sich wieder Nanu zu, der Tagesordnung. Während er Wasser und Futter bereitstellt, lässt er sie wissen, dass er bald aufbrechen müsse und sie sich überlegen solle, ob sie bleibe oder nicht. Auf dem Weg zum Schlafzimmer öffnet er die Wohnungstür, gerade so viel, dass Nanu, wollte sie gehen, hindurchpasste.

Während er ein frisches Hemd zuknöpft, fühlt er die Ermattung, die ein so ereignisreicher Tag nach sich zieht. Wenig erstaunlich. Er bückt sich und streift schwarze Strümpfe über seine Füße, beim Aufrichten schießt ein scharfer Schmerz in den Rücken, als hätte eine Axt zur Markierung den ersten Hieb in einen Stamm geschlagen und eine klaffende Kerbe hinterlassen: Du bist fällig. Herr Harald winkt ab, von derlei will er nichts wissen, jetzt nicht und überhaupt. Er öffnet ein Thermo-Pack und legt es wie einen Gürtel um.

Auf der schmerzenden Stelle entwickelt sich schöne Hitze. Man muss sich nicht alles gefallen lassen.

Die Vertrautheit der Wege im Opernhaus festigt ihn. Er grüßt den Pförtner ausdrücklich, nicht flüchtig im Vorbeigehen, so ausdrücklich, dass der ihm einen überraschten Blick zuwirft und ebenfalls einen Gruß murmelt. Beim Aufgang zum Balkon links berichtet Herr Harald en passant den porträtierten Sängern und Sängerinnen von der Neuigkeit – Besuch habe er bekommen und richte nun alles so ein, dass sein Gast sich wohlfühle. Die Damen und Herren nehmen die Nachricht ungerührt auf, ihre Blicke bleiben unverwandt in die Ferne gerichtet. Aus großer Nähe angeschaut, zerfließen ihre Gesichtzüge in den öligen Pinselspuren zu unlesbaren Bahnen: Es könnte sich auch um die Oberfläche eines unentdeckten Planeten handeln. Ohne Wasser.

Eilig richtet er in der Garderobe alles her, empfindet die zögerliche Ankunft der ersten, überpünktlichen Besucher als feierlich. Zieht die Hemdsärmel unter dem Kittel straff, die Manschetten sitzen, schließen gut an die Handschuhe an. Heute ist Belcanto, das sieht man den Besucherinnen an. Sie tragen mehr Geschmeide, die Luft duftet nach gewärmtem Harz, Haut und Augen schimmern von innen vor Erwartung. Auch das Programm ist bernsteingolden: *Sehnen, Schmachten, Schmeicheln*. Herr Harald spürt eine Aufwallung, nämlich, jede einzelne dieser Altgewordenen und Junggebliebenen, die Klapprigen wie die Runden, zu umarmen und ihnen zu versichern, dass sie auch ohne Eintrittskarte nicht ausgeschlossen wären. Ja, er würde gern schwindeln. Das muss die Katze sein, sagt er sich, und nimmt die Mäntel mit einem freundlichen Gesicht entgegen. Durch die Muskelbewegung sitzt die Brille anders auf, nämlich rittlings auf dem bis zum Jochbein reichenden Lächeln. Nanu eben. Er muss an seine Wohnungsnachbarn denken, das junge Paar mit dem *Just-Married*-Schild an der Tür. Es wäre wohl eher nicht erreichbar für *Sehnen*, *Schmachten*, *Schmeicheln*, ihre zweisame Häuslichkeit, in der kalten Jahreszeit ausgedrückt in nur durch die Größe unterschiedene wollige Hausschuhpaare mit Bärenohren, die draußen bereit stehen hat keinen – ja, was? Herr Harald entscheidet sich für *Sehnsuchtsüberhang*. Fühlt sich danach im Herzbezirk ein wenig verirrt und lässt das Sinnen bleiben, denn noch strömen die Opernliebhaber, die entlastet werden müssen von allem, was sie ans Draußen und ans Normale bindet. All das übergeben sie ihm mit den Mänteln, von sorgenschwer bis leichtsinnig.

Es wird ein perfekter Abend, ohne Pausenvorfälle, dafür eine stille Schemelstunde mit Radiobegleitung – ein Hörspiel – und ein paar schlanken Gedanken, im Notizbuch festgehalten, die sich mit Nanu befassen. Und auch mit Johanna oder Marie, denn Herr Harald ist noch immer überzeugt, dass auch zu ihrem Haushalt eine Katze gehört, und dass sie somit für ihr erstes längeres gemeinsames Gespräch reichlich Stoff hätten. »Nanu«, würde er sagen, »Nanu liebt es zu überraschen. Ihre Katze auch?« Und dann würde er erfahren, dass die Katze keinesfalls Krümeline heißt, sondern Peterle und ein Kater ist, der es, im Gegenteil, ruhig und vorhersehbar mag. »Ein Bequemer«, würde Johanna oder Marie sagen, »ein Bequemer mit Prinzipien. Eile niemals grundlos.« Und er, Herr Harald, würde lachen und ausführen, dass Nanu jeden Anlass zur Eile willkommen heiße, vor lauter Lust an Bewegung. Vor lauter *Freude* an Bewegung, verbessert er sich und lobt rasch den Namen Peterle, »bestimmt ein schwarzer Kater, oder?« Johanna oder Marie sagt: »Und wie!«, lacht, zeigt dabei die ein wenig unordentlich aufgereihten Zähne und fügt an: »Pechschwarz.«

Als Herr Harald kurz vor Mitternacht seine Wohnungstür aufschließt, huscht Nanu, kaum dass sie offen ist, an ihm vorbei ins Treppenhaus. Das ist in Ordnung, er freut sich darüber, sie ist frei, sie weiß und fühlt es. Kein Aufseher ist er, sondern ein Gastgeber, dem es nicht im Traum einfallen würde, seinen Gast zu schurigeln. Und irgendeinen Spätheimkehrer gab es in diesem großen Mietshaus immer, der ihr die Haustür öffnen würde. In der Küche die Näpfe sind leer, die grüne Plastikschüssel ist eingeweiht. Herr Harald geht mit dem guten Gefühl zu Bett, den Tag tüchtig bestanden zu haben. Eine der älteren Damen hatte ihm nach der Vorstellung – die Lidränder rot vor Rührung – zusammen mit der Garderobenmarke sogar ein Mon Chéri hingeschoben. »Gott vergelt's« gesagt und sich schwerfällig in die Mantelärmel gefädelt. Er hatte sich – wegen der Erwähnung Gottes mit einem ernsten Lächeln – bedankt und die Praline neben den Eukalyptusbonbons in der Schublade verwahrt. Niemand soll allein sein.

Nun zieht er die Bettdecke bis zum Kinn und horcht ins Dunkle, lässt sich vom vagen Rauschen der Stadt in den Schlaf wiegen und in einen Traum begleiten. Darin tritt ein kleiner Junge auf, der unbedingt zu den Mädchen in den Handarbeitsunterricht gehen möchte. Er will Häkeln lernen. Mit Häkelnadel und Strickliesel, ohne Schweißhände. Es wird ihm versagt, Spottausbruch rundherum. *Luftmaschen*, träumt er und sieht sie vor sich, zart miteinander verschlungen und bei aller schaumigen Leichtigkeit warm wie Daunen. Es soll ein Schal werden, blau, tiefblau wie eine in Samt geschlagene Zusage. Und der Schal würde so unmerklich aufliegen, dass seine Haut ihn nicht abweisen, sondern hinnehmen würde als sei er ihresgleichen. Nur Fremdkörper wärmen nicht. Beim Aufwachen bleibt das Wort übrig, »Luftmaschen«. Herr Harald trägt es, noch im Pyjama, in sein Notizbuch ein, Wort des Monats Oktober, und so hat der Tag bereits vor dem Frühstück einen schönen

Saum. In der Küche spült er Nanus Näpfe aus und stellt sie auf einen kleinen Fußableger, den er übernommen, aber nie genutzt hat. Mit dem geerbten Schmutz darauf, denkt er, aber so flüchtig, dass es ihn nicht beeinträchtigt bei den Frühstückshandgriffen: Tasse, Holzbrettchen, zwei Schnitten Brot, Frischkäse und Marmelade – morgenrote Aprikose heute – auf dem Tisch versammeln, heißes Wasser in den Filter schütten, in dem sich das Kaffeepulver unter dem Strahl zischend schwärzt. Und das Aufsteigen des guten Geruchs erwarten, den geordnete Frühstücksgewohnheiten ermöglichen, und der ihn mit allen anderen morgendlichen Kaffeetrinkern unsichtbar in Duftunion vereint.

Ruhe bewahren und einen kühlen Kopf, das ist wichtig, denn morgen ist ein großer Tag: Er wird abends ins Schönste Theater der Stadt gehen. Und es wird der Probelauf sein, zu gewaltig das Vorhaben, um sich auf ein reibungsloses Klappen beim ersten Versuch zu verlassen. Herr Harald spült bedächtig das Frühstücksgeschirr. Ruhe bewahren muss, wie jede Disziplin, geübt werden. Er sieht dem Schaum zu, wie er gurgelnd im Abfluss verschwindet, das hochstaplerisch Aufgetriebene einbüßt und einfach Schmutzwasser wird. Er zwingt sich zu gemessenen, flüssigen Bewegungen: Tisch abwischen, Fenster öffnen, Müll zum Hinuntertragen bereitstellen. Dabei zählt er leise und erreicht damit eine schöne Verzögerung. Sein Blutdruck gehorcht ihm!

Es miaut im Treppenhaus. Herr Harald geht zur Tür, zwei Schritte voran, einer zurück, so dauert es genau die richtige Zeit. Keine Überstürzung, aber auch keine Bummelei. Nanu schlängelt durch den Türspalt und stelzt schnurstracks in die Küche. Beim Anblick der leeren Schüsseln Klage – vielmehr Anklage. Herr Harald beeilt sich, beide zu füllen. Dabei berichtet er knapp von dem bevorstehenden Ereignis und öffnet zur Anschauung die Backofenklappe. »Das ist die *Röhm*«, sagt er zu Nanu, gerade so, als würde er ihr eine alte Bekannte vorstellen. Nanu reißt das hübsche Mäulchen auf, gähnt ausführlich und säubert mit geschmeidiger Zungenrundfahrt die Lefzen. Ihre Gelassenheit tut gut. Herr Harald schließt die Ofentür und ist, ehe er sich versieht, mitten in einer Johanna-oder-Marie-Erzählung. »Niemand«, sagt er zu Nanu, die währenddessen mit der Morgentoilette ihres Fells beschäftigt ist, »niemand sieht ihr Fingerspitzengefühl. Dabei hängt der gesamte Konzertglücksfall davon ab.« Und dann – Nanu hat sich auf dem Schlaflager zusammengerollt und er einen Küchenstuhl herangerückt, auf dem er nun sitzt und sich herabbeugt –, dann hört er gar nicht mehr auf zu berichten, von Beginn an: dem fohlenbraunen Haar, von den Freesien, dem punktgenauen Aufspringen, dem Lächeln wie hinter beschlagenem Glas und nochmals vom Großen Plan. Wie anhaltender Landregen strömt sein Reden; Nanu lauscht mit genussvoll halb geschlossenen Augen. »Stell dir vor«, sagt Herr Harald abschließend, »stell dir vor, auch sie hat eine Katze. Vielmehr einen Kater. Namens Peterle.« Dann wünscht er Nanu einen schönen Traum und rückt den Stuhl zurück an den Tisch.

Im Schlafzimmer öffnet er das Fläschchen mit Zirbenessenz und riecht daran, verreibt einen Tropfen auf den Handgelenken, dort, wo die Pulsadern in einer scharfen Biegung sichtbar hervortreten. Versorgungslinien, denkt Herr Harald, Nachschub, Proviant und Munition. Wundert sich ein wenig über diese militärische Betrachtung, nimmt sie aber hin. Es riecht kräftig, würzig, beharrlich. Kein Zaudern, kein Zögern, reine Entschlossenheit. Ein ganzer Zirbenwald duftet nun im Takt seines Pulsschlags, er muss nur das Handgelenk zur Nase führen, schon weicht die Furcht. Allem trotzen sie – diese sturmerprobten Kiefern. Die Wurzeln in felsigen Grund geschlagen wie eiserne Klauen.

In der alten, klapprigen U-Bahn, die Herrn Harald zum Schönsten Theater der Stadt befördert, sind die oberen Fenster gekippt, kalter Fahrtwind kühlt sein Gesicht. Er hält die Aktenmappe mit beiden Händen fest, die *Röhm* hat er in ein Küchenhandtuch eingewickelt, dennoch ist ihr harter Leib gut zu spüren. Die anfängliche Sorge wegen der Aktenmappe ist verflogen, viele Musikliebhaber bringen die Partitur mit ins Konzert, und es ist nicht einmal übertrieben, gar gelogen, dass er Musikliebhaber ist. Er ist es – Musikkenner dagegen nicht. Herr Harald verweilt in der scharfen Zugluft bei dem Wort »Liebhaber«; es hat so eigenartige Verwandte – »Inhaber«, »Rechthaber«, »Machthaber« –, dass es ihm ganz vergällt ist. Zwei Mädchen, die neben ihm stehen, unterhalten sich über das Abnehmen. »Ich nehme immer ab«, sagt die eine, »wenn ich mich verliebe. Und nach spätestens drei Monaten wieder zu, dann ist der eine Hunger weg und der andere umso größer.« Die andere saugt gurgelnd den letzten Rest eines milchigen Getränks durch den Strohhalm und nickt zustimmend, während sie den Plastikbecher in der Faust zerdrückt: »Geht mir genauso.« Herr Harald könnte die beiden mustern, um festzustellen, welches Gewicht die Liebe gerade hat. Er verzichtet. So vergeht die Fahrt, und er lässt sich, an der Theaterstation angekommen, von der Rolltreppe ins Freie tragen, dankbar, die eigenen Beine nicht nutzen zu müssen.

Sein Platz ist im Parkett, mittig in einer der hinteren Reihen. Die Dame neben ihm klagt über die harten Stuhlflächen, ihr Mann quetscht sich, kaum sitzen alle, durch die gesamte Hälfte der Reihe, zurück zur Garderobe, um ein Kissen auszuleihen. Also muss Herr Harald, die Aktenmappe fest umklammert, noch zweimal aufstehen, um den Herrn vorbeizulassen. Qualvoll nah, scharfes Rasierwasser und ein Geruch nach Geräuchertem, vermutlich Lachshäppchen vom Buffet. Mit einem

Seufzer, den er gern unterdrückt hätte, lässt er sich auf den Klappstuhl sinken, nachdem seine Nachbarin das Kissen umständlich unter ihrem schweren Körper verstaut hat.

Es wird dunkel, Herr Harald schließt kurz die Augen, um die beruhigende Wirkung des Lichtwegfalls zu erhöhen, die Hände ausgestreckt auf dem spröden Leder der Aktentasche, darunter die Wölbung der *Röhm.* Man würde sich wundern, dass er so an der Mappe festhält, ohne ihr etwas zu entnehmen. Augen auf, vorsichtige Seitenblicke. Doch für ihn oder seine Mitgift interessiert sich niemand. Er richtet sich im Stuhl auf, die hölzerne Lehne im Rücken zum Glück harter Nachdruck. Der Pianist tritt ein, schwarzer Rollkragenpullover, dahinter ein junger Mann, auch er im schwarzen Rollkragenpullover. Keine Johanna oder Marie. Silbe um Silbe klopft er sacht, wie beim Morsen, ihre Namen auf die Tasche, die Beinmuskeln angespannt. Johanna oder Marie, dass du nicht da bist, macht es leichter – das Proben, denn dein Vertreter kümmert mich nicht. Ich wünsche dir einen schönen Abend. Dir und Peterle, dem schwarzen Kater. Mit den vom Kämpfen rissigen Ohren.

Dann kann er zuhören, ganz ohne Not. Die ersten Akkorde wuchtig und herrisch, Granitklänge, ins Unbestreitbare gesteigert, der Pianist hämmert sie in die Tasten, Finger weit aufgespreizt, diesem Zugriff entkommt nichts. Binnen weniger Takte Schweißbäche und Auflösung der Frisur: Das streng nach hinten gekämmte Haar zerfällt in Strähnen, zuckt wild über Stirn und Schläfen. Herr Harald spürt den kurzen Lauf der *Röhm* unter der Lederhaut und dem Küchentuch, handfest beständig, da mag alles um ihn herum noch so toben. Die kurze Unterbrechung nach dem ersten Satz nutzen der Pianist und der Notenwender zum Trocknen der schweißnassen Stirnen, dann verstauen sie gleichzeitig ihre Tücher wieder in den Hosentaschen. Der Mittelteil beginnt. *Adagio*, eines seiner Lieblingswörter. Bedachtsam fließen die Töne, wie einzelne Tropfen, mit unendlicher Behutsamkeit in ein dem Zerspringen nahes Glas gefüllt. Irgendwann ist es klang-voll und schenkt die Töne einzeln wieder aus, glatte Kiesel, die im Innern des Glases ein Metallkleid übergestreift haben. Auch an Murmeln muss Herr Harald denken, die, von Mittelfinger und Daumen angeschnipst, buntschillernd auf die vorher im weichen Erdboden ausgehobenen flachen Mulden zurollen. Waren sie alle im Nest versammelt, hatte man gewonnen und packte die siegreichen Klicker zurück in den mitgebrachten kleinen Stoffbeutel, worin sie beim Aneinanderreiben wie Glasharfen musizierten. Unter den Nägeln der feine Staub blieb bis zum nächsten Morgen unentdeckt.

Herr Harald schreckt auf, seine Nachbarin hat ihn beim Versuch, für ihren fülligen Körper eine bequemere

Position zu finden, heftig mit dem Ellbogen getroffen und flüstert nun viel zu laut eine Entschuldigung. Er nickt, ohne den Kopf zu wenden, schon gut, schon gut. Umfasst die Tasche fester. Der Schlusssatz beginnt, stürmisch. Herr Harald ist bereit.

Noch ist der letzte Ton nicht verklungen, da bricht tumultartig der Applaus los – endlich, endlich kommt man zu Wort. Auch Getrampel, der Holzboden schwingt, alles vibriert, das Erzittern ergreift die Luft und dann ihn, so sehr, dass er meint, seine Zähne klappern zu hören. Unter Aufbietung aller Kräfte schafft er es, seinen Plan aufzurufen, in Gedichtform, zwei Strophen mit je drei Versen, lautlos zu rezitieren. Die hat er wohlweislich gewählt, denn Rhythmus und Reim sind Zungenwachs, wenn diese zu stolpern droht.

*Öffne die Schnallen leis und behänd/tast' nach der Röhm wie ein Agent/zieh' sie heraus im selben Moment.* Bei den letzten Worten würde er, im Ernstfall, bereits stehen und Gedicht Nr. 2 ausrufen: *Blumen für Johanna oder für Marie/Hände hoch zum fälligen Applaus/Vorher geht keiner von euch nach Haus!*

Und Johanna oder Marie, schon fast beim Seitenausgang, würde anhalten, eine Haarsträhne verräumen, die ihr die Sicht stört und ihren Blick in dem aus der Dunkelheit gerissenen Zuschauerraum auf ihn richten. Herr Harald spürt in der Magengrube eine kleine Explosion, mit der sich seine Entschlossenheit und die Freude über die geglückte Generalprobe den Weg heraus bahnen – und springt auf. Erst seine Sitznachbarn, dann die ganze Reihe, schließlich das halbe Theater machen es ihm nach – Startschuss für den Jubel des dem Stillsitzen entkommenen Publikums. Das hat er nicht vorhergesehen, er allein wollte aufgestanden sein. Und nun würde man morgen oder übermorgen in den Zeitungen von den Standing Ovations lesen, nichts sonst. Verwirrt bückt sich Herr Harald nach dem Kissen, das der Sitznachbarin beim Aufstehen vom Stuhl geglitten ist, es ist warm und die Berührung ungut. Die Dame ist von ihrer eigenen Ergriffenheit zu abgelenkt, um das ihr hingestreckte Kissen zu bemerken. Sie braucht die Hände zum Klatschen und zum Abtupfen von Schweiß und nassen Augen. Auf der Bühne der sich tief verneigende Pianist, beim Wiederaufrichten legt er die Hand aufs Herz und bläst Luftküsse ins große Rund des Theaters. Herrn Haralds Haut bricht an den bekannten Stellen wie Borke auf, er lässt das Kissen fallen, packt die Aktentasche, presst sie an den Brustkorb und drückt sich, inmitten der Bravorufe, durch die Sitzreihe zum Ausgang. Murren allenthalben, denn die Zugabe beginnt, ein so bekanntes Stück, dass das Publikum aufjauchzt.

Draußen angekommen, abgekämpft, empfangen ihn eine heftige Böe, starker Autoverkehr, Nieselregen. Herr Harald bleibt stehen, klemmt die Tasche zwischen die Füße, reckt die Arme in die Höhe, wirft den

Kopf in den Nacken und bittet den Wind um Beistand. Die nasskalte Oktobernacht hüllt ihn ein, und die matte Straßenbeleuchtung schützt vor dem Schreck, einen Mann wie ans Kreuz genagelt stehen zu sehen – ohne Kreuz.

# IM NOVEMBER

Herr Harald ist krank. Halsschmerzen und die entflammte Haut haben ihn nachts wach gehalten, der Mann im morgendlichen Spiegelbild gehört ins Bett. Einen Tee brühen, die *Röhm*, die in der Aktentasche übernachtet hat, zurück in den Backofen stecken, und schon geben die Knie nach. Sein Körper sackt zurück in die restwarmen Kissen, bleibt halb gekrümmt liegen, schon die Streckung ist zu viel verlangt. Fieber, Fieber. Von hinten gelesen *Rebeif.* Unrechtschreibung. Die hat das Harald-Kind stundenlang betrieben: Alle Wörter, die vorne an der Tafel standen und viele, viele Male abgeschrieben werden mussten, einfach von hinten lesen. Dann fielen sie in sich zusammen, dürrer Buchstabenreisig, Wortspreu. Manchmal hebt man bei solch einer Betrachtung ein Versteck aus: In seinem ihm zugeteilten Namen, in »Harald«, verbirgt sich zum Beispiel eine Lara, wenn man das D und das H weglässt und ihn von rechts nach links liest. Eine Frau in seiner Mitte.

Er wird durch Lärm im Treppenhaus, unmittelbar vor seiner Wohnungstür, aus dem Halbschlummer gerissen. Ein Streit? Er horcht angestrengt. Eine männliche und eine weibliche Stimme, wohl das junge Paar mit den Bärenhausschuhen und dem Hochzeitsherz an der Tür. Sie schimpfen, aber eher miteinander als gegeneinander. Herr Harald rafft sich auf, schleicht zur Tür, öffnet sie ein klein wenig, und sofort huscht Nanu herein. Auf dem Fußabtreter gegenüber sieht er, bevor er die eigene Tür entschieden wieder zuzieht, eine tote Maus, die Vorderpfoten wie zum Gebet verschränkt. »Ist das Ihre?«, hört er durch die Tür, legt, an Nanu gewandt, den Finger über die Lippen: Wir schweigen. Sie folgt ihm in die Küche und ist tatsächlich still, kein klagendes Einfordern von Futter, setzt sich stattdessen mit dem geduldigen Ausdruck einer Patientin im Wartezimmer so unter das Fenster, dass sie ihm beim Füllen der Näpfe nicht im Weg ist. »Ich habe Fieber«, teilt er ihr mit, »der Wind ging so kalt.« Und setzt hinzu, von ihrem verständnisvollen Blick begleitet: »Ich habe für zwei gefroren.«

Herr Harald kehrt zurück ins Bett, bestreicht die wunden Stellen mit Salbe, ohne die Brille aufzusetzen. Für den Patienten interessiert er sich nicht, er versorgt ihn lediglich, verschließt die Tube nach Gebrauch so energisch, als drehte er ihr den Hals um. Nanu springt auf das Fußende des Betts, das spürt er noch, bevor ihm die Augen zufallen, die Lider spröde vom Fieber. Durst weckt ihn, da dämmert es bereits. Auf dem Weg in die

Küche sieht er Nanu an einem neuen Platz: die Fensterbank im Wohnzimmer. Das gefällt ihm, sie hat die Straße im Blick, vertritt ihn. Sie wendet kaum den Kopf, als seine Schritte hörbar werden. So ist das, wenn man im Dienst ist.

Herr Harald nimmt das randvolle Wasserglas und trägt es zum Bett, noch immer matt, doch der lange Schlaf hat ihn erquickt. Er ist froh, dass er an einem freien Tag ausfällt, nur wenig ist furchtbarer als Telefonate, die einen Regelbruch, einen Notstand melden müssen. Mehr als einen Tag hat er so gut wie nie gefehlt, auch, um dem Arztbesuch zu entgehen. Er greift ohne rechten Grund, wie aufs Stichwort, nach dem Telefon auf seinem Nachttisch. Die kurze Liste der gespeicherten Nummern beginnt mit der Telefongesellschaft, er wählt sie, eine menschliche Stimme wäre nun schön. Er presst den Hörer ans heiße Ohr, schmerzhaft schnarrt und scheppert Musik, während eine tiefe Männerstimme begeistert versichert: *Herzlich willkommen! Zur Zeit sind leider alle Leitungen belegt. All our lines are busy. Der nächste freie Mitarbeiter ist für Sie reserviert. Bitte haben Sie einen Moment Geduld, wir sind gleich für Sie da. Wussten Sie schon, dass Sie viele Ihrer Anliegen im Internet?... Besuchen Sie uns doch einmal auf unserer Homepage. Herzlich willkommen! Zur Zeit alle Leitungen busy... We will be with you shortly... Geduld... Anliegen... leider für Sie reserviert...*

Hotline, denkt Herr Harald, immer wenn man jemanden nicht erreicht, glüht etwas durch, aber ich bin nicht auf Draht – und legt sich aufs andere Ohr. Schlummert erneut ein, bis ihn Nanus Miauen weckt, da ist es früher Abend. »Ich komme!« ruft er zur Tür und kleidet sich rasch an. Fühlt sich erfrischt und übermütig, ja, beinah keck! Er hat einen Trödeltag hinter sich, nein, mehr als das, er kommt aus der Sommerfrische! Im November! Und als er Nanu hinauslässt, weitet sich sein Brustkorb, auch er ist frei, war so frei, einen Tag müßig im Bett zu verbringen, unnütz und verschwenderisch. Kinder wachsen im Schlaf, auch ich, denkt Herr Harald, bin gewachsen, weil ich wieder klein geworden bin. Nichts erinnert und nichts gelernt, einfach nur Fieber gehabt und getrödelt, zu allem »ich würde lieber nicht« gesagt. Die Hl. Notburga, Göttin der Streikenden, lächelt ihm zu.

Er zieht die Tür hinter sich ins Schloss. Keine Maus! Den Mantel knöpft er nicht einmal zu, so leger ist er, eilt hinab. Im Parterre, neben der Tür zum Innenhof, sieht er eine kleine quadratische Öffnung mit Plastikklappe: Ein- und Ausgang für Nanu, nie wahrgenommen! Hat jemand im Haus eine Katze und Nanu, klug wie sie ist, nutzt die vorbereiteten Wege? Oder ist Nanu jemandes Katze? Wenn schon, wenigstens zeitweise zieht sie ihn als Gastgeber vor. Er schlägt festen Schrittes den Weg zur *Ratschkath'l* ein, feucht ist der Abend und mild. Die Brille beschlägt, als er den dampfigen Gastraum betritt, zwei, drei Tische, darunter der Stammtisch, sind besetzt. Die Kellnerin ist eine andere als die freundliche vor einigen Monaten. Herr Harald wählt denselben Ecktisch, setzt sich, nimmt die beschlagene Brille ab, haucht die Gläser an, trocknet sie. Durchblick. Wartet gar nicht ab, dass die Bedienung sich nähert, sondern ruft ihr durch den Raum hindurch zu: »Eine Cola, bitte!« Sie nickt, macht sich ans Ausschenken. Herr Harald schiebt die Brille zurück auf die Nase, schaut umher. Keinerlei Reibereien. Er ist zufrieden mit sich als Verwalter sehr unterschiedlicher Gemütszustände, spricht man nicht von »schalten und walten?« Nun, das tut er, indem er hier sitzt und ein Feiertagsgetränk zu sich nimmt. Die anderen Gäste kümmern sich nicht um ihn, auch das belegt seine Tüchtigkeit als Manager: Seine Anwesenheit wirft keine Fragen auf.

Die ersten Schlucke sind köstlich. Drei große Eiswürfel, die miteinander klimpern, und eine halbe Zitronenscheibe bestätigen die Sommerfrische, der malzige Geschmack ist stärkend wie ein Jawort. Am Stammtisch gibt jemand eine Runde aus, auch Herr Harald wird gefragt, ob er einen Kurzen mag. »Lieber nicht«, antwortet er und wundert sich ein wenig, dass im Laufe einer Stunde zweimal derselbe Satz fällig wird. *Lieber nicht.* Die Männer am Stammtisch prosten ihm zu, er hebt sein halbvolles Glas. Schaut erneut umher, behaglich. Das Licht, das unter den von Atem, Bierdunst und Verdruss beschlagenen Lampenschirmen hervorquillt, ist gelb wie Eidotter. Sein Blick wandert über Kinoplakate und eine Dartscheibe zu der Garderobe, fünf, sechs ungeschlachte Haken hinter der Tür. *Für Garderobe wird nicht gehaftet* steht da, ein windzerzauster Schirm hängt dort, ein paar Mäntel. Halt. Das ist doch der Mantel. Beige, an den Säumen bereits mürb, ein Knopf fehlt. Heißt das? Nein! Doch! Nein, solche Mäntel gibt es tausendfach. Herr Harald hält sich am Glas fest und sucht Halt, indem er seine Beine um die des Stuhls schlingt. Ruft sich zur Ordnung, als er den Blick der Bedienung auf sich spürt. Wenn der Mantel einem der Herren an den anderen Tischen gehört, dann hat die aufgefundene männliche Leiche nichts mit seiner Garderobe zu tun, dafür aber ein lebendiger Mensch, womöglich aus der Nachbarschaft. Unsinn! Er hat den Mantel doch im Abfalleimer unauffindbar gemacht. Herr Harald fischt die halbe Zitronenscheibe aus dem Glas und beißt hinein, die Säure wirkt sofort: Quizaufruf. Wissensfrage: Woher stammt der Erbauer des Eiffelturms? Er muss passen. Zur Strafe fällt die Entspannungsfrage nach seinen Wünschen aus und die Ermessensfrage tückisch: Ist Verschweigen das Gleiche wie Nicht-Sagen? Nein, antwortet Herr Harald, Verschweigen wohnt im Keller, Nicht-Sagen im ersten

Stock. Von seiner Antwort wird ihm beinah schwindelig, obwohl er doch sitzt.

Er beschließt, das Austrinken durch kleinste Schlucke so weit hinauszuzögern, dass er den Manteleigentümer beim Aufbruch ausmachen kann. Dabei will er eigentlich sofort zurück ins Bett, in die Kissenhöhle, in der niemand etwas beanstandet. Vorher wären Nanus Näpfe zu füllen, für den Fall ihrer späten Rückkehr, und ein Plan für den morgigen Dienstag zu erstellen. Der Vormittag würde nach dem krankheitsbedingten Ausfall arbeitsreich sein, sehr arbeitsreich, die Last ist bereits jetzt zu spüren. So viel ist liegengeblieben. Herr Harald löst vorsichtig die Beinschlingen, die Waden schmerzen von der verkrampften Umklammerung. Die Bedienung steht beim Stammtisch, Rücken breit wie eine Felswand. Um zu kassieren? Nein, sie hat sich ins Gespräch gemischt, lacht laut auf, in Händen die pralle Geldbörse, die unanständig aussieht. Speckiges Leder, geschwollener Bauch. Die Kellnerin – oder ist sie womöglich die Pächterin, die *Ratschkath'l* in Person, blond wie sie ist? – tritt von einem Bein aufs andere, die Venen, denkt Herr Harald, da staut sich etwas. Das Eis im Glas ist längst geschmolzen, die angebissene Zitronenscheibe treibt leblos in der braunen Flüssigkeit, Pegelstand niedrig. »Noch eine Cola, bitte!« hört er sich rufen. Und hinzusetzen: »Muss sein!«

In einem Zug leert er das Glas. Ein eiskalter Sturzbach in der Gurgel, schaumbraun vom mitgeführten Schlamm und aufgewühltem Erdreich nach tagelangen Regenfluten. Was hat der nicht alles mitgerissen! Geheimnisse und Campingtische, Wäsche, Kartenspiele und Hundewelpen. Herrn Haralds Schlund ist schon wieder – wie beim Wort »HORROR« – ein Höllenabgang, tunnelweit offen, die Eiswürfel schrammen aneinander, schneidend scharfe Kanten, die Zitrone ätzt den Weg frei. Weit hat er sich zurückgelehnt, so weit, dass der Stuhl nur mehr auf den hinteren beiden Beinen wankt und Herrn Haralds Füße in der Luft baumeln, die Finger umklammern die Tischplatte – anders ist es nicht zu bewältigen, so viel muss geschluckt werden, nur in Schieflage geht das.

»Alles in Ordnung?« Die Stimme einer Frau, wenn auch eher tief. Es ist die der Bedienung, die bisher ja allen seinen Wünschen stumm entsprochen hat. Sie hält die vom Spülen der Gläser nassen und roten Hände weit vom Körper weg, als wäre das Herabtropfende schmutzig oder gefährlich. Ihr Blick ist streng, sie wünscht keine problematischen Gäste. Die Männer vom Stammtisch, die mit dem Rücken zu ihm sitzen, haben sich umgedreht. Aber nur halb, der seltsame Vogel ist harmlos. Herr Harald kippt mit dem Stuhl nach vorne, zurück in den festen Stand. Wie eine kalte Lunte spürt er den Verlauf der eiskalten Cola, eine Lunte, die tief in den Bauch führt, wo die Explosion stattfinden soll. »Zahlen, bitte.« Er flüstert es kaum hörbar. Zieht mit klammen Fingern einen 10-Euro-Schein aus der Brieftasche, die Bedienung quert den Raum mit festem Schritt, steht dann nah, zu nah und hat ihre dralle Geldbörse erwartungsvoll aufschnappen lassen. Ihre Hüfte streift ihn fast, es ist eigentlich schon ein Rempeln. Hüftstarke Frauen sind zum Fürchten, in ihren ausladenden Becken schwappt so viel Bosheit, und die Schwerkraft ist immer auf ihrer Seite. So sehr graust ihm bei der Vorstellung, sie würde nach reichlichem Herumkramen im Münzgeld zwei Euro herausgeben, die von ihren und davor von wer weiß welchen Händen angefasst wurden, dass seine Stimme versagt und er nur mehr krächzt: »Stimmt so.« Greift nach seinem Mantel, den er über den freien Stuhl gelegt hatte, würdigt die Garderobe keines Blicks und stürzt hinaus, auch diesmal fällt er fast über die tückisch hohe Schwelle.

Zu Hause brüht er sich einen Tee. Sitzt am Küchentisch, das Notizbuch liegt geöffnet vor ihm. Die Uhr über der Tür tickt und tickt, launenfrei. *Braun*, trägt er ein, *Wort des Monats November.* Es gibt keine zwei Farben, die so weit voneinander entfernt sind wie braun und fohlenbraun, selbst gelb und schwarz stehen einander näher. Im Innenhof, weit unten, hört er die schweren Deckel der Müllcontainer beim Öffnen ächzen, und es scheint ihm, dass der Gestank von Verdorbenem durch das geschlossene Fenster, durch die Mauerporen bis zu ihm dringt, da mag er seine Nase noch so tief in den Becher mit Pfefferminztee stecken.

Morgens reißt er, nach einer überraschend guten Nacht unbeschwerten Schlafs, alle Fenster auf. Hätte der Mantel etwas zu bedeuten, hätte er nicht gut geruht. Die Haut allerdings ist noch schlimm. Herr Harald steht mitten im Zug, schaut dem Novemberkalenderblatt im Wohnzimmer beim vergeblichen Versuch zu, sich aus der Umklammerung der Metallringe zu befreien – und muss niesen. Drei Mal. Wie die Hammerschläge bei Auktionen. Er nimmt es als Beweis dafür, dass seine Überlegung zutrifft, und gleichzeitig als deren Schlusspunkt. Basta. Dann rüstet er sich für einen ausgedehnten Spaziergang – Regenschirm und Brotreste für die Enten –, nachdem für Nanus Rückkehr alles vorbereitet ist. Am Canaletto geht es sich auf dem feuchten, glitschigen Laubteppich wie auf moorigem Untergrund, alles federt nach. Werktag und schlechtes Wetter bewirken, dass kaum jemand unterwegs ist. Herr Harald zieht die Handschuhe aus und steckt sie in die Manteltasche, auf die schuppig-entzündeten Flechten würden hier keine entsetzten Blicke treffen. Von wegen Hüter – Verräter ist die Haut, denkt er, während er sich zu einem Schwarm Enten hinabbückt und Brotreste verteilt. Ein Erpel schnappt sich beinah die gesamte Ration, und Herr Harald spürt etwas, eine Regung, beinah stürmisch. Kommt, sagt er zu den Enten und lotst sie mit einer Handbewegung ein, zwei Meter weiter. Dann wirft er ihnen ein paar Steinchen, Kronkorken und trockenes Laub hin, ruft dazu lockend. Schnatternd, eifrig schwimmen die Enten in Richtung der Einschläge – erst ganz zum Schluss drehen sie enttäuscht ab. »Ihr müsst euer Leben ändern!« Als er das ausspricht, muss er sehr lachen. Wo kommt denn das her?

Nach der Lektion schüttelt er den Brotbeutel aus, die schnatternden Enten im Rücken, und setzt seinen Spaziergang fort, geradezu vergnügt. Man kann und soll nicht jedem Dahergelaufenen trauen. »Liebe Enten«, fügt er an. Bleibt vorläufig auf dem Laubteppich und vermeidet, auf gelbe Blätter zu treten. Nur auf rote, rötliche und braune. Er muss fast hüpfen. Würde er ein gelbes treffen, so wäre Johanna oder Marie beim nächsten Konzert erneut nicht im Einsatz. Als er auf den Bürgersteig wechselt, wird die Aufgabe noch schwieriger, er muss den Fugen zwischen den Pflastersteinen ausweichen und die Füße genau in deren Mitte setzen, sonst kommt Nanu nicht mehr. Und schließlich darf am Ende des Canaletto die Ampel, während er die Straße überquert, nicht auf Rot springen, sonst – sonst? Herr Harald duckt sich innerlich, sucht im sperrigen Dickicht der Großen Angst nach einer kleineren mit Namen. Auf jeden Fall drohte dann Punkteabzug. Die Ampel bleibt grün, obwohl er wirklich langsam geht. Er erreicht die gegenüberliegende Straßenseite und damit festen Boden unter den Füßen mit dem Gefühl von Landgang. Und fasst, bevor er auf seinem Rückweg den Supermarkt erreicht, einen Einkaufsplan: Ist nicht der Beutel, klein zusammengefaltet in der Jackentasche, der beste Beleg für das von vorneherein als sicher angenommene Wiedereintreten der Ordnung?

In der Oper ist das Programm bereits vorweihnachtlich. Ballett und Märchenstoffe, das bedeutet viele kindliche Besucher und nervöse Mütter oder Großmütter, die Väter sind seltener. Herrn Haralds Scheitel ist dennoch glatt gezogen, der Kittel gebügelt und das Hemd darunter weiß und bis zum Kinn zugeknöpft. Um den leichten Fischgeruch von Nanus Lieblingsmahlzeit zu vertreiben, hat er ein paar Tropfen Zirbenöl auf dem Kragen verrieben und Nanu wissen lassen, dass er ihre Vorliebe nicht teile, aber hinnehme. Selbst weder Fisch noch Fleisch esse. Da sie ihn fragend anschaut, erklärt er es ihr. Ungefähr so: Stell dir vor, du kaust stundenlang auf rohem Schinken mit breitem Fettrand. Bevor das damit belegte Brot nicht hinuntergeschluckt ist, darf das Kind nicht ins Bett gehen. Der Schinken in der Mundhöhle wird zu einem Balg aus Fasern und Leim, groß wie eine Billardkugel, mit dem aufgeweichten Brot fest zu einem neuen Teig verklebt. Nanu hat ihn freundlich ausgelacht. Nun, denkt Herr Harald, während er soldatisch stramm – also empfangsbereit –

hinter seinem Garderobentresen steht, sie ist jung. Und das soll so bleiben.

Ein kleiner Junge tritt heran, seine Mutter versucht, ihm, noch im Gehen, den Anorak auszuziehen, aber er schüttelt sie ab und fragt, warum Herr Harald Handschuhe trage. »Du siehst aus«, sagt er, »wie der Wolf von den Sieben Geißlein. Der hat auch weiße Pfoten.«

»Nein«, sagt Herr Harald, »nicht deshalb. Sondern aus Sorge.« Das Kind sagt »Ach so«, und als die Mutter ihren Mantel und, nach einigem Zerren am Kind, den Anorak des Sohns ablegt, schiebt er beide Kleidungsstücke beiseite, beugt sich zu dem Jungen und fragt nach dessen Lieblingsessen.

»Pizza.«

»Siehst du«, sagt Herr Harald, »ich auch.«

»Passt du hier auf?«

»Ja, ich bin der Wachtmeister.«

»Und wenn jemand etwas klauen will?«

»Dann verhindere ich das.«

»Wie denn? Bist du stark?«

»Weder noch.«

»Wie heißt du?«

»Herr Harald.«

»Herr so wie ich Leo?«

»Beinah.«

»Und wo wohnst du?«

»Ganz woanders.«

Herr Harald senkt die Stimme, um einen Schlusspunkt zu setzen, denn er sieht, wie sich die Hand der Mutter fester um den Arm des Kindes schließt, dabei zittern die vielen bunten Steinchen ihres Armbands vor Ungeduld. Die Fingernägel sind schön rot. Sie schiebt Mantel und Anorak zurück in die Ausgangsposition.

»Du gibst aber komische Anworten«, sagt das Kind, sich noch einmal zu ihm wendend, bereits auf halbem Weg zum Eingang. »Warum?«

Herr Harald hängt Mantel und Anorak erst an einem, dann an zwei Haken auf, die zweite Marke steckt er in die Kitteltasche. Das ist zwar gegen die Regeln, aber richtig. Wie sie da so nebeneinander hängen, die bunte Kinderjacke und der schwarze Damenmantel, sieht es aus, als würden sie sich kaum kennen. Dann antwortet er: »Darum.«

Nanu sitzt vor seiner Wohnungstür, als er, noch ein wenig betäubt vom Kindergeschrei und dem Rummel nach der Vorstellung, heimkehrt. Sie rührt sich nicht, auch nachdem er aufgeschlossen hat und ihr den Vortritt lassen will, er muss sie sehr bitten. Dann schleppt sie sich in die Küche, hebt kraftlos die Pfoten an und lässt sich auf ihr Deckenlager fallen. Weint. Herr Harald geht in die Knie, streckt langsam die Hand zu ihr aus und berührt die Nase. Heiß. Das Fell sieht aus wie eingestaubt, stumpf und borstig. Nanu ist krank.

Nachts wacht er vor Sorge mehrere Male auf, einmal trinkt sie aus seiner Hand ein wenig Wasser, die Augen so verkrustet, dass sie sie nicht öffnen kann. Er muss, das begreift er, am nächsten Tag einen Tierarzt aufsuchen. Das Zwerchfell pfercht seinen Brustkorb ein wie die alte rostige Kuchenform – sie wohnt bei der *Röhm* im Backofen –, deren Metallring den weichen Teig einsperrt und verriegelt, sobald das Schnappschloss einrastet. Nach dem dritten Besuch bei Nanu in der Küche humpelt er ins Bett zurück, auch mit seinen Kniegelenken stimmt nun etwas nicht, zieht die Decke über den Kopf, zählt auf Italienisch bis beinahe hundert, *novantotto*, wird noch unruhiger und steht schließlich auf, in tiefer Dunkelheit. Es ist fünf Uhr morgens. »Nanu«, sagt er, während er Kaffeepulver in den Filter schüttet und Wasser aufsetzt, »Nanu, ich habe die *Gelben Seiten*. Dort werde ich Hilfe finden, aber fressen musst du. Und trinken. Du musst wollen.«

Er spricht weiter, während er aus dem Schränkchen im Flur, unter dem Bild der Hl. Notburga, das Branchentelefonbuch hervorkramt. Es ist mehr Faseln als Sprechen, die Angst lähmt ihm fast die Stimmbänder: »Das Kranksein gehört zum Leben, so viel gehört zum Leben, das musst du bedenken. Meine Haut gehört dazu und der Mantel und die Pistole und Johanna oder Marie, das Nicht-Schwimmen-Können gehört dazu und das Auftrumpfen, das Heiraten und das Strafen. Die Achtlosen. Die Frauen. Die Kriegsversehrten. Der Hunger, der fehlende Appetit und der schlechte Schlaf.« Herr Harald bricht ab – zugehört hat er sich ohnehin nicht –, um den Staub wegzublasen, eine Jahreszahl wird sichtbar. Uralt sind diese *Gelben Seiten* und nur noch schwach gelb. Es mangelt nicht an Tierärzten, in der Steinzeit jedoch findet er nicht einen. Eine Frau muss es sein, beschließt er, gleich wo, und fährt mit dem Finger die Spalte entlang. Bei *Graf, Margarete, Dr.* stoppt er und notiert sich die Nummer. Frau Graf und Nanu, das klingt richtig. Aber zum Anrufen ist es noch viel zu früh, daher kann er sich anderen wichtigen Fragen widmen: Worin würde er Nanu transportieren? Wie Frau Dr. Graf erreichen? Die U-Bahn ist ausgeschlossen. Taxi. Taxi?! »Bringen Sie mich bitte zu Frau Dr. Graf. Es eilt.« Soweit er weiß, ist er noch nie Taxi gefahren – aber auf Wissen ist ja kein Verlass. Er wird, als er den Namen innerlich aufruft, ruhiger, schon ganz vertraut ist sie ihm, die Frau Dr. Margarete Graf.

Die Praxis liegt weit im Westen der Stadt. Als er um Punkt acht Uhr dort anruft, sagt eine freundliche Stimme »Tierarztpraxis Dr. Schlichtegroll.« Das verwirrt Herrn Harald so, dass er zurückfragt, ob er Frau Dr. Graf erreicht habe? Die Stimme teilt ihm mit, dass diese geheiratet habe, nun Schlichtegroll heiße wie ihr Mann und mit diesem die Praxis führe. Worum es denn gehe? »Um Nanu«, sagt Herr Harald, und als die Stimme, immer noch freundlich, wissen will, ob es sich um Hund oder um Katze handle, erwidert er: »Um meinen Gast.« Ergänzt: »Um meinen Katzengast.« Er bekommt einen Termin am späten Vormittag und die Information, er könne auch mit Karte zahlen. Der Hörer ist nass, als Herr Harald auflegt, er wischt ihn mit dem Schlafanzugärmel ab und stellt ihn zurück in die Ladestation. Die Batterie ist leer, obwohl sie vor dem Telefonat vollständig aufgeladen war. Das wundert ihn gar nicht. Herr und Frau Schlichtegroll also. Er bückt sich zu Nanu, die zusammengerollt und reglos im Deckennest liegt, hält ihr die Wasserschale hin und berichtet: »Gleich zwei werden sich um dich kümmern, mit Namen Schlichtegroll. Die beiden haben sich – zum Beispiel – in einem Pferdestall kennengelernt, und als die kranke Stute wieder aufgepäppelt war, waren sie ein Paar.« Vorsichtig befeuchtet er Nanus Nase mit einem Tropfen Wasser, sie schleckt ihn unendlich langsam auf. »Wer nämlich glücklich zu zweit ist, kann Dritten gut helfen«, sagt er zum Schluss. Nanu öffnet die Augen einen Spalt breit, schließt sie gleich wieder. Das ist, entscheidet Herr Harald, ihre Art zu nicken.

Im untersten Fach des Vorratsschranks findet er die alte Einkaufstasche, die er, seit er sie dort verstaut hat – vor einem halben Leben –, nicht mehr benutzt hat. Sie ist auf ihn übergegangen. Aus Kunstleder, die Tragegriffe fettig. Damit hat man früher eingekauft, *einholen* hat man das genannt und sich auf den Weg gemacht, das Kind nicht an der Hand, sondern an einem der beiden Tragegriffe des unförmigen Dings befestigt. Im Innern der Tasche findet er ein geblümtes Damentaschentuch und einen Groschen. »Von vorvorvorvorgestern«, sagt Herr Harald vor sich hin, und das hilft. Der Boden ist breit, Herr Harald legt ihn mit Handtüchern aus und wischt mit einem Staubtuch über die eingefallenen Flanken der Tasche. Als nächstes: GELD! Er flößt unter großen Mühen Nanu einen weiteren Tropfen Wasser ein und macht sich, ohne das Hemd bis zum Kragen zuzuknöpfen, auf den Weg zur Bank. Unterwegs fragt er sich die Geheimzahl ab, die hat er sortiert wie Geschwister: zwei gerade und zwei ungerade Zahlen. Die Bank ist menschenleer, die Luft abgestanden. Herr Harald erschrickt, als sein Blick in den Spiegel fällt, der zur Sicherheit oberhalb des Geldautomaten angebracht ist. *Das bin ich? Dieser Mensch mit dem schlammfarbenen Gesicht, den Bartstoppeln, der trüben Brille und dem ungenauen Scheitel?* Zu Hause weiß er, wo die Spiegel hängen – genau genommen gibt es nur den im Bad, aber auch im Küchenfenster könnte er sich abends spiegeln –, und meidet sie einfach. Nur eitle Menschen nutzen jede Gelegenheit zur Verdoppelung. Eigenartig drohend öffnet sich die Geldklappe, zwei Hundert-Euro-Scheine liegen darin. Sie sind neu, das hässliche Grün sieht dennoch krank aus, wie von etwas befallen. Beim

Anfassen sind die Scheine steif und glatt, lassen sich kaum in den Geldbeutel betten. Herr Harald wiederholt die Prozedur, um nicht im Taxi mit einem Hundert-Euro-Schein hantieren zu müssen, und gibt eine kleine Stückelung für weitere fünfzig Euro an. Das klappt. So viel Geld. »Ich bin der Sache gewachsen«, sagt er an die abwesende Nanu gerichtet, »summa summarum.« Woher ist ihm dieser schöne Ausdruck zugeflogen? Nicht festzustellen, aber hier, im Vorraum einer Vorstadtbank, in dessen Winkeln die Staubflusen hausen, haben die zwei Worte mit den summenden S ihre Richtigkeit, sie entrollen sich geradezu musikalisch auf seiner Zunge, gleiten von selbst zu ihrem Ende, also bis zur Zungenspitze, und springen von dort ab zur sicheren Landung im Lautlichen. *Summa summarum.*

Nanu hat sich nicht gerührt, liegt genauso da wie vor Herrn Haralds Bankexkursion. Spitzt nur kaum sichtbar die Ohren, als er sich nähert, immerhin, lässt sich die Nase befeuchten. Dann erwartet ihn die zweite große Aufgabe: den Transport zu organisieren. Auf dem Buchdeckel der *Gelben Seiten* stehen Rufnummern von Taxiunternehmen, Herr Harald wählt die erste; eine barsche Frauenstimme überbrüllt Nebengeräusche – Sirenen, Funksprüche, Telefonklingeln – mit dem kriegerischen Ruf »Taxi-Zentrale, Guten Tag!« Herr Harald stammelt Adresse und Zielort, »wohin's geht, interessiert mich nicht«, schreit die Stimme. Auf die Frage, wann er das Taxi wünsche, antwortet er unsicher: »Am besten gleich.« Die Stimme fragt nach seinem Namen und nennt ihm die Nummer des Taxis, da ist es so laut, dass er nichts versteht. Er wird sich einfach vor die Haustür stellen, das Taxi, das kommt, wird seines sein, hier fahren keine Taxis ohne Auftrag herum. Aber vorher muss er etwas trinken, seine Kehle ist mürb nach dem Telefonat mit der groben Stimme.

Nanu ist so schwach, dass sie sich widerstandslos in die Tasche packen lässt, allein eine Art Seufzer ist zu hören. Herr Harald spürt jeden Knochen unter dem lose sitzenden Fell, die geschmeidige Verbindung zwischen Muskeln, Gelenken und umspannender Haut ist gerissen. Beuteltier. Im Treppenhaus ergreift ihn die Angst, festgehalten zu werden, er geht so lautlos, wie das bei knarzenden Holztreppen möglich ist. Nanus eigentliche Familie könnte zu einem der vielen Klingelschilder gehören. *Könnte.* Aber krank ist sie zu ihm gekommen, schließlich. Wenn es einem gut geht, liebt man viele, wenn es einem schlecht geht, liebt man nur einen. Höchstens zwei. Herr Harald tritt vor die Haustür und entfernt sich innerlich von dem gerade Gedachten – das sollen Experten entscheiden, zu denen er sicherlich und gottlob nicht gehört. Er dagegen muss nun mit einem Taxi zu den Dres. Schlichtegroll fahren und sie dafür bezahlen, dass Nanus Fell und ihre Augen wieder glänzen und sie, wenn sie seine Wohnung betritt, schwungvoll, auf federnden Pfoten in die Küche tänzelt. Lebendig, atmend, furchtlos.

Das Taxi steht bereits vor der Tür, Herr Harald findet die Eierlikörfarbe schrecklich. Krankes Gelb. Eine Frau sitzt am Steuer, die ihm kurz, aber freundlich zunickt, als er unbeholfen hinten einsteigt, dabei die Tasche mit Nanu so sanft wie möglich auf dem Rücksitz verstaut. Er nennt die Adresse, die Fahrerin tippt auf dem erleuchteten Bildschirm des Navigationsgeräts herum, brummt dabei, dass sie sich hier nicht auskenne. »Ich auch nicht«, sagt Herr Harald. Die Frau hat sehr blondes Haar, auf dem Hinterkopf zu einem wilden Gebilde zusammengerafft. Ihr Parfum ist bleischwer. Starke, beringte Hände, auf einem Handrücken ein Tattoo. Duftbäumchen am Innenspiegel. Funksprüche. Herr Harald ist dankbar, dass der Innenraum des Wagens mit einem solchen Gewirr von Gerüchen, Geräuschen, und Eindrücken gefüllt ist, das stützt und entlastet ihn ähnlich wie die Rückenlehne seines Sofas. Eigentlich ist Taxifahren so ungewöhnlich nicht, findet er und drückt auf die Taste am Fenster, das sich lautlos nach unten schiebt. Frische Luft strömt herein. Von ihm bestellt. Und bezahlt.

Das Wartezimmer ist voll. Die meisten haben Käfige oder Boxen dabei, in denen ihre Katzen und Wellensittiche hinter Gittern apathisch kauern. Zwei große Hunde liegen matt zu Füßen ihrer Besitzerinnen, ein weiterer, kleiner kläfft eingesperrt. Herr Harald geniert seine abgenutzte, speckige Kunstledertasche, er schiebt sie zwischen seinen Beinen so weit nach hinten, dass sie unter dem Stuhl zum Stehen kommt. Er sitzt zwischen zwei angespannt wirkenden Frauen, die sich, als er sich niederlässt, ihren Tieren zuwenden. Er öffnet den Mantel, ohne ihn auszuziehen, dann erst grüßt er in die Runde, »guten Tag, allerseits.« Zwei, drei wohlwollende Lacher erklingen wegen der Verspätung. »Schon gut«, sagt einer und nickt freundlich in Herrn Haralds Richtung. Der erwidert vermutlich etwas wie »Bitte um Nachsicht, Nanu geht es schlecht«, aber genau weiß er es nicht. Man kann nicht aufgeregt und besonnen zugleich sein. Er zieht die Tasche, nun, da er sitzt, wieder ein wenig nach vorn und wirft einen vorsichtigen Blick hinein. So verstohlen wie möglich, in Sorge, dass sein Nachschauen das Unglück herausfordern könnte. Nanu rührt sich nicht, aber er sieht die Atmung, ein ganz schwaches Heben und Senken der Flanken unter dem ergrauten Fell. Eigentlich besser, dass Frau Dr. Graf nun Frau Dr. Schlichtegroll heißt, denkt er, sie wird es richten. Nagelneue Geldscheine hat er dabei, da wird sie sich keinen Pfusch leisten.

Lange wartet er, währenddessen die Luft im Raum von Kummer und Siechtum immer giftiger wird. Besonders die Hunde riechen stark. Nanu hat wohl gewusst, dass ihm Katzen mit ihrer Reinlichkeit und ihrem diskreten Auftreten näher liegen als hündische Hunde. Nanu ist weise. Er wird aufgerufen und in den Behandlungsraum zwei geschickt. Herr Dr. Schlichtegroll erwartet ihn, jung, ein wenig mollig, dadurch weiblich, Herr Harald ist sofort einverstanden. Erst recht, als er die zarten Hände sieht, die nun unter Einmalhandschuhen verschwinden. Der Arzt fragt mit heller Stimme, woran es fehle. An Gesundheit, will Herr Harald sagen, aber er spürt rechtzeitig, dass das pampig klingen könnte und antwortet stattdessen: »Nanu ist so matt. Von einem auf den anderen Tag uralt.« Dr. Schlichtegroll tastet den Leib der mittlerweile auf dem Behandlungstisch liegenden Nanu ab, öffnet ihr die Augenlider, das Maul. Sagt dann: »Katzenschnupfen. Nicht ungefährlich. Aber das wird wieder.« Er verschreibt zwei Medikamente, erklärt, wie sie zu verabreichen seien, dann tippt er etwas am Computer, informiert, dass die Rechnung an der Rezeption entgegenzunehmen sei, und nickt Herrn Harald zu. Wie ein Pfarrer bei der Verabschiedung der Gemeindemitglieder nach dem Gottesdienst. Nur – welche Gemeinde?

Herr Harald nimmt die reglose Nanu vom Behandlungstisch auf und bettet sie zurück in die Einkaufstasche. Die Brille beschlägt, im Dunst tastet er sich vor zur Theke im Empfangsraum, zu den zwei Damen ganz in Weiß, die telefonieren. Die eine, den Hörer zwischen Ohr und Schulter eingeklemmt, schiebt ihm die Rechnung hin, nimmt die Scheine entgegen, gibt Restgeld zurück und wünscht gute Besserung, unklar, ob es ihm und Nanu gilt oder dem Gesprächspartner am Telefon. »Jawohl«, sagt Herr Harald und fügt an, dass das Weiß ihrer Kittel, Hosen und Schuhe schlimmste Befürchtungen wecke. Das hört – wie meist – niemand, denn er sagt es stumm. Bemerkt erst draußen, dass er vergessen hat, darum zu bitten, ein Taxi zu rufen. Wo ist er hier? Viel Grün, viele kleine Reihenhäuser in Pastellfarben, viele, viele Fahrräder in den Einfahrten, Vorgärten, freundlich geschlossene Türen mit Fenstern auf Augenhöhe. Geschlossen, nicht verschlossen, denkt Herr Harald, während er Nanus Gewicht am Arm spürt und die Sorge zurückkehrt. Nach wenigen Schritten steht er vor der Backsteinwand einer Kirche ohne Turm. Darüber die Wolken werden so durchleuchtet, dass, was sie zusammenhält – aderfeine, luftigste Verstrebungen –, sichtbar wird wie auf einem Röntgenbild. Herr Harald betritt die Kirche. Ein großer ovaler Raum mit geschwungener Holzdecke. Warm und weit wie eine Scheune, genauso duftend. Er würde sich nicht wundern, wenn in der Sakristei Ochs und Esel sanftmütig und einvernehmlich malmend auf strohgedecktem Boden ständen und ihn und Nanu als Mitkreaturen ruhig betrachteten. Aus Augen wie Waldseen. Der Altar in der Mitte, die Bestuhlung rund um ihn herum. Auf einem Sockel eine lächelnde Maria mit Kind, es hält einen Apfel in der Hand. Die Farben sind ausgewaschen, aber das Lächeln! Das Lächeln kennt er. Ein wenig schief. Als Folge einer winzigen Unentschiedenheit. Johanna oder Marie hat es ausgeliehen.

# IM DEZEMBER

*Gesundheit!* trägt Herr Harald am ersten Dezembertag als Wort des Monats in sein Notizbuch ein, mit Ausrufezeichen, denn Nanu ist wieder gesund. Noch struppig das Fell und dünn die Stimme, mit der sie ihr Kommen meldet, aber sicherer auf den Beinen. Er kauft feinsten Fisch in Aluschälchen mit der Aufschrift *Darling*. Ihre Gemeinschaft spielt sich ein, mehr als die Hälfte der Woche verbringt Nanu bei ihm. Nun, da die Sorge um sie nachlässt, nimmt die um den Großen Plan zu. Die *Röhm*, die er an einem Tag ohne Nanu hervorholt, sieht genauso aus wie immer, also bereit. Er legt sie zurück in den Römertopf und zwar auf die andere Seite, so als würde es sich bei ihr um einen Braten handeln, der gleichmäßig gegart werden muss. Ganz falsch ist das nicht, der Rohzustand des Großen Plans ist unbefriedigend. Seine Haut zeigt an, wie schwierig es sein wird, aus ungaren Absichten eine reiflich erwogene Aktion hervorgehen zu lassen. Die Haut, sie muss behandelt werden. Es gibt doch Apotheken, die Medikamente auf Bestellung verschicken? Das würde ihn vom Arztbesuch erlösen, der teilweise Entkleidung verlangt. Statt dass der Arzt einfach von den Händen auf den Rest schließen würde, wie jeder vernünftige Mathematiker. Herr Harald ahnt, dass das Argument schwach ist, gar wirr, aber in ihm wirkt es gut, ähnlich einer Muskelanspannung, die notwendig ist für den nächsten Schritt nach vorne.

Der Dienst in seiner genau vermessenen Garderobenbehausung am Abend festigt ihn, der schieferfarbene Uniformkittel hält das Lose, schlecht Vernähte darunter zuverlässig zusammen. Penibel reinigt Herr Harald mit *GlasKlar* die Oberfläche der Theke, poliert schwärzlich angelaufene Garderobenhaken mit einem Putztuch, korrigiert die Position des Schemels und die der Radioantenne. Ein Eukalyptusbonbon sorgt für Aufwind im Innern. Scheitel und Brille sitzen. Seine gute Vorbereitung sorgt für einen reibungslosen Ablauf, sowohl bei der Entgegennahme der immer schwereren Mäntel und winterlichen Straßenschuhe als auch in der Pause. Allerdings wird es ihm heute leicht gemacht, denn die Gemüter sind von der brokatschweren Süße des Opernstoffs wie unter Aspik ruhigstellt. Liebe und Eifersucht im Gleichmaß. Herr Harald unterscheidet in der Musik zwischen Gereimtem und Ungereimtem, je näher an der Gegenwart, desto ungereimter. An Schnittkanten, die sich zu nichts runden, verletzt man sich leichter, daher die Gereiztheit untereinander, aber auch eine größere Lebhaftigkeit in den Pausen, erhitzte Gespräche.

Die Türen werden von seinen Kolleginnen geschlossen, gedämpfte Stille tritt ein. Herr Harald zieht sich auf seinen Schemel zurück, blättert in *Bella Italia*, wiederholt lautlos besonders klangvolle Vokabeln, übt die Vergangenheitsformen. Es gibt die abgeschlossene Vergangenheit und die offene, die noch in die Gegenwart hineinragt. Im Deutschen, liest er, ist das anders. Ungenauer.

Er ist so vertieft, dass er aufspringen muss, um einem bereits Anstehenden seinen Mantel auszuhändigen. Der hat den Applaus abgekürzt und will nun für seine Ungeduld mit Platz eins belohnt werden. Normalerweise steht Herr Harald in Erwartung genau solcher Gäste da längst bereit. Sofern ihn die Grammatik nicht aufhält. Er räumt sorgfältig auf, als die letzte Dame ihren Mantel in Empfang genommen hat und ihm eine gute Nacht wünscht. Wischt alle gereinigten Oberflächen erneut, das tut gut. Die Kollegin hat ihm einmal bescheinigt, dass er, ihrer Einschätzung nach, einen Putzfimmel habe. Keine Einwände. Und ein schönes Wort: *Putzfimmel.* Hin und her, in kurzen, heftigen Bewegungen rubbelt er übers Glas, so als radierte er ganze Sätze aus. *Ratzefummel.* Der Radiergummi des Schulkinds sieht aus wie ein kaputter Zahn, bröselig und klein. Er ist im Dauereinsatz, so viel kann man falsch schreiben! Das Schulkind vor einem aufgeschlagenen Heft, auf dem Papier bleiben widerliche Gummikrümel zurück, Würmlinge, in der Farbe von Ausgespienem.

Draußen Schnee. Das ändert alles.

Herr Harald legt den Kopf zurück und lässt die Flocken landen. Auf dem erhitzten Gesicht schmelzen sie sofort und rinnen Richtung Ohren und Kinn, süße Tränen. Nein, nicht eigentlich süß und schon gar nicht salzig, sondern ein metallischer Geschmack aus dem Innern des Wolkenbauchs. Sehr lustig die Vorstellung eines großen Frachtraums, in dem die Flocken toben wie ungezogene Kinder. Herr Harald wäscht sein Gesicht an diesem Abend nicht, legt es, zusammen mit den Schneespuren, aufs Kissen, traumlos. Am nächsten Morgen ist es mit der Frische vorbei, ein noch schlimmerer Schub blättriger Haut, Höcker und Schorf. Mit Verlangen denkt er an die zwei Krankheitstage zurück, an denen er sich, wie viele andere Menschen auch, mit irgendetwas in der Luft Schwirrendem angesteckt hat, ehrenvoll gewissermaßen, als Dazugehöriger, der seinen Anteil klaglos erträgt. Dagegen die Haut! Die weist ihn ab, die weist ihn aus. Nicht einmal an Johanna oder Marie traut er sich zu denken bei so viel Abstoßung. Deren Lächeln, unlängst in der Garderobe, als er ihr vom Glaskopffisch erzählte, ihm galt. Nicht anders als das ihrer Stellvertreterin in der Kirche und ihr windgeneigtes Haar, Haar, das immer so aussieht, als würde ihm das Stürmische bekommen. Allein daran zu denken, bedeutete Aufrichtung. Nun hängen die Schultern, und Herr Harald erledigt lustlos seinen Frühstückshaushalt, füttert Nanu, die teilnahmsvoll um seine Knöchel streicht, buckelt, als wollte sie ihn auffordern, sich zu strecken. »Nanu«, sagt er, »heute bin ich nicht ganz bei der Sache. Es ist die Haut.« Nicht einmal die Hl. Notburga wird verabschiedet, als er wenig später die Wohnung verlässt. Im Dunkeln angekleidet, wofür gibt es den Tastsinn?!

In der Stadtbücherei sitzt er am Computerterminal und gibt den Produktnamen der Salbe ein. Das unangenehme Gefühl, das ihm bei der Nachforschung über die Pistole im Nacken saß, stellt sich wieder ein. Wie gern hätte er hinten Augen, um diejenigen frühzeitig zu entdecken, die sich ihm unerlaubt näherten und sein Anliegen erschielten. Dass die Salbe rezeptpflichtig ist, weiß er, aber es enttäuscht ihn zu erfahren, dass auch die Versandapotheken auf einem Rezept bestehen, er hat sich das ungeregelter vorgestellt, eben Internet: Er schickt eine Nachricht, bietet das Doppelte und bekommt das Arzneimittel postwendend. Herr Harald drückt die *Exit*-Taste und wartet, bis die Spuren seiner Suche unsichtbar werden, jedenfalls auf dem Bildschirm, dann begibt er sich in den Lesesaal mit den roten Sesseln, mehr aus Gewohnheit und Ermüdung als aus Lust auf Zeitungslektüre. Greift dennoch nach einem der Regionalblätter und prallt auf: *Unbekannte männliche Leiche identifiziert.* Vermisstenanzeige, Zahnschema, Horst P. 69 Jahre, schwerer Diabetiker, beginnende Demenz, Unterzuckerung. Er liest den Artikel nicht fortlaufend, sondern durch die Zeilen schleudernd. Lässt, als er ihn eingekreist hat, die Zeitung samt Haltestab sinken und sagt laut in den leeren Raum: »Soweit, so gut.« Manchmal trifft man eben nicht auf die gewünschten, dafür aber auf die ausstehenden Gewissheiten. Ein Rentner aus der Provinz, schwer zuckerkrank und mit beginnender Vergesslichkeit. Das ist kein Opernbesucher, der Schreckschusspistolen mit sich führt, das ist selbst ein Erschrockener. Herr Harald findet das Wort »Demenz« böse und gebraucht es nicht. Leck geschlagen, vergesslich – das ja. Mit einigem Schwung hängt er die Zeitung wieder zurück.

Er wird also einen Arztbesuch vereinbaren, für den dienstfreien übernächsten Tag. Zweimal schlafen trennen ihn noch davon, das ist viel, da ist Platz für Maßnahmen. In der ersten Nacht nach dem knappen Telefonat mit der Hautarztpraxis baut er sich, auf die Seite gedreht, aus dem mit Fäusten traktierten Federbett einen Liebeswall. Um den warmen, üppigen Deckenkörper schlingt er einen Arm. Zu seiner Sicherung. Wenn er an die Fliehkräfte aus dem Physikbuch denkt, dann.

Die Arztpraxis liegt im Erdgeschoss eines Hochhauses, an das sich ein Einkaufszentrum anschließt, in dem fortwährend Musik durch alle Leitungen und Rohre spült, seifig. Herr Harald muss es von der U-Bahn aus durchqueren und hielte sich gern die Ohren zu. Er hat den Eindruck, dass sich der Gang der Passanten durch die Musik angleicht. Wie bei exerzierenden Soldaten. Nur weniger stramm, wegen der vielen Halte vor den Schaufenstern und Eingängen. Auch die Nase leidet, weil kein einziger Geruch unvermischt auftritt, alle sind miteinander in unappetitlichem Clinch verschweißt. Herr Harald ist schwach, fällt beinah durch die Tür, als der Summer erklingt. Zieht, unter den Blicken der Sprechstundenhilfen, seine Krankenkassenkarte hervor und wird angewiesen, sie selbst in den Apparat einzuführen, der auf dem Tresen steht. Sie wollen nichts mit der Karte zu tun haben, die er in Händen gehalten hat, so ist das.

Er solle noch kurz im Wartezimmer Platz nehmen, sagt die ältere der beiden, ohne aufzuschauen. Obwohl ihr die Brille auf der Nasenspitze sitzt und ihre Augen somit freie Bahn hätten. Herr Harald erreicht die Tür zum Wartezimmer, klopft an und ruft, schon eintretend, aus Versehen selbst: »Wer da?« Hinter ihm Kichern, aber im Wartezimmer bleibt es ruhig. Alle blättern entweder in Zeitschriften, dösen oder starren auf ihre Telefone. Herr Harald nimmt Platz und denkt an Dr. Schlichtegroll. Die Angelegenheit hat er doch gut verwaltet, als Gastgeber, Transportbeauftragter und

Finanzverantwortlicher. Und heute ist es eben nicht Nanu, sondern die Haut, die er zur Begutachtung freigibt. Sein Atem geht ruhiger, aber ein kleines Quiz ist nie verkehrt: Wie heißt das Material, aus dem früher Schallplatten hergestellt wurden? Kinderleicht! Aber er lässt es gelten: Schellack! Was wünschen Sie sich? O je. Doch dann ist es ganz einfach: Er wünscht sich, dass Johanna oder Marie noch einmal in die Oper kommt und sie über etwas anderes sprechen werden als über die Tiefsee. Die Musik, zum Beispiel. Oder das Wetter. Die Ermessensfrage – Was ist schlimmer, ein Tier töten oder einen Baum? – ignoriert er. Dumme Fragen verpflichten nicht zur Antwort, so sind die Regeln nun einmal.

Vor dem Fenster Schneegestöber. Herr Harald wünscht sich, den Schnee riechen zu können, anstelle der abgestandenen Luft, in der vermutlich abgestoßene Hautschuppen, unsichtbar klein, von aller im Raum Anwesenden verwirbeln und schließlich eingeatmet werden. Eine Grünpflanze in der Ecke macht schlapp, der Bastkorb daneben hat eine offene Wunde im Geflecht, aus der abgegriffene Spielsachen quillen – Legosteine, ein Pixie-Buch, ein Stoffpinguin. An der Wand ein Plakat mit dem Aufruf, regelmäßig an Vorsorgeuntersuchungen zur Kontrolle und Vorbeugung des Schwarzen Hautkrebs' teilzunehmen. Warnung vor zu viel Sonne, die auf einem gerahmten Bild daneben mit Strand, Palmen und Meer aber ungehindert scheint. Herr Harald zuckt mit den Achseln, vorsorgen tut er sich reichlich, dann wendet er sich den Schuhen der Mitwartenden zu, interesselos, aber aufmerksam, gleichsam statistisch. Schwarz überwiegt, an zweiter Stelle Turnschuhe, auch bei Älteren, auch zum Rock. Als er schließlich aufgerufen wird, ist die Inventur beendet, er hat die Zeit sinnvoll genutzt.

Im Gehen streift er die Handschuhe ab und setzt sich im Arztzimmer auf den ihm zugewiesenen Stuhl auf der anderen Seite des Schreibtisches. »Guten Tag.« Der Arzt, den Blick fest auf den Computer gerichtet (wie Dr. Schlichtegroll!), begrüßt denjenigen, der auf dem Bildschirm als Datensumme erscheint, mit einem knappen Nicken. Die Fotos, die gerahmt auf der geölten Tischplatte stehen, kehren Herrn Harald den Rücken zu. Dagegen die Urkunden an den Wänden, die lachen ihn an. Was würde er in einer Arztpraxis aufhängen, wenn er eine hätte? Herr Harald denkt an die Hl. Notburga und ihre hoch in den Himmel geschleuderte Sichel. Oder ein Foto von der Bucht von Neapel, auf dem eine uralte, riesige Pinie ihr Dach aufspannt als wollte sie Schirmherrin des ganzen Meeres sein. Bevor er eine Entscheidung treffen kann, wird er schon gefragt, was ihn herführe? »Eine Verschlechterung«, antwortet Herr Harald, und nennt die Salbe, die er verschrieben haben möchte. Nun könnte seine Befürchtung wahr und er zur

Entkleidung aufgefordert werden – er rutscht im Stuhl so weit wie möglich nach hinten, als wollte er das Sitzen vertiefen. Aber der Arzt fordert ihn nicht auf, sich zu entblößen, sondern fragt, nach einem flüchtigen Blick auf Herrn Haralds Hände, dabei mit seinen weiter tippend und so, als läse er die Frage vom Bildschirm ab, ob sich an den Lebensumständen etwas verändert habe. »Alles«, sagt Herr Harald, »ich habe eine Katze.« Fügt lautlos an: Und eine Freundin. Und eine Pistole. Aber da wird ihm das Rezept bereits überreicht. Im Hinausgehen vernimmt er noch, dass ihm der Arzt zu Sonne und Meer rät. Da muss er, mitten im Schneetreiben, das ihn draußen empfängt, sehr lachen. Und nun steht fest: Er würde ein Foto von der Bucht von Neapel ins Wartezimmer hängen. Auf dem im Hintergrund thronenden Vesuv wäre eine kerzengerade Rauchsäule zu erkennen, und niemand wüsste, ob sie drohendes Unheil anzeigte oder gerade vergangenes. Immer mit allem rechnen – damit zieht Herr Harald gedanklich die Summe und tritt in die Apotheke.

Zu Hause legt er die schöne pralle Tube in das Medikamentenschränkchen und bearbeitet mit dem Rücken seines Kammes die alte, fast leere Tube, bis der letzte Rest Salbe herausgequetscht ist. Verteilt sie, hinter geschlossener Schlafzimmertür – Nanu ist da – auf den wunden Stellen. Sitzt bei weit geöffnetem Fenster in Unterwäsche auf der Bettkante und lässt die Winterluft wirken. Stellt fest, dass man Unangenehmes nicht nur ausschwitzen, sondern auch ausfrieren kann. Als er sich wieder ankleidet, die Zähne schlagen ihm aufeinander vor Kälte, fühlt er sich gekräftigt und als Sieger. Ein Tropfen Zirbenessenz auf die Handgelenke, energisches Schließen des Fensters, sorgfältiges Zuknöpfen des Hemds und Schließen des Gürtels: Jede Bewegung sitzt und zeigt seiner Haut, wer hier das Sagen hat.

*Schuppenflechte.* Auf dem Weg in die Küche spricht er das Wort aus, so dass es seinen Körper verlassen kann. Ausdruck. Er spürt förmlich, wie es aus der Bauchgrube hochfährt, die Kehle empor und über die Zunge entweicht. Rückweg, Umkehr ist angesichts fest verriegelter Lippen ausgeschlossen. Nanu maunzt, als er eintritt, sie will hinaus, ist unruhig. Er nickt ihr zu – noch ist es für ein Brechen des Lippensiegels zu früh – und geht voran zur Wohnungstür. Nanu schlängelt sich elegant durch den schmalen Spalt und grüßt zum Abschied. Ihr Fell, das sieht er mit Stolz, glänzt wieder, und der freie Tag wird ab nun zum freien Tag. Den er so verbringt: einkaufen für ein leckeres Abendessen, Schlemmerfilet für sich und Schlemmerfilet für Nanu. Eine Cola. Danach endlich Waschsalon, die Hemden gehen ihm aus.

Der Salon heißt, als er davor steht, nicht mehr *Cleaner geht's nicht*, sondern *Little Mermaid.* Herr Harald sieht keinen Unterschied, es sind dieselben recht betagten Maschinen, auch die Trockner sind die alten. Neu sind die Preise und das Schild, auf dem sie verzeichnet sind, das glänzt frisch und nennt alle Möglichkeiten *Top-Angebot.* Neu auch die falsche Pflanze in falscher Erde in der Ecke. Wie auch immer – Herr Harald ist zu guter Dinge, um sich zu ärgern. Er spaziert vor dem Waschsalon im Schneematsch ein wenig umher, riecht zur Erfrischung am Zirbenessenzfläschchen und denkt an Freesien. Beim Trockengang wartet er drinnen und faltet dann die Hemden sorgfältig zusammen, damit sie nicht noch mehr knittern. Heute Abend, so viel steht fest, muss er bügeln. Das besondere Hemd für die Oper, am folgenden Tag, nachmittags, Kindervorstellung. Die liebt er, so wie man im Vorbeigehen an Bäckereien den guten, warmen Geruch von frischen Brötchen liebt.

Die Heimkehr läuft reibungslos, der Aufzug erwartet ihn im Erdgeschoss, Nanu vor der Wohnungstür. Er erwischt sofort den richtigen Schlüssel, und die prallen Tüten mit der sauberen Wäsche entgleiten ihm trotz voller Hände – er hat auch die Post gleich mitgenommen – genau im richtigen Moment, nämlich unter der Hl. Notburga. Herr Harald schaut Nanu zu, wie sie das Schlemmerfilet verzehrt, erst gierig, dann genüsslicher, ratzeputz, alles weg. »Aber«, sagt er zu ihr, »wenn du nicht aufessen würdest, wäre das nicht schlimm. Die Verhältnisse ändern sich.« Nanu trinkt, putzt sich und schnurrt. Herr Harald steht dabei und bewundert die nahtlose Abfolge dieser sinnvollen Vorgänge, vom Fraglosen daran gestillt und gesättigt wie von einem harmonischen Schlussakkord. Dann bereitet er sein eigenes Schlemmerfilet in der Pfanne zu und spricht zu Nanu, die zwar im Körbchen liegt, aber die Ohren aufrichtet: »Wie du weißt, mag ich eigentlich keinen Fisch. Aber wenn man zu zweit ist und isst, dann kocht man nicht zweierlei, sondern einerlei. Und zu Cola schmeckt eigentlich alles.« Aus dem Radio dringt leise Musik, zwischendurch Gespräch. Da Nanu eingeschlafen ist, verzichtet er auf die fürs Zuhören nötige Lautstärke und betrachtet die Klänge und Stimmen einfach als Nachweis der Anwesenheit Dritter in seiner Küche. Noch jemand, der ihm Gesellschaft leistet – wie schön sich an diesem Abend alles rundet.

Nach dem Aufräumen zieht er, der schlafenden Nanus wegen, auf Zehenspitzen mit dem halbvollen Glas Coca Cola um ins Fernsehzimmer und schaut sich die erstbeste Sendung an. *Im falschen Körper geboren.* Nichts daran erstaunt ihn, auch an ihm sitzt nichts wie angegossen. Immer kratzt und scheuert etwas, reibt wund. Sein Mitgefühl beim Zuhören dieser unglücklichen Lebensberichte ist so groß, dass er die Hände knetet wie einer in großer Not. Das Bügeln erlöst ihn, er baut das Brett so auf, dass es schräg zum Bildschirm zu stehen kommt und ihm lediglich eine Seitenansicht der Gesichter und Körper bleibt. Das zischende Entweichen des Dampfs macht es zudem unmöglich, alles, was gesagt und beklagt wird, genau zu verstehen – gedämpft eben. Herr Harald beginnt immer mit dem Kragen, erst innen, dann außen, dann die Seiten, der Rücken, die Ärmel. Das besondere Hemd für die morgige Kindervorstellung zuletzt. Im Zimmer wird es wohlig warm, der arglose Geruch nach Frischgewaschenem, aufgebügelt, breitet sich aus. Als Herr Harald zu Bett geht, die Sendung ist längst zu Ende, hängen fünf tadellose Hemden im Schrank. Alles Krause ist glatt.

Bei seiner Ankunft an der Oper – des Schneematschs wegen ist er früher aufgebrochen, die guten Schuhe in einer Tüte, der Schuhtausch wird Zeit kosten – wimmelt es auf der großen Vortreppe bereits von Kindern und Eltern. Alles ist bunt, Jacken, Schirme, Mützen, als hätte ein Papageienschwarm sich dort niedergelassen. Sich überschlagende Stimmen, Lachen, herrliches Geschrei. Herr Harald atmet im Vorbeigehen tief ein, eine Extra-Prise Sauerstoff, reißt schwungvoll die Tür zum Seiteneingang auf. Den Pförtner grüßt er mit einem Winken. Der schaut kaum auf, sitzt in seinem Kabuff, Luftlinie wenige Meter von der Zukunft entfernt, die sich auf den Treppen zur Oper versammelt hat, und doch ganz davon abgeschnitten. Schade, denkt Herr Harald und ist kurz versucht, an die Scheibe zu klopfen und durch die kleine Luke zu dem düsteren Mann zu sprechen: *Sehen Sie, so viele Farben. Frisch gestrichen.*

*Und in allen Augen spiegelt sich die Welt.* Aber natürlich tut er es nicht, wer ist er denn, dass er auch noch zu predigen beginnt?! Oder übermütig wird. Lieber denkt er sich seinen Teil, seinen kleinen Teil, sicher im Brustkorb verwahrt.

Vor seiner Garderobe herrscht noch Ruhe. Herr Harald versteckt die mitgebrachte Schachtel mit den Schoko-Weihnachtsmännern in der Schublade. Den Deckel schon einmal geöffnet, damit er nachher, wenn der Ansturm der Kinder beginnt, nur hineingreifen muss. Dann der Rest, Routine: Hemdmanschetten unter den Ärmeln des Kittels gerade ziehen, die Brille polieren, für Nanus Genesung danken – das macht er seit Monatsbeginn, ohne Adressaten, gewissermaßen ins Weltall gesendet oder vielleicht auch nur bis zur niedrigsten schneeträchtigen Wolke. Ohne Adressaten, das schon, aber zielstrebig. Er blickt auf, Schritte, Stimmen, sieht er richtig? Ist die erste Person, die mit einem Lächeln und einem Kind an der Hand auf seine Garderobe zugeht, nein, eher -stürmt, denn sie rennt beinahe, vielmehr das Kind rennt, und sie versucht mitzuhalten –, ist das Johanna oder Marie? Das Haar windgezähmt, weil hochgesteckt? Sie ist es! »Diesmal«, sagt sie lächelnd, und entblößt dabei die ein wenig unordentliche obere Zahnreihe, »diesmal mit der korrekten Platzkarte.« Das Kind an ihrer Hand ist ein Mädchen mit fohlenbraunem Haar. Kleine Spangen in Schmetterlingsform klemmen die Strähnen an den Schläfen fest, das Mädchen trägt ein rotes Kleid und schaut Herrn Harald mit großer Ernsthaftigkeit an.

»Freust du dich?«, fragt er das Kind. Er macht eine Pause, die das Mädchen nicht unterbricht. Dann setzt er erneut an: »Freust du dich, mit der Mama in die Oper zu gehen?« Das Wort »Mama« schafft kaum die Lippenhürde. Das Kind sagt: »Das ist nicht meine Mama, das ist meine Tante.«

Währendessen hat Johanna oder Marie ihren Mantel ausgezogen und dem Kind beim Ausfädeln aus den Ärmeln geholfen. Nun legt sie Mantel und Anorak auf der Theke ab. Herr Harald riecht den Schnee. Der frische Geruch fährt ihm in die Nase wie etwas Aufmunterndes, Stärkendes oder gar Scharfes – Meerrettich zum Beispiel – und setzt genug Mut frei, um den Blick vom Kind zu Johanna oder Marie zu heben und zu sagen: »Ich habe Sie bereits ein paar Mal in Konzerten erlebt, beim Notenumblättern. So genau. Die Fingerspitzen.« Dann ist der Schnee verflogen, und Herr Harald schweigt.

Johanna oder Marie beginnt zu sprechen, sie braucht keinen Schnee oder Zirbenessenz oder was sonst noch, um unbefangen zu sein. Ja, solche Menschen gibt es! Herr Harald staunt dankbar. Sie nennt ihm ganz beiläufig zwei Termine im Januar und Februar, an denen sie im Einsatz sein wird. Ja, sie sagt tatsächlich »Einsatz«. Fügt an, dass es schöne Programme seien, die auch das Zeitgenössische einschlössen, »nicht so zuckrig.« Beim letzten Satz lächelt sie erneut, so als wäre sie ganz sicher, ihr Urteil über die meisten Klavierabende mit ihm zu teilen. Herr Harald sagt froh, er merke sich das gern, und hängt den großen Mantel und kleinen Anorak beieinander auf. Als er ihr die Garderobenmarke reicht, kommt es zu einer Berührung der Hände, und Herr Harald muss niesen. »Gesundheit«, sagt das Mädchen. Herr Harald entfaltet sein weißes Taschentuch, groß wie eine Serviette, und fragt, als sein Gesicht sicher dahinter in Deckung liegt, ob sie eine Katze habe. »Hatte«, sagt Johanna oder Marie, »ein Kater, aber der ist letztes Jahr an Altersschwäche gestorben.« Dann dreht sie sich um und weist, wie auch beim letzten Mal, auf die mittlerweile recht lange Schlange von Anstehenden, zieht die Schultern hoch – das bedeutet gewiss leises Bedauern darüber, das Gespräch nun abbrechen zu müssen, er versteht –, nimmt das Kind bei der Hand und geht, ihm noch einmal zuwinkend, zur Tür links. So kann er nicht mehr fragen, ob der Kater Peter hieß.

Nach der Begegnung bleibt Herr Harald so kraftlos zurück, dass er bis zur Pause still auf dem Schemel sitzt. Den Mantel von Johanna oder Marie lässt er nicht aus den Augen, dort hängt schließlich eine Zusage. Zur Pause stürzen die Kinder johlend ins Foyer wie am letzten Schultag vor den großen Ferien aus den Klassenzimmern. Die Mütter kommen kaum nach, und Herr

Harald, der sich hinter seiner Mantelwand nicht rührt – die Beine streiken –, versucht vergeblich, Johanna oder Marie mit dem Kind auszumachen. Besser so, denkt er, dann kann die Vorfreude aufs Wiedersehen beim Abholen der Garderobe wachsen. Würden wir uns auch während der Pause unterhalten, wäre ein Teil der Freude bereits aufgebraucht. Er spürt förmlich die für später aufgehobene unangetastete Fülle der ausstehenden Verabschiedung. Einer vorläufigen Verabschiedung, denn er, Herr Harald, ist ja eingeladen worden, sich zu einem der kommenden Konzerte einzufinden. Mit Datum. Mit Lächeln. Mit Bedacht.

Als sich die Türen öffnen, dringt so druckvoll Applaus aus dem Innern, als wäre er vorher eingesperrt gewesen. »Der Mäusekönig!«, hört er Kinderstimmen kreischen. Herr Harald humpelt zum Tresen, öffnet die Schublade, die rotbefrackten Weihnachtsmänner in der Schachtel richten irgendwie streng ihren starren Blick auf ihn. Dann: Gewusel und Geschnatter. Er hat keine Zeit zu hoffen, dass Johanna oder Marie mit Nichte sich weit hinten in der sich rasch bildenden Schlange befinden, damit noch Gelegenheit zu einem kleinen Gespräch entstehen möge. Reicht Mäntel, Stiefel, Weihnachtsmänner, wünscht eine schöne Adventszeit und guten Heimweg. Hängt Marken zurück an die Haken.

»Was machst du, wenn du hier wartest?«

Johanna oder Marie und das Kind stehen vor ihm.

Herr Harald erwidert: »Ich warte.« Er ist atemlos wie nach langen Wegen, deshalb fällt die Antwort kurz aus. Fragt dann seinerseits: »Wie heißt du?«

»Marie.«

»Wie deine Tante?«

»Nö.«

Herr Harald muss sich sehr anstrengen, um eine weitere Nachfrage zu unterdrücken und um auszuhalten, dass ihm – ja, wer? Johanna? – nicht aushilft, indem sie ihm ihren Namen verrät.

»Hat's dir gefallen?«

»Schon, aber Nussknacker ist ein komisches Weihnachtsgeschenk.«

Marie nimmt den Schoko-Weihnachtsmann entgegen und packt ihn sofort aus. Johanna – er muss sich erst daran gewöhnen, dass sie nur noch einen Namen hat, der nun merkwürdig fraglich ist – ist bereits in ihren Mantel geschlüpft, hält den Anorak des Kindes in der einen Hand und streckt die andere nach Marie aus: »Komm!« Zu Herrn Harald gewandt sagt sie liebenswürdig: »Dann auf bald.« Eine Haarsträhne hat sich aus der Frisur gelöst und wird weggepustet, so nebenbei. Das macht ihn traurig. Sein »Auf Wiedersehen« trifft nur mehr ihren Rücken.

Das Foyer ist leer, überall kleine bunte Fetzen des Staniolpapiers, in das die Weihnachtsmänner eingewickelt waren. Sie liegen aus wie die Fährte bei einer Schatzsuche. Beim Aufsammeln versucht Herr Harald, möglichst die Augenpaare zu ignorieren, die intakt geblieben sind und nun zu keinem Gesicht mehr gehören.

Draußen Schnee. Wie willkommen! Unter den Flocken wird der Abend wieder heller, sowohl in Bezug auf das Licht als auch auf das Gespräch. Es war doch herzlich! Herr Harald ist froh, als er die U-Bahn-Fahrt hinter sich hat und knirschenden Schneekrokant unter den Sohlen. Hoffentlich ist Nanu vor der Tür, dann kann er ihr ein wenig von dem Abend berichten, während sie sich mit einer letzten Mahlzeit und Fellpflege für die Nacht vorbereitet. Er zückt, in die eigene Straße eingebogen, schon einmal den Schlüssel. Der ungeschützte Moment, in dem er der Welt den Rücken zuwenden muss, um einzutreten, muss so kurz wie irgend möglich gehalten werden. In der Eile rutscht er auf glattem Untergrund aus, fast fällt ihm der Schlüssel aus der Hand und in den Gulli, gerade noch kann er ihn – und sich – fangen. Wenn es geschehen wäre! Wenn der Schlüssel in den Gulli gefallen wäre! Von den Schmutzwassern der großen Stadt davongeschwemmt, der Schlüssel, den er seit Jahrzehnten Tag für Tag nutzt, um sich dort einzulassen, wo er zweifelsfrei berechtigt ist. Eine kleine metallene Ballerinafigur als Anhänger, das Röckchen ehemals rot, mit Kratzspuren. Herr Harald umklammert das Figürchen fest und schließt mit einem Glücksgefühl die Haustür auf. Alles, was jetzt folgt, auch die gewöhnlichsten Handgriffe, Tee aufsetzen, Abendtoilette, Bettdecke aufschlagen, den Schlafanzug anziehen, wird nun Glanz gewinnen durch die so knapp verhinderte Katastrophe. Nanu wartet bereits vor der Wohnungstür, er lässt sie ein, schaltet das große Deckenlicht an, das die Hl. Notburga ausleuchtet und weckt. Der Windfang wirkt geräumig und gastlich. Herr Harald verzichtet auf einen Bericht des Abends, der womöglich nicht nur Bericht, sondern auch Klage geworden wäre: das sparsame Abschiedsgespräch, das Verschweigen des Namens. Das Kind, oder besser noch Johanna selbst, hätte doch auf seine Nachfrage sagen können »Nein, Marie heißt sie nicht, sondern …«. Beziehungsweise: »Nein, mein Name ist nicht, sondern …«, und ihm so aus der Verlegenheit helfen können, fortan mit dem von ihm gewählten Namen als zweifelhaften zu hadern. Und sich als Unbefugter zu fühlen. Also, kein Wort darüber zu Nanu. Es wäre, angesichts der Katastrophe, der er entgangen ist, einfach zu kleinlich. Sagt stattdessen, indem er den Schlüssel an den dafür vorgesehenen Haken hängt und der Ballerina bei ihrer kurzen Tanzeinlage zuschaut: »Nanu, das Leben ist so gut wie schön.«

Als er sich am nächsten Morgen zum Einkaufen auf den Weg macht, ist der Schnee schon verwirkt, graubraun, bereits mit körnigem Rollsplitt gesprenkelt, und überall gelbe Einspritzer von Hundeurin. Herr Harald vermeidet sie sorgsam, das verleiht seinem Gang etwas Schwankendes. Kinder zeigen auf ihn, da bemüht er sich, die Schrittlänge zu strecken, um den giftgelben Flecken zu entgehen. Er empfindet Scham. Darüber, nicht einfach beherzt darauf treten zu können, aber auch Scham über die Hunde, die ihre Ankunft, ihren Weg und ihre Platzbehauptung auf diese Weise geltend machen. Vor dem Supermarkt sind Schnee und Matsch geräumt, dunkel-nasser Asphalt ohne Spuren. Herr Harald atmet tief aus und nähert sich dem Regal am Eingang, auf dem Adventskränze zum halben Preis angeboten werden, es ist ja schon fast der dritte Advent. Die Tannenzweige sind bei den meisten Kränzen mit Kunstschnee bestäubt, bunte Kugeln und goldene Schleifen zwischen den Kerzen befestigt. Herr Harald entscheidet sich für den einzigen Kranz mit weißen Kerzen, lila und blau lehnt er ab, rote gibt es nicht mehr. Er setzt ihn vorsichtig in einen Einkaufswagen und eilt zum Tierfutter, dort kennt er sich mittlerweile aus, dort ist er befugt. Muss nichts erraten, sondern weiß Bescheid – darüber, was Nanu mag und was nicht. Entsprechend geschmeidig sind die Bewegungen, mit denen er ins Regal greift, Schälchen auswählt und neben dem Adventskranz im Einkaufswagen stapelt. Seit Nanu sein Gast ist, nutzt er für sich selbst die Sonderangebote stärker und die Waren, auf denen *Gut & Günstig* steht. Dankte ihm Nanu das, würde er sofort antworten: »Keine Ursache.«

Zu Hause befreit er den Adventskranz von Schleifen und Kugeln – er ist doch kein Kind –, und bettet dafür vorsichtig die wundersam aufgefundene Kastanie ins Tannengrün. Hübsch ist sie nicht, aber auch nicht hässlich, ein kleines Schädelchen eben, das die fehlenden Tannenzapfen vertritt. Der Kranz nadelt bereits ein wenig, als er ihn auf einem Untersetzer ins Wohnzimmer trägt. »Halt!« ruft Herr Harald. Holt aus dem Schlafzimmer das Fläschchen mit Zirbenessenz und träufelt vorsichtig ein paar Tropfen auf den Kranz. Sofort erfüllt ein kerniger, waldiger Duft den Raum. Herr Harald atmet ein. Er hat, ohne jede Begabung dafür, getrickst! »Getrickst«. Was für ein Wort!

Abends entzündet er drei der vier Kerzen, auch wenn der dritte Advent noch nicht erreicht ist. Das kann er sich leisten nach der verwegenen Aktion mit der Zirbenessenz. Dass ihm überhaupt ein Wort wie »verwegen« – zu Nanu gesprochen – so geläufig über die Lippen geht, ist ausreichend Beleg dafür, dass die Aktion etwas in ihm aufgespürt hat, das Mut ähnelt. *Ähnelt*, wohlgemerkt, nicht *ist. Verwegenheit.* Er wendet die Silben noch ein wenig hin und her, wie eine unbekannte Speise, die von allen Seiten mit der Zunge betastet wird. Nanu sitzt kerzengerade und bezeugt, die Ohren aufgestellt. Als die Kerzenflammen zu flackern beginnen, miaut sie und zieht in die Küche um. Das ist ihr gutes Recht. Herr Harald dagegen bleibt sitzen und betrachtet das nervöse Zucken der Flammen mit Wohlgefallen. Er mag auch den Geruch des verglühten Streichholzes, dessen rotes Köpfchen nun ganz schwarz ist – das Feuer, das Zünden: alles Veränderungen, als deren Verursacher er gelten darf. Gutes Zurücklehnen im Fernsehsessel. Bis der Geruch des Stearins Weihnachtslieder an die Oberfläche spült, und Bilder vom Singen, herzlosem Singen, Strophe um Strophe herausgewürgt, den Atem des Hintermanns im Nacken, die Haare nass gekämmt. Das Quäken der Stimmbänder. Auf die Engelszungen setzte es mit dem Taktstöckchen freundliche kleine Schläge zur Freisetzung des Engelhaften.

Herr Harald bläst die Kerzen aus, dünne Rauchfähnchen steigen empor. Er holt sein Notizbuch aus der Aktentasche und schlägt es auf. *Johanna*, schreibt er unter dem Datum auf die schöne rechte freie Seite – die linken sind nie so makellos, weil sich die Schrift der Vorderseite durchdrückt und aufdrängt wie eine Anweisung –, *Johanna heißt nicht mehr Marie.* Nun ist es festgehalten und in Ordnung. Der Kontrollgang in die Küche ergibt, dass Nanu nichts braucht, sondern im Nest schläft. Er belegt sich zwei Brotscheiben und umringt sie mit sauren Gurken, dazu ein Pfefferminztee. Als er das Tablett mit seinem Abendessen ins Arbeitszimmer trägt – zu den Nachrichten –, fliegt ihn ein eigenartiges Gefühl an: als versorge er einen gerade genesenen Patienten. Stimmt das? Er kann die Frage nicht mehr beantworten, weil der Nachrichtensprecher, Hemdmanschetten aus Beton und die Wirbelsäule gestreckt, bereits beim Nahen Osten ist, über dem ähnliche Rauchfahnen aufsteigen wie über dem Adventskranz, nah, denkt Herr Harald, ist stets riskant, springt auf, öffnet das Fenster. Die kalte Winterluft fährt herein wie ein heftig vorgebrachter Protest, erwischt ihn auf Brusthöhe, dass der Atem stockt. Kein Schnee, aber schneepralle Wolken. Dieser Himmel, so schwarz. Und ganz woanders – Australien, Neuseeland – unbarmherzige Sonnenglut. Ganze Landstriche in Flammen. Herr Harald öffnet den obersten Hemdknopf, der Kragen weitet sich, und er nimmt Kontakt auf zu einer 21.000 Kilometer entfernten Hitze. Allein, weil er es so wollte!

Die Woche vor Weihnachten ist voll, jeden Tag muss Herr Harald in die Oper, und einmal in die Philharmonie, um eine Kollegin mit Familie zu entlasten, die Weihnachtseinkäufe erledigen möchte. Für sich selbst und Nanu sind die Festvorbereitungen denkbar schmal und übersichtlich, er hilft also gern aus. Dennoch: In der zugigen Garderobe, die die gesamte Länge der Philharmonie einnimmt, fühlt er sich ausgesetzt und unklar, Abschnittsverwalter neben Abschnittsverwalter. Kein Regierungsbezirk wie in der Oper, den man durch Öffnen der Tresenklappe betritt, um dann, nach dem Einrasten derselben, für alle sichtbar das Regiment zu übernehmen. Ein weiterer Grund zum Unwohlsein – allerdings an beiden Orten –, sind die vermehrt abgegebenen Stiefel und schweren Winterschuhe, in deren dampfender Gesellschaft er zurückbleibt. Grobiane. Während die Eigentümer in zartes, blank gewienertes Schuhwerk schlüpfen. Nun denn, er ist Profi, also gefühlsneutral. Das ist der richtige Begriff: »gefühlsneutral«. Gelegentlich, wenn man Wörter zusammensetzt, verdoppeln sie ihr Gewicht nicht nur, sie vervielfachen es. »Luftschutzkeller«. »Gewitterfront«, ihm fallen noch viele, viele weitere Beispiele ein, insbesondere vor dem Einschlafen. Aber nur so, beweisen muss er sich das längst Erwiesene nicht mehr: Wörter haben Muskeln, und die kann man trainieren. Oder ihnen nachhelfen. Wie die Kraftsportler das tun. In den Fitnessstudios, um deren Eingang er immer einen großen Bogen macht. Wegen des Geruchs von Latex, Schweiß und Molke.

# IM JANUAR

Den Silvesterabend verbringt Herr Harald zu Hause, nach einer denkwürdigen Begegnung im Treppenhaus: Eine mitteljunge Frau mit unsicherer Haarfarbe spricht ihn im Parterre an, fragt, ob er der Herr sei, bei dem Kitty ab und zu nächtige. Beziehungsweise sich aufhalte. »Nanu?« fragt Herr Harald zurück. Sie spreche, sagt die Frau, von der Katze, ihrer Katze namens Kitty. Und bevor er antworten kann, führt sie aus, dass es in Ordnung sei, sich ein Haustier zu teilen, das mache man doch auch mit Autos, außerdem habe Kitty immer schon ihren eigenen Kopf gehabt. Im Gegenteil, geteilte Freude sei doppelte Freude – sie lacht kurz auf, weil ihr etwas gelungen ist –, und er möge Kitty in der Silvesternacht zu sich nehmen, vielmehr dafür sorgen, dass sie das Haus nicht verlasse, sie und ihr Lebensgefährte gingen nämlich aus, und das zu erwartende Geknalle würde das arme Tier verstören. Womöglich würde Kitty vor Angst noch unter einem Auto landen, der Alkohol, das Gefeire. Ihr Sprechen verebbt wie eine auslaufende Welle, lautlos folgen noch zwei, drei Mundbewegungen, dabei hält sie den Blick fest auf Herrn Harald gerichtet. So fest, dass es ihm den Mund verschließt wie unter einem Siegel. Er behilft sich mit heftigem Nicken, räuspert sich, hebt zustimmend die Hand. Sie zögert zwar, nimmt es dann aber als vollwertige Antwort und dreht mit den Worten »Dann ist das gebongt, danke« ab zur eigenen Wohnungstür. Erst jetzt sieht Herr Harald, dass davor eine Fußmatte mit Katzenabbild willkommen heißt. Er findet es unpassend, den Straßenschmutz der Schuhsohlen auf einem Katzenbuckel abzuladen. Im seitlichen Türrahmen die Botschaft: *Ein Heim ohne Katze ist nur ein Haus.* Das, denkt Herr Harald, trifft zu. Aber auf die Wohnung im vierten Stock.

Er kocht dasselbe Menü wie am Weihnachtsabend, Cordon bleu vom Metzger und Kartoffeln, Nanu bekommt frisches Rinderhack. Herr Harald hat es in kleinen Portionen in Alufolie eingewickelt und für feierliche Anlässe eingefroren. Draußen immer wieder Explosionen, Knallfrösche. Lauter aber hört er das Ächzen der Wolken, der Frost hat ihnen klirrende Rüstungen angelegt. Er ist angespannt, die Vorstellung, Nanu den Ausgang zu verweigern, den anzutreten sie vermutlich nach der Festmahlzeit beabsichtigt, missbehagt ihm. *Kitty.* Ein dummer Name, der alles übersieht, was Nanu ausmacht. Takt und Eigensinn. Er hört sich an wie ein Plastikspielzeug, wie ein Werbeartikel, der gratis verteilt und von den Empfängern sofort in den Müll geworfen wird. Herr Harald klopft das Cordon bleu flach. Am Heiligabend ist es ihm gelungen, zart und saftig. Da hatte sich Nanu zu ihm gesellt, auf seinen Füßen Platz genommen, so dass sich die Pantoffeln aufwärmten und lebendig anfühlten und seine Brille beschlug. Auf dem Adventskranz leuchteten alle vier Kerzen, ohne Qualm, im Fernsehen Bethlehem und Glockengeläut. Die Haut unter der Cremeschicht besänftigt. Das war Weihnachten.

Heute dagegen ist das Fleischstück störrisch und bleibt eigentümlich geschwollen. Der Klopfer aus Holz, die eine Seite glatt, die andere mit spitzen Dornen bestückt, ist älter als er selbst. Hat seit Generationen flach geklopft, was sich anstellte. Mit der Dornenseite schlägt er zu, so dass auf der Oberfläche des Cordon bleu ein hübsches Lochmuster entsteht und die Käse- und Schinkenscheiben leicht verrutschen. Irgendwie aufgebracht wirft er seine Festmahlzeit in die Pfanne, das Fett zischt wie eine Natter. Das Kartoffelwasser kocht über. Herr Harald öffnet das Piccolo-Fläschchen, das zum Jahreswechsel gehört, und schenkt sich die Hälfte ein. Einmal hat er eine Kochsendung im Fernsehen angeschaut, bei der die beiden Köche mitten im geschäftigen Schnipseln und Rühren immer mal wieder einen Schluck Wein verkosteten, als handelte es sich beim Zubereiten aufwendiger Mahlzeiten nicht um Arbeit, sondern um Vergnügen. Ein Versuch ist es wert. Er wischt sich die Hände an der Schürze ab, hebt das

Glas, auf *Mr. Goodlooking is Cooking* bleibt eine Fleischfaser hängen: »Prosit!« sagt er zur eintretenden Nanu und »Wohl bekomm's!« zu sich.

Beim Essen studiert er den Dienstplan für die kommenden Wochen, das Radio singt Weihnachtslieder dazu. Lieder für den Jahreswechsel gibt es wohl nicht, die Walzer sind erst am folgenden Tag an der Reihe. »Von mir aus«, sagt er zwischen zwei Bissen, denn er fände es unhöflich, in Nanus Anwesenheit, zudem an einem Festabend, die Dinge nur lautlos zu denken und nicht auszusprechen. Sie scheint zu ahnen, dass es ein besonderer Abend ist, bleibt in seiner Nähe und schaut zu, wie er die Teller des ersten Gangs abräumt, abspült, dann den Sand im Katzenklo austauscht und ihren Schlafplatz in der Küche neu richtet. Der Sekt stellt etwas an mit ihm, die Kohlensäure ist unter der Schädeldecke angelangt und sprudelt dort. Das, sagt er sich (und ausnahmsweise nur sich, Nanu wird es verstehen), das ist wohl Übermut, nah am Frechsein. Draußen nehmen die Generalproben fürs Feuerwerk zu, es knallt und kracht, brenzlige Luft dringt durch das gekippte Küchenfenster. Zeit für den Nachtisch, es gibt noch Eis, Stracciatella, es schmeckt so gut, wie das Wort klingt. Umzug ins Wohnzimmer. Die Schokoladensplitter knacken schön, wenn er sie zermalmt. Er horcht in sich hinein und verfolgt, bequem im Fernsehsessel sitzend, wie das Cordon bleu, längst im Magen gekentert, eisig ummantelt wird.

Mantel! Der Mantel aus der Garderobe, auf der städtischen Mülldeponie gelandet und zerfasert, und ob ein Knopf fehlt oder zu viel ist – wen schert das. Wie der Kopf saust! Er muss kichern, alles schwankt, Jahreswechsel sind ganz schön stürmisch. Die gute Laune im Fernsehen scheint ihm gleichwohl übertrieben. Nanu? Wo ist Nanu? Der Schreck ernüchtert ihn, er kämmt im Bad den Scheitel nach, so richtet sich alles wieder gerade, und er kann überlegen: Die Wohnungstür ist fest verschlossen, Nanu muss also in der Wohnung sein. Herr Harald begibt sich auf alle Viere und inspiziert seine Räume in neuer Haltung. Sieht auf einmal alles, was auch Nanu bei ihren Rundgängen entdeckt: Staubflusen unter dem Bett, unter dem Couchtisch Reisig vom Adventskranz, lose Leisten im Schlafzimmer, ein verknitterter Zettel. Als er ihn entfaltet, liest er Zahlenreihen in der eigenen Handschrift. Wann hat er je etwas berechnet? Wie gut es ist, denkt er, und tastet nach dem vom anstrengenden Kriechen schon wieder verrutschten Scheitel, wie gut es ist, einmal alles von unten zu betrachten. Und krabbelt ins Wohnzimmer zurück.

Da ist sie! Unter dem Sofa, im hintersten Eck. Ihre Augen funkeln eigenartig. Als wären sie von der Angst elektrifiziert. Draußen Explosionen. »Nanu«, spricht Herr Harald und streckt sich der Länge nach aus, seine linke Wange flach auf den Boden gedrückt, damit sie sein Gesicht besser sehen kann, »Nanu, das ist bloßes

Getöse. Wie bei der *Röhm* im Backofen.« Er sucht nach einer überzeugenderen Formulierung und fügt an: »Aus Angst Angst einjagen, verstehst du?« Zum Staunen, dass er das sagt – da kommt etwas zum Vorschein, vermutlich, damit auch Nanu sich trauen möge, zum Vorschein zu kommen. So ungefähr. Dann fällt ihm ein weiterer Vergleich ein, die Fehlzündungen bei Mofas, ein Geknatter, das ganze Straßenzüge aufwecken kann! Nichts ist harmloser. Er führt das aus, im Liegen, auch wenn ihm das Sprechen in dieser Position schwerfällt. Nanu hört zu und miaut schwach, bleibt aber unter dem Sofa. »Ich bin da«, sagt Herr Harald zum Schluss und rappelt sich auf, die Kniegelenke ganz verdreht. Die Brille sitzt schief auf dem Nasenrücken und wird zurechtgerückt. »Ich bin da.«

Das war Silvester.

An dem Januartermin, den Johanna ihm genannt hat, hat er Dienst. Eine kleine Freude durchfährt ihn bei der Vorstellung, sie wäre enttäuscht über sein Fehlen. Bis eine innere Spottstimme erklingt: Unsinn. Er macht sich schwunglos an die Vorbereitungen zum Dienstantritt, selbst die Versorgung von Nanu geschieht mechanisch und wortlos. Kein besonderes Hemd. Er zieht ein ungeliebtes, anthrazitfarbenes vom Bügel, das er selten trägt, ein Hemd, findet er, sollte weiß sein. Der Stoff liegt rauh auf, »schürfen« fällt ihm dazu ein, das allmähliche Abtragen der Haut. Er grollt dem Hemd, er grollt dem Dienstherrn, er grollt dem großen Ganzen. Zieht sich gleich nach Beginn der Vorstellung in den hinteren Bereich der Garderobe zurück, vor ihm die stramme Mantelfront, und schaltet das Radio ein. Auch im Schönsten Theater der Stadt beginnt nun sicherlich das Konzert, Halbdunkel senkt sich über den Zuschauerraum, knisternde Erwartung in der Luft. Gedimmtes Licht. Herr Harald legt die Brille ab und schließt die Augen, im Radio, auf Flüsterlautstärke, wird ein Klavierstück angekündigt, »Reverie«, sagt der Sprecher und schickt nach, dass es sich dabei um eine Träumerei handle, Tagträumerei – für die er gute Reise wünsche. »Danke«, sagt Herr Harald und lädt Johanna nach Hause ein. Er legt eine Tischdecke auf die Resopalplatte des Küchentischs, geblümt. Sie fährt mit einem Finger die Umrisse einer aufgestickten Blüte nach und hört freundlich seinen Angeboten zu: »Tee, Kaffee, Wasser, Brause«, und wählt Brause, Geschmacksrichtung Waldmeister. Dass er Brause im Haus hat! Die so schön auf der Zunge explodiert. Während sie wohl gerade jetzt aufspringt, das Notenblatt wendet, richtet ihr Herr Harald zum zweiten Mal ein waldsattes Lager aus Moos und Gras, vor dem beider Schuhpaare mit zugewandten Spitzen stehen, so dass man sieht: An Flucht ist nicht gedacht. Die Waldmeisterbrause ist jägergrün. »Ahoi.« Womöglich ist die Reise eine Seefahrt, das ist mehr als hinnehmbar, das ist erwünscht. Das Mooslager wird zur Wiege, zur Dschunke, schaukeln, schaukeln, dem Wellengang nichts entgegnen müssen, schaukeln bis ein Tag anbricht, ein achter Tag. Johanna sagt Worte, keine muskulösen, während ein leichter Wind ihr blaues Kleidsegel bläht. Worte wie »Grasnarbe« und »Luftscholle«. Sie händigt sie aus, an ihn, vorgewärmt, der eisige Januar mit seinem Neujahrshochmut hat das Nachsehen.

»Herr Harald!«

Die Türschließerin zu seiner Linken ruft. Sie steht am Garderobentresen und hebt eine Hand, ein blutiges Papiertaschentuch um einen Finger gewickelt. »Herr Harald!«

Er springt auf, taumelt ein wenig, vom Schiff an Land. Harter Übergang.

Gewiss, er hat Pflaster und Schere und Desinfektionsmittel, nur rasch die Brille holen. Er schiebt sie in Position und sieht klar: ein tiefer Schnitt. Öffnet die Schublade und legt *Bella Italia* zur Seite, die kleine Hausapotheke, eine Metallschachtel mit rotem Kreuz, ist ganz nach hinten gerutscht. Die Türschließerin schimpft auf die scharfe Kante, an der sie sich im Bad verletzt hat, und hält ihm ihren Finger so hin, dass er ihn ansprühen und verpflastern kann. Ganz leicht geht das, selbst die paar Blutstropfen auf der Glasplatte sind nicht der Rede wert und werden fortgewischt. Es riecht nach Arztpraxis.

»Sie lernen Italienisch?«

Herr Harald hört die Fragezeichen – vier oder fünf – durchaus mit, aber er sagt nur freundlich ein zweites Mal: »Gewiss.«

Seine Pflaster sind Kinderpflaster mit lustigen Bildern darauf, daher sieht nun der Finger der Türschließerin ganz jung aus. Sie bedankt sich, indem sie ihn in die Höhe hält und mit der Fingerspitze eine Verbeugung imitiert. »Was heißt denn Pflaster auf Italienisch?« fragt sie, schon im Gehen, in einem neckischen Ton und setzt noch einmal bekräftigend hinzu: »Pflaster?«

»Ich weiß es nicht«, sagt Herr Harald. Dann, leiser – da hat sie schon auf ihrem Klappsitz an der Tür Platz genommen –, sagt er »cerrotto« und kehrt in seinen Winkel zurück. Im Radio aus der Traum.

Obwohl es am nächsten Tag, seinem freien Tag, eisig ist, beschließt er, einen langen Spaziergang zu unternehmen. Der Canaletto ist zugefroren, die Atemwolken entweichen sichtbar. Wie Abgase dem Auspuff von Autos, denkt er, trüb gestimmt, genauso schädlich, nur vorneweg. Der Himmel hängt durch. Die Bänke entlang des Kanals sind eisverkrustet, bei einigen ist das Holz morsch, die einst grüne Farbe eingeschwärzt. Die meisten tragen auf den Rückenlehnen Plaketten mit den Namen der Spender. *Verweile doch* steht auf einer, und Herr Harald hat eine Idee, wahrt darüber aber vorerst Schweigen, es hat keine Eile. Aber die Idee wärmt ihn auf dem Heimweg, Er schlägt den Mantelkragen hoch, vergräbt die Hände in den Taschen und schreitet flott aus. Er könnte auch bummeln – seine freie Wahl. Zuhause angekommen, trägt er mit noch klammen Fingern das Wort des Monats ins Notizbuch ein: *Bürger.* Nanu, die bei den Januartemperaturen sehr häuslich ist, wird eingeweiht: eine Parkbank am Canaletto. Mit der Inschrift: *Zwei Bürger.* Es muss nur noch herausgefunden werden, wie eine solche Spende vonstatten geht. An den Computer in der Stadtbücherei würde er sich jedenfalls nicht mehr setzen. Und falls die Kosten zu hoch wären – es gibt Ersparnisse, aber Vorsicht ist geboten –, dann wäre dennoch die Idee da gewesen und hätte eine Spur hinterlassen, die, wie jede Spur, von vorheriger Anwesenheit zeugt. *Zwei Bürger* wiederholt er in Nanus gespitzte Ohren hinein. Sie fährt einmal mit der Zunge rund ums Maul, wischt mit der Pfote über die Augen, nickt und verzieht sich. Das reicht völlig.

Herr Harald steht am Küchenfenster, der Hof dunkel weit unter ihm, die Mülltonnen nur mehr Schemen. Gedämpft fällt Lichtschein aus den Fenstern rundum in die milchige Nachtluft, dort, wo ein Fenster gekippt ist, entweichen Stimmen, Rufe, Musik. Lauter Bürger. Die wie er sich gleich an die Zubereitung des Abendessens machen werden, telefonieren oder einfach nur die Stunden vergehen lassen. Er öffnet sein Fenster weit, herrlich winterliche Luft fährt wie Pfefferminzatem herein, scharf und kraftvoll. Er lässt seinen Blick über die gegenüberliegenden Fassaden schweifen. Die Stimmen und Geräusche bilden einen Chor, einen gemischten Chor. Eine einzige Lunge hat ein Chor, denkt Herr Harald und wendet sich ab. Das Fenster im Rücken, betrachtet, nein, prüft er die eigene Küche wie ein Beispiel.

Dann widmet er sich seiner Idee. Notiert aus dem Telefonbuch eine Liste möglicher Ansprechpartner in der Stadtverwaltung – Baureferat? –, die ihm weiterhelfen könnten. Es will gut überlegt sein, wie er sich als Parkbankspender einführt. Das Wort »Anliegen« wird vorkommen und das Wort »Bürger« und das Wort »Einkehr«. Nein, »Innehalten«. Einkehr klingt zu sehr nach Gaststätte. Aber ist nicht eine Bank eine Gast-Stätte? Das Grübeln strengt ihn an, er wird morgen weiter feilen – morgen, wenn das Licht zurückkehrt und die unfreundliche Januarverstocktheit durchdringt und verdrängt. Er schlägt das dicke Telefonbuch zu und lagert es wieder im Fach des kleinen Schränkchens unter der Hl. Notburga. Lässt Nanu ziehen, die seine Kältewarnung nicht beachtet und aus dem Stand, kaum dass er die Tür geöffnet hat, in leichten Trab fällt, bis sie den Treppenabsatz erreicht. Unbeholfenheit kennt sie nicht.

Über Nacht verschwindet die Idee – nein, nicht die Idee, sondern der Plan. Als Idee erfreut sie weiter, als

Plan, also als grüne Bank aus Holz und Metall, stirbt sie. Herr Harald steht auf und weiß, er wird nicht beim Baureferat anrufen, und er wird folglich auch keinen Schreck bekommen wegen der in Aussicht gestellten Kosten. Einem Schreck ist er entgangen, die Stärkung dagegen, die sich einstellt, wenn man eine gute Idee hat – die hat er erfahren dürfen.

Ein klarer Tag bricht an, erneut schneidend frostig, gewetzte Luft. Sein Geburtstag. Als Januarkind kennt man das Frieren und wird, im Gegensatz zu Sommerkindern, von den harten Monaten nicht kalt erwischt. Das ist ein Vorteil. Herr Harald denkt wie bei jedem Geburtstag auch an diesem darüber nach, wie merkwürdig es ist, dass einer der dreihundertfünfundsechzig Tage im Jahr der eigene Todestag sein wird. Dieses Jahr ist es sogar das zweite Mal, dass er es tut (das erste fand außerplanmäßig statt, eines Nachts, da lässt die Kontrolle durch die Zentrale nach). Der Todestag, ein Tag, den man unwissentlich Jahr um Jahr verstreichen lässt oder irgendwie begeht, bis es so weit ist. Von keinem Kalender vorher erfasst. Nur nachzulesen. Manche Menschen, das hat er bei seinen Spaziergängen auf Friedhöfen gesehen, melden sich schon einmal als zukünftig Bestattete an: Dann steht auf dem Grabstein ein Name, ein Geburtsdatum und, nach einem Bindestrich, eine klaffende Lücke. Wegen dieser schwierigen Ausgangslage wird der Geburtstag von ihm nicht hervorgehoben, das würde nur Kopfweh bereiten, wenn beide Daten aufeinanderprallten, das bekannte und das unbekannte. Allein ein zusätzlicher Cappuccino im Stehcafé um die Ecke ist genehmigt, nicht zur Feier des Tages, sondern zu seiner Entlastung – gewissermaßen im Vorübergehen zwischen zwei Erledigungen. Herr Harald kann allerdings nicht verhindern, dass er nach seiner Rückkehr, beim kurzen Mittagsschlaf, von seinen Sonnenlieblingen an geschotterten Dämmen und in Rinnsteinritzen träumt, die leuchtend gelbe Grüße senden. Und in der Hälfte des Jahres blühen, in die sein Geburtstag nicht fällt. Folglich wird er den Traum, beim Aufwachen, als Geschenk betrachten. Müssen oder dürfen? Dürfen!

# IM FEBRUAR

Mehr Licht. Und nicht nur mehr – auch anderes Licht: gleißend, ohne zu blenden, als schaute man durch feinstes schneeiges Porzellan. Im Februar hat Licht eine Farbe. Es gibt Krokusse. Und eine Aussicht – Johanna. Die bis zum Konzertabend zu verbringenden Tage haben eine andere Verfassung als Tage, die bloß umgehen, gleichgültig, womit er sie belädt. Auch ein Tablett kümmert sich schließlich nicht darum, was man ihm aufträgt. Dagegen bekommt die vor ihm liegende Zeit den Glanz des Anlaufs, Anlaufs zu einem weiten Sprung, einem Luftsprung! Ausgehebelt die Schwerkraft, die auf alle Scharniere drückt. Doch zunächst führt der neue Schwung zu einem kleinen Unfall. Herr Harald stolpert über Nanu, die ihm um die Beine streicht, und stürzt bäuchlings im Windfang zu Boden. Bleibt, bis auf eine Beule, die er sich am Schirmständer zuzieht, unversehrt. Die Brille aber geht zu Bruch, der dünne Metallrahmen verbogen. Er sammelt sorgfältig das gesprungene Glas auf und legt es zusammen mit dem Rahmen in das Brillenetui. Erinnert sich an die Werbung einer großen Optikerkette, die vor wenigen Tagen im Briefkasten lag, Neueröffnung einer

Filiale in der Steinzeit. Auf dem Hochglanzfoto sieht man zwei sehr glückliche Menschen, einen Mann und eine Frau, schöne, leichte Brillen mit bunten Rahmen auf der Nase, die den Optiker im weißen Kittel anlachen wie Gerettete, denen nicht eine Brille verkauft, sondern das Augenlicht zurückerstattet wurde. Dorthin würde er gehen.

Er tappt durch den Flur ins Bad, ordnet sich und beruhigt Nanu, die, über seinen Sturz erschrocken, miaut, beinahe eine Art Weinen, das nun verebbt, letzte Schluchzer. »Es ist nichts passiert«, wiederholt Herr Harald, »Stolpern und Stürzen gehören dazu.«

Der Optiker eilt ihm, als er eintritt, so freudig entgegen, als käme es endlich zu einer lang ersehnten Begegnung. Er wie auch alle anderen Angestellten in dem grell ausgeleuchteten Laden tragen Brillen. Die sind so fantastisch in Farben und Formen, dass Herr Harald mutlos wird und auf die Frage, wie ihm geholfen werden kann, stumm das Etui öffnet, in dem leblos die Reste der alten Brille liegen. Dazu der vor Jahren ausgestellte Vermerk über die Schwäche jedes Auges, beide im Minus, deshalb, das weiß er, sieht er nur aus der Nähe gut. Er verspürt einen Druck auf dem Brustbein – möge es bitte Beharrlichkeit sein! Die sich zur Verteidigung der Kurzsichtigkeit regt.

Der Chef winkt eine seiner Angestellten heran und bittet Herrn Harald, Platz zu nehmen. Überall Spiegel.

Kein Entrinnen. Eine Dame nähert sich, auf dem weißen Kittel steht ihr Name, aber ohne Brille ist es ihm unmöglich, ihn zu entziffern, und als sie ihn nennt, ist er zu aufgeregt, um ihn zu verstehen. Jedenfalls ist sie blond, die Haare sind toupiert und spröde, kunstvoll getürmt. Vielleicht erinnert ihn das zarte Gespinst an Zuckerwatte, dazu später mehr, denkt er, zunächst müssen Fragen beantwortet werden.

»Der Rahmen wieder Metall?«

Herr Harald nickt: »Unbedingt.«

Sie öffnet eine Schublade mit viel zu vielen Brillen und sagt »Schaun wir mal.« Das tut sie dann auch, nimmt prüfend Gestelle in die Hand und misst mit ihrem Blick sein Gesicht aus: »Rund«, sagt sie, verbessert sich, halblaut sprechend: »eher rund. Mit einem leichten Hang zum Weichen.«

Sie hält vor alle Rahmen, die sie für seine Gesichtsform als passend befindet – dutzende sind es! – Gläser in der richtigen Stärke und fordert ihn auf, sich im Spiegel zu betrachten und den Anblick zu benoten. Um ihm die Brillen aufzusetzen, beugt sie sich tief über ihn, ja, sie liegt beinah auf ihm. Herr Harald spürt, wie Hemdkragen und -manschetten zu scheuern beginnen, die Ohren zu glühen, die Kopfhaut zu jucken. Protestieren würde er gern, die zarten Metallgestelle von seinem Nasenrücken zerren und in der Faust zerquetschen, eng ist es unter der Achselhöhle seiner Quälerin, viel zu eng,

eng wie in der Fruchtblase. Die soll aufreißen, aufplatzen, dass er entspringen kann! Ausrufen kann: Du bist nicht meine Busenfreundin! *Tibor!* Herr Harald meldet sich bei seinem Ansprechpartner, schließlich liegt eine Not vor und die letzte Inanspruchnahme lange zurück – und Tibor ist zur Stelle. Verscheucht die Aufdringliche, ihre Umrisse verschwimmen, ihre Stimme verstummt beinah, versandet zu einem leisen Raspeln, nicht lauter als das Aneinanderreiben von Schmetterlingsflügeln. Ihre lästigen Finger in seinem Gesicht sind nicht mehr Berührung, sondern belanglose Bewegungen, von belanglosen Nervenreizen ausgelöst und belanglosen Muskeln durchgeführt. Das geht ihn nichts an.

»Die«, sagt er nach Tibors Abgang mit belegter, aber gefestigter Stimme und ohne Blickwechsel mit dem gespiegelten Herrn Harald, dabei hält er den zuletzt aufgesetzten Rahmen an den Bügeln fest, »die nehme ich.«

»Gute Wahl!« Das sagt sie, ihr Ton aber verrät Missbilligung. Schnelle Entscheidungen werden bereut, diese Regel gilt, im Leben und bei der Brillenauswahl. Er spürt, er muss ihr etwas entgegnen, Triftigeres zu seiner Entscheidung vorbringen, ein Lob gar, und sagt: »Schön drahtig.« Er erntet ein Lächeln von ihr, ein schiefes, will aufstehen, aber sie drückt ihn sanft in die Sitzposition zurück. Er riecht sie nun, da sie sich erneut über ihn beugt, es ist ein milder, mütterlicher Geruch, euterwarm, wie eine Decke legt er sich über ihn, aber er ist falsch darunter geborgen. Und sie hat ein neues Stichwort: »Gleitsicht«. Gleitsicht, führt sie aus, ermögliche ihm einen glatten Übergang von der Fern- zur Nahsicht, er könne beispielsweise aus dem Fenster schauen, die Vögel auf dem Balkon beobachten und dann seinen Blick wieder auf das Buch senken ohne jeden Schärfeverlust. *Schärfeverlust.* Das Wort selbst hat eine geschliffene Klinge und fährt ihm über den Mund, der stumm bleibt. Sie rate zu diesem runden Gestell, für das er sich klugerweise entschieden habe, das empfehle sich bei Gleitsicht, denn der Nahsichtbereich brauche Platz auf dem Glas. Preislich komme es etwas teurer, im Gegenzug nehme die Lebensqualität aber massiv zu. Die Brillenträger, die ständig mit mehreren Etuis für unterschiedliche Sehzwecke unterwegs seien, erscheinen in ihrem Redeschwall als unglückliche, linkisch die verkehrte Brille aufsetzende Mitmenschen. Herr Harald sagt dreimal hintereinander *ja* und rutscht tiefer im Stuhl, so dass er nicht mehr so dicht unter ihrer Achsel zu sitzen kommt. Dafür schmerzt der Rücken.

Es ist vorbei, die Ladenglocke schlägt an. Herr Harald steht, ein wohltuend kalter Luftschwall erreicht ihn, als ein weiterer Kunde eintritt. Er nimmt eine Ersatzbrille in Empfang, eine Rechnung und einen Termin zur Abholung. Der liegt einen Tag vor dem Konzert, bei dem Johanna Dienst haben würde. Auf die Straße getreten, erfüllt ihn unversehens Freude über die

Brillenveränderung, er wird ihr als Erneuerter gegenübertreten, als jemand, der nah und fern gut sieht. Zum Schluss hatte die blonde Dame mit dem überaus kunstvollen Haargespinst zu ihm gesagt, er habe einen Charakter, und nun – überfällig! – die Brille dazu.

In der Wohnung zurück, setzt er die neu gewonnene Energie ein, räumt, ordnet, lüftet und fasst einen Plan: Er wird für Nanu in der Wohnungstür eine Katzenklappe wie die in der Tür zum Hof einrichten lassen, sie soll in ihrem Kommen und Gehen gänzlich unabhängig von ihm sein. Nanu ist frei. Er wiederholt es bei ihrem Eintritt: »Du bist frei.« Nanu federt in die Küche und frisst, Antwort genug. Für die Mittagspause nimmt er zur Entspannung *Was blüht denn da?* vom Regal, Bibel und Einkommenssteuerratgeber bleiben allein zurück. Es macht ihm wie stets große Freude, die Fachausdrücke zu lesen und die dazugehörigen Bilder zu studieren, Freude, eine genau und planvoll gebändigte Vielfalt zu verkosten, so wie andere Menschen Wein verkosten. Erforderlich dafür ist lediglich ein genauer Blick. Es gibt *Dolden* und *Trugdolden, Quirlen* und *Rispen, Zungenblüten* und *glockige Blüten.* Bei den Blattspreiten gibt es *lanzettliche* und *schildförmige, spatelige* und *pfriemenförmige.* Über dem *Steifen Augentrost* und dem *Gemeinen Wiesenaugentrost* nickt er ein. Die Blüten, halb so groß wie ein Fingernagel, strecken ihm lustig ihre gelbe Zunge heraus; so wird es ein freundliches Einschlafen.

Als er die Brille abholen geht, weiß er nicht mehr, wie er die vergangenen zehn Tage verbracht hat. Nur, dass sie nicht vorübergehen wollten, den Glanz des Anlaufs verloren hatten, dass sich die Zeit in der Garderobe zäh dehnte, Radio und Italienischbuch schwiegen, die Operngäste höflich, aber freudlos von ihm bedient wurden. Ein halber Vormittag, ein ganzer Nachmittag, eine ganze Nacht und ein weiterer ganzer Tag trennen ihn noch von Johanna, das sagt er unterwegs zum Brillengeschäft auf wie einen Abzählreim. Für den morgigen Vormittag, also den Tag des Konzerts im Schönsten Theater der Stadt, hat er allerdings ein volles Programm, den kann er aus der Liste streichen.

Beim Optiker wird er auch dieses Mal mit Begeisterung empfangen – wie ein Bekehrter. Die Gläser der neuen Brille werden noch rasch poliert, dann sitzt sie auf seiner Nase. Er händigt die geliehene eilig aus und stürzt aus dem Laden, bevor die Angestellte die Androhung, den Rahmen anzupassen – mit Hinweis auf den nicht ganz schmalen Nasensattel –, wahr machen kann (die Hände hat sie bereits ausgestreckt). Zu Hause sieht Herr Harald die Druckstellen und beschließt, sie hinzunehmen. Nicht die Brille, sondern die Nase muss sich anpassen, so geht nun mal Erziehung. Den Nachmittag verbringt er bis zum Aufbruch in die Oper am Fenster, das sich zur Straße öffnet. Nur noch warten kann er. Ein Kissen unter den Armen, beobachtet er glückende und missglückende Einparkmanöver, schüttere Scheitel, schwer beladene Mütter mit Kindern und Kinderwagen, Tauben. Dabei zieht die Sonne, verborgen hinter fleischigen Winterwolken, von rechts nach links. Erst kurz vor Einbruch der Dunkelheit und seinem Aufbruch zum Dienstantritt leuchtet sie in einer Wolkenlücke auf wie ein kurzer Gruß.

Dann ist es so weit. Ein klirrend kalter Tag. Herr Harald rasiert sich, kleidet sich sorgfältig an – das besondere Hemd –, holt die *Röhm* aus ihrem Versteck, schlägt sie in ein Küchenhandtuch ein und verstaut sie in der Aktenmappe. Diese stellt er im Windfang unter die Hl. Notburga, nun hat sie neben der Sichel Weiteres zu bewachen. Nanu wird versorgt und informiert, dass er wichtige Dinge zu erledigen habe. Sie schaut ihn aus klugen Augen an, legt den Kopf schräg, als würde sie nachdenken, dann dehnt sie sich mit ausgestreckten Vorderpfoten, macht einen Buckel und schreitet zur Tür. Wie das Fell glänzt! Er streicht über ihren Rücken, zum ersten Mal. So fühlt sich Fell an. So eigen. Er lässt sie gehen.

Draußen nur noch Schneereste, zu Schollen gefroren. Er umgeht sie vorsichtig, der Weg zum Blumenladen ist lang. Die Sträuße, die der nahe Supermarkt anbietet, kommen für Johanna nicht in Frage. Für Johanna müssen es Freesien sein. Zurück zu Hause stellt er den Strauß in ein altes Einmachglas, öffnet das Papier am oberen Rand und atmet den Duft ein, der sich sofort in der Küche ausbreitet. Einen Duft zu kosten, verringert ihn nicht – anders als bei einem Getränk. Er beraubt also Johanna nicht, wenn er selbst schon einmal den Freesienduft in alle Luftwege einlädt. Der Gedanke beschwingt ihn noch, als er sich bei Anbruch der Dämmerung auf den Weg macht, die Aktenmappe unter dem Arm, den dick eingepackten Strauß in der freien Hand.

Als er die Querstraße erreicht, erblickt er auf der gegenüberliegenden Seite Nanu. Nanu, die auf dem Sprung ist! Aber da kommt ein Auto! »Nanu!« ruft er, und dann, während er selbst mit einem großen Satz auf die vereiste Fahrbahn springt, »Kitty!« Der Alfa Romeo Giulietta, signalrot, erwischt ihn, eher sanft, an der linken Hüfte, und doch schwungvoll genug, um ihn einen Salto – der erste in Herrn Haralds Leben! – vollführen zu lassen, die Aktenmappe, die *Röhm* und die Freesien fliegen mit. Alles fort, auch die neue Brille! *Gleitsicht. Kompromisslose Fahrdynamik.* Ein Lächeln zeigt sich auf seinem brillenlosen Gesicht, nun hat es Platz. »Natürlich, sie heißt Julia!«

Hört er, dass der Mann, der sich zu ihm hinabbeugt und die Halsschlagader unter dem Schal ertastet, ausruft: »Der lebt!?«

Wer weiß.

*Bitte beachten Sie auch*
*die folgenden Seiten.*

JUNG UND JUNG VERLAG

Dagmar Leupold
*Muttermale*
Roman

Virtuos, behutsam und unerbittlich: Dagmar Leupold bringt Dinge zum Sprechen – sie erzählen von der Mutter, aber auch von Krieg, Flucht und Fremdheit.

Wie erzählt man von der eigenen Mutter? Vor über hundert Jahren in Ostpreußen geboren, vor der Roten Armee geflohen, auf Umwegen irgendwo im deutschen Westen angekommen und dort, im neuen Leben, in der neuen Zeit nach dem Krieg, von dem bald keine Rede mehr war, immer fremd geblieben. Fremd auch der eigenen Tochter, die sich weiter und weiter entfernte, bis die Geschichte der Mutter irgendwann unbegreiflich geworden war.
*Muttermale* ist der Roman einer Annäherung. In immer neuen Anläufen versucht Dagmar Leupold, Verlorenes wiederzugewinnen. Sie greift dazu auf das zurück, was vom Leben der Mutter geblieben ist, Alltagsgegenstände, Gewohnheiten, Fotos, gern gebrauchte Wörter und Sätze: alles, was über die Zeit hinweg von der Mutter zu ihr spricht. Sie lauscht diesem Sprechen, um ihm Geheimnisse und Unausgesprochenes abzulauschen, und findet immer wieder Spuren eines Traumas.

JUNG UND JUNG VERLAG

Dagmar Leupold
*Lavinia*

Roman

»Ein bestürzender Roman, eine Art (Über-)Lebensbilanz.«
*Werner Jung / Junge Welt*

Der Countdown beginnt im 25. Stock eines Hochhauses in New York: Worauf Lavinia von dort aus zurückblickt, ist ein Leben, vor dessen Abgründen ihr selbst schwindelt. Wie im Sturz durch ihre Geschichte und die Zeiten erzählt sie von ihrem Aufwachsen und Frauwerden, ihren Lieben und Verlusten, von Verheerungen und Missbrauch, von Unterwerfung und ihrem Willen, sich zu behaupten. Tiefer und tiefer führt sie den Leser im Taumel des Erinnerns und im Sprachrausch des Erzählens zurück in die deutsche Provinz nach dem Krieg, in das unschuldige wie ungeschützte Glücksempfinden einer Kindheit, die in Erfahrungen von Gewalt endet, zu den versuchten Abbrüchen und Aufbrüchen eines Lebens, das sich bei allem Wanken immer wieder unbeugsam zeigt.

*Lavinia* ist eine Selbst- und Weltbetrachtung voller Hingabe und Wut, bitter und zärtlich, schonungslos und empathisch. Ein Lob der Liebe und ein Bekenntnis zu Widerständigkeit. Ein Buch darüber, wie sich beides in Literatur verbinden kann zu einem Rettungsversuch in schwindelnder Höhe.